Edition TAT (Hrsg.)

Im Visier: Nero

Kriminelle Kurzgeschichten

Edition TAT (Hrsg.)

Im Visier: Nero

Kriminelle Kurzgeschichten

Hinter dem Kürzel TAT verbirgt sich der *Trierer Autoren Treff,* in dem sich die Krimi-Autoren Stephan Brakensiek, Carsten Neß, Moni Reinsch, Sabine Schneider und Paul Walz zusammengefunden haben.

Bibliographische Information der Deutschen Nationalbibliothek
Die Deutsche Nationalbibliothek verzeichnet diese Publikation in der Deutschen Nationalbibliographie; detaillierte bibliographische Daten sind im Internet über http://dnb.d-nb.de abrufbar.

© 2016 Edition TAT, Trier
www.triererautorentreff.de
Umschlagmotiv: Antiker Lorbeerkranz aus Gold, vermutlich aus Zypern, 4./3. Jhdt. v. Chr., Reiss-Engelhorn-Museum, Mannheim, Foto: Andreas Praefcke - wikimedia commons

Herstellung und Verlag
BoD - Books on Demand, Norderstedt

ISBN 978-3-83914-422-0

Inhalt

Moni Reinsch
Nerónische Vérse 7

Stephan Brakensiek/Sabine Schneider
In deinem Kopf 9

Paul Walz
Spiel mit mir 25

Moni Reinsch
Ich kenne die Geschichte 51

Stephan Brakensiek/Sabine Schneider
Alte Kameraden 61

Moni Reinsch
Vor Rom brannt' Trier 69

Carsten Neß
Bataver Palaver 81

Moni Reinsch
Nerotik 99

Paul Walz
Welch ein Künstler stirbt mit mir! 107

Carsten Neß
Bis in den Tod 143

Moni Reinsch
Der Petrusstab 165

Stephan Brakensiek/Sabine Schneider
El condor pasa 177

Nerónische Vérse

Moni Reinsch

Ích, Kaiser Néro, der Hérrscher von Róm,
verlór' meine Mútter, den Brúder, den Sóhn.

Ich háb nie geséh'n, wo die Mósel lang flíeßt,
doch líeb ich die Rébe, die űppig dort spríeßt.

Von mír gibt es Líeder und Scháuspiel zuháuf,
nur léider führt níemand die Stűcke gern áuf.

Man ságt, meine Stímme sei nícht angenéhm.
So máncher der Krítiker músste früh géh'n.

Ich spíel auf der Lýra und sínge dazú.
Meine Gáttin beháuptet, sie fánd' keine Rúh.

Ich wóllte nur síngen, jedóch der Senát
wűnschte mehr Zúcht und mehr Órdnung im Stáat.

Drum líeß ich Famílie und Féinde verníchten,
wovón die Históriker krítisch beríchten.

Die Mútter wollt úm alle Mácht mit mir stréiten,
da músste ich schnéll ihren Tód vorberéiten.

Die Chrísten in Róm haben díe Stadt verníchtet.
Ich háb sie in Scháren zum Tóde geríchtet.

Áuch Simon Pétrus war éiner von íhnen,
der beháuptete, díesem Herrn Jésus zu díenen.

Was ích hier erscháffe als Káiser von Róm
Und nícht etwa írgendein chrístlicher Dóm,

wírd die Geschíchte einmál überdáuern
und nícht nur zerfállen wie stéinerne Máuern.

In deinem Kopf

Stephan Brakensiek und Sabine Schneider

Müde und erschöpft betrat Friedrich Stahl die Lobby des IAT-Plaza-Hotels, das im höchsten Wohngebäude der Stadt untergebracht war. Den Portier grüßte er lediglich mit einem kurzen Nicken und betrat wortlos den Fahrstuhl, der ihn in das vierte Stockwerk zu seinem Zimmer brachte.

Stahl schob die Schlüsselkarte in die Öffnung unterhalb der Türklinke und trat ein. Das Zimmer war geräumig und modern eingerichtet. Man sah ihm an, dass das Hotel noch nicht lange wieder in Betrieb war, denn es war erst vor rund zwei Jahren nach umfangreichen Renovierungsarbeiten neu eröffnet worden.

Ursprünglich stammte Stahl aus Lüdenscheid, doch seit über zwanzig Jahren war er als Ingenieur bei einem führenden Automobilhersteller in Zwickau beschäftigt. Seit drei Tagen war er nun in Trier. Einer der größten Zulieferer der Automobilbranche, der Schmiedeteile für Gelenkwellen produzierte, hatte eines seiner Werke in der Stadt. Bedauerlicherweise gab es bei einem neu entwickelten Bauteil Qualitätsprobleme. Daher war Stahl in letzter Zeit des Öfteren in Trier. Er hoffte, dass die Probleme bei der Entwicklung der Antriebswellen für die neue Baureihe eines Mittelklassewagens, der in den nächsten Jahren auf dem Markt kommen sollte, bald behoben sein würden.

Die langen Autofahrten zwischen Zwickau und Trier strengten ihn inzwischen an. Mit seinen 55 Jahren war er nicht mehr der Jüngste, wenn sich Stahl dies auch ungern eingestand. Seine Haare wurden immer schütterer und der verbliebene Rest immer grauer. Auch sein Bauchumfang ließ zunehmend die gewünschte Form vermissen. In seiner Abteilung war er bereits der älteste Mitarbeiter. Bis vor nicht allzu langer Zeit hatte ihm die Fahrerei nichts ausgemacht. Im Gegenteil, er hatte Dienstreisen immer als Privileg betrachtet und es genossen, wenn er dem alltäglichen Trott ein paar Tage entfliehen konnte. Am Anfang seiner Karriere hatte man ihn regelmäßig ins Ausland geschickt, er durfte Werke in Südamerika oder Asien besichtigen, wurde zu internationalen Konferenzen entsandt. Doch dies war schon lange vorbei. Seine Anzüge verstaubten im Schrank. Nun pendelte er lediglich innerhalb Deutschlands, von Zulieferer zu Zulieferer, drückte die Kosten und übte Druck aus, ganz im Sinne der Unternehmenspolitik des Vorstandes.

Sein heutiger Gesprächstermin war früher beendet gewesen als vorgesehen. Die Trierer Kollegen hatten endlich konstruktive Lösungen vorgelegt und zugesichert, sämtliche Probleme schnellstmöglich zu beheben. Sein Arbeitgeber kannte diesbezüglich kein Pardon, dies war den Trierer Ingenieuren bewusst. Wer aus dem Qualitätssicherungsprozess herausfiel, die erforderlichen Bewertungspunkte nicht erreichen konnte, wurde vom Einkauf gnadenlos gestrichen, und es war schwer, wenn nicht gar unmöglich, überhaupt wieder als Zulieferer in Betracht gezogen zu werden.

Stahl hasste es immer mehr, Druck ausüben zu müssen. Er hätte es nicht offen zugegeben, doch er freute sich auf seinen Ruhestand. Er musste nur noch die nächsten vier Jahre irgendwie überstehen. Und sich vor allem nichts anmerken lassen.

Da es für die Fahrt zurück nach Zwickau trotz des zeitigen Sitzungsendes bereits zu spät und das Hotelzimmer ohnehin für eine weitere Nacht gebucht war, hatte Stahl kurzerhand beschlossen, die Zeit sinnvoll zu nutzen und sich ein wenig in Trier umzusehen. Die Stadt kannte er zwar bereits von früheren Dienstreisen, doch hatte es bisher nie für mehr als kurze Bummel durch die Fußgängerzone gereicht.

Auch am heutigen Abend hatten ihn zwei der Trierer Mitarbeiter zum Essen eingeladen. Die Zeit bis zu seiner Verabredung in einem der renommiertesten Restaurants der Region hatte er im Landesmuseum verbracht. Einer der Kollegen aus Trier, Winfried Ackermann, den er seit vielen Jahren kannte, hatte ihm vorgeschlagen, sich die Ausstellung über den römischen ›Kaiser Nero‹ anzusehen. Stahl, der sich sehr für antike Geschichte interessierte, hatte die Empfehlung dankbar angenommen. Er erinnerte sich an einen interessanten Beitrag über die Ausstellung im Fernsehen. Er hatte sie in seinem alltäglichen Stress jedoch vergessen. Umso mehr hatte er sich über Ackermanns Tipp gefreut, sodass er die Zeit für einen Besuch im Landesmuseum nutzte.

Kaiser Nero hatte Stahl schon immer besonders fasziniert. Bereits in seiner Schulzeit hatte er alle Bücher, die ihm in die Hände fielen, verschlungen. Er hatte sich mit großer Begeisterung zahlreiche Filme zur römischen Geschichte angesehen, obwohl er sich über die meisten geärgert hatte. Insbesondere Peter Ustinovs Darstellung des Nero im Film »Quo Vadis« empörte ihn. Stahl glaubte nämlich nicht daran, dass Nero ein debiler Alkoholiker oder künstlerischer Stümper war, wie ihn seine Biografen überwiegend darstellten, vielmehr war er sicher, dass Neros Zeitgenossen ihn als Verrückten darstellten, um ihn in Verruf zu bringen. Stahl war überzeugt, dass Neros Widersacher ihm den Brand Roms in die Schuhe geschoben hatten.

Wenn Friedrich Stahl gekonnt hätte, wie er wollte, dann hätte er nach dem Abitur ganz sicher nicht, wie von seinem Vater gefordert, Maschinenbau studiert, sondern Alte Geschichte. Aber da hatte sein Vater letztlich die besseren Argumente gehabt.

Ackermann hatte nicht zu viel versprochen. Die Ausstellung begeisterte Stahl. Sie zeigte die wesentlichen Facetten von Neros Leben, seinen Aufstieg zum Kaiser, seine Herrschaft, aber auch sein gewaltsames Ende. Stahl interessierte sich vor allem für den Selbstmord Neros. Er hatte schon viel darüber gelesen, hatte in Bibliotheken und Museen recherchiert, oft zum Leidwesen seiner Familie, denn fast jede Urlaubsreise führte nach Rom, obwohl seine Frau liebend gerne auch einmal andere Länder wie Frankreich oder das nahe Polen besucht hätte. Aber da blieb Stahl stur und unnachgiebig. Die Beschäftigung mit der römischen Geschichte war nun einmal seine große Leidenschaft, der sich alles andere unterordnen musste.

Am Ende seines Ausstellungsbesuches nutzte Stahl die Gelegenheit und erwarb für seine Familie im Museumsshop ein paar Souvenirs. Für seine Frau Heike, eine leidenschaftliche Sammlerin von Espressotassen, erstand er eine Tasse, auf der das Profil Neros appliziert war. Für seinen fünfzehnjährigen Sohn Matthias kaufte er ein Buch, in dem die Lebensgeschichte des Kaisers mit zahlreichen Illustrationen anschaulich dargestellt war. Ein reines Sachbuch hätte Matthias sicher gelangweilt. Er hoffte, den beiden eine Freude zu bereiten. In der letzten Zeit hatte es zwischen ihm und Heike einige Reibereien gegeben. Sie hatte ihm seine zahlreichen Dienstreisen vorgehalten, und dass er aufgrund der vielen Überstunden immer weniger Zeit für seine Familie hatte. Matthias litt unter der angespannten häuslichen Situation. Obwohl Stahl und Heike es vermieden, im Beisein des Jungen zu streiten, blieb es Matthias nicht verborgen, dass sich seine Eltern nicht mehr allzu gut verstanden.

Als Stahl beide Geschenke an der Kasse bezahlen wollte, fiel ihm ein Stapel Taschenbücher ins Auge, der auf dem Kassentresen lag. Auf dem Stapel stand ein Hinweisschild, das die Bücher als ›besonders lesenswert für Freunde von Krimis und Historie‹ bewarb. Interessiert blätterte Stahl in einem von ihnen. Es handelte sich um eine Sammlung von Kurzgeschichten rund um das Thema ›Nero‹. Spontan entschloss er sich, eines zu kaufen.

Zufrieden verließ er das Museum, schlenderte noch ein wenig durch den Palastgarten und machte sich zu Fuß zum Stadtteil Olewig auf, wo er heute Abend mit dem Geschäftsführer des Trierer Werkes, Dr. Paul Weber, und seinem Kollegen Winfried Ackermann zum Abendessen verabredet war.

Auf dem zwanzig minütigen Fußweg dachte Stahl über die Einladung nach. Er fühlte sich geschmeichelt, dass man ihn in ein bekanntes Sternerestaurant eingeladen hatte. Bei allen bisherigen Besuchen hatte man ihn zwar in recht gute Restaurants geführt, doch niemals in ein Sternelokal.

Bei ihm zu Hause in Zwickau wäre dies niemals möglich gewesen. Sein Vorgesetzter hätte ihm einen Vogel gezeigt, wenn er auf die Idee gekommen wäre, einen auswärtigen Kollegen in einen Gourmettempel einzuladen. ›Nicht einmal auf Geschäftsführerebene, gibt es so was‹, hätte er ihm an den Kopf geworfen. Er schüttelte sich bei dem Gedanken an seinen neuen Chef, Richard Schminke, der seit rund einem Jahr die Geschicke der Abteilung in Zwickau leitete. Und Heike wunderte sich immer über die vielen Überstunden ihres Mannes. Sie hatte überhaupt keine Vorstellung von dem Stress, unter dem er jeden Tag stand. Er war sicher, dass Schminke davon ausging, dass Stahl noch in der Nacht zurück nach Zwickau fuhr, um am nächsten Tag pünktlich um acht Uhr im Büro zu sein. Dass der heutige Termin bereits früher beendet war, beschloss Stahl daher, für sich zu behalten.

Das Essen verlief äußerst angenehm. Sowohl Ackermann als auch Dr. Weber waren in bester Laune. Man scherzte, lachte viel und genoss das Acht-Gänge-Menü. Dr. Weber bestand auf der angebotenen Weinbegleitung, und so wurde zu jedem Gang der passende Wein serviert. Mit einem wohligen Gefühl im Magen und leicht beschwipst, orderte Stahl ein Taxi, das ihn zu seinem Hotel fuhr.

Stahl überlegte, ob er noch duschen sollte. Eigentlich fühlte er sich zu müde, doch dann betrat er das Badezimmer, entkleidete sich und stellte sich unter die Dusche. Er genoss das angenehme Gefühl, als ihm das heiße Wasser über den Rücken lief und spürte, wie er allmählich entspannte.

Ein leichter Lufthauch bewegte die Gardinen. Offenbar hatte er vergessen, das Fenster zu schließen. Er schloss es fröstelnd und legte sich ins Bett. Es war eines dieser modernen Boxspringbetten, wie es seine Frau Heike auch gerne zu Hause hätte. Doch Stahl waren sie einfach zu teuer. Außerdem fand er, dass man viel zu hoch lag. Wenn er auf der Bettkante saß, berührten seine Zehenspitzen so eben den Fußboden. Allerdings musste er sich eingestehen, dass es äußerst bequem war. Stahl arrangierte die Kissen in seinem Rücken so, dass er behaglich liegen und lesen konnte.

Er nahm das Büchlein aus dem Museumsshop vom Nachttisch und begann darin zu blättern. Er überflog das Inhaltsverzeichnis. Unter den rund zwölf Kurzgeschichten fiel ihm eine Geschichte besonders ins Auge. Sie trug den Titel ›In deinem Kopf‹. Interessiert schlug Stahl die im Buch angegebene Seite auf.

Schon beim Lesen der ersten Zeilen beschlich ihn ein seltsames Gefühl. Inhalt und Sprache der Geschichte kamen Stahl auf Anhieb merkwürdig vertraut vor. Die Erzählung handelte von einem Ingenieur, der sich zu einem Geschäftstermin in Trier aufhielt und die in Trier gleichzeitig stattfindende Ausstellung über den römischen Kaiser Nero besuchte. Er blätterte einige Seiten weiter. Er konnte es kaum glauben, aber die Handlung schien absolut identisch mit seinem heutigen Tagesablauf. Aber nicht nur das, sogar die Lebensdaten der Hauptperson stimmten komplett mit seinen eigenen überein. Lediglich der Name war ein anderer. Stahl war nun plötzlich hellwach. Wie konnte dies nur möglich sein? Wollte ihn jemand auf den Arm nehmen? Erlaubte sich hier jemand einen Scherz mit ihm? Er dachte darüber nach, wer aus seinem Umfeld dafür in Frage käme. Ackermann! Ja, das konnte möglich sein. Sein Trierer Kollege war in der Firma für seine Scherze bekannt. Und war er nicht derjenige gewesen, der ihm den Besuch der Ausstellung empfohlen hatte? Vielleicht hatte Ackermann das Buch auf dem Verkaufstresen im Museumsshop so platziert, dass er es einfach kaufen musste. Ackermann kannte zudem sein Faible für antike Geschichte und auch, dass er hin und wieder gerne Krimis las. Ja, so musste es gewesen sein. Stahl seufzte erleichtert und war gleichzeitig amüsiert. Er fragte sich nur, warum Ackermann solch einen Aufwand betrieb. Seine Neugier war geweckt, und er wollte nun unbedingt wissen, wie die Handlung der Kurzgeschichte weiterging.

Der Ingenieur heißt Peter Eisen, stammt auch aus Zwickau, ist verheiratet und hat einen Sohn. Auch arbeitet er für denselben Automobilkonzern und leidet wie Stahl unter seinem Vorgesetzten. Nun gut, sagte sich Stahl, das war Ackermann alles bekannt. Doch dann ging es weiter. Ein Kollege empfiehlt der Hauptfigur den Besuch der Nero-Ausstellung. Der Gang von Peter Eisen, in dem Stahl sich wiedererkannte, durch die Ausstellung wird ausführlich beschrieben. Hier stutzte Stahl erneut.

Wie konnte das sein? Es wird genau geschildert vor welchen Vitrinen Peter Eisen steht und für welche Exponate er sich besonders interessiert. Es waren genau die Ausstellungsstücke, für die auch Stahl sich mehr Zeit genommen hatte. Selbst das Gespräch mit dem Wachmann, der ihn ermahnt hatte, nicht zu dicht an die Exponate heranzutreten, wird erwähnt. Peter Eisen hat das gleiche Erlebnis mit einem der Angestellten. Das konnte Ackermann doch unmöglich wissen! Oder hatte Ackermann ihn etwa verfolgt? War er ihm durch die ganze Stadt, durch die Ausstellung gefolgt? Und wenn ja, warum? Nur wegen eines Scherzes, den er sich mit ihm erlaubte? War dies nicht ein zu großer Aufwand? Stahl schüttelte den Kopf. Das ergab doch alles keinen Sinn. Ackermann war für seine recht geschmacklosen Scherze bekannt. Aber wie hätte Ackermann das alles anstellen sollen? Das Buch lag doch auf dem Verkaufstresen, fertig gedruckt und gebunden.

In Stahls Kopf rumorte es. Wer auch immer sich diesen Spaß mit ihm erlaubte, er hatte sich sehr viel Mühe gegeben. Einerseits empfand er diese Art des Humors als geschmacklos, anderseits platzte er vor Neugier. Er wollte unbedingt wissen, wie die Geschichte von Peter Eisen weiterging.

Stahl las weiter. Er gelangte an die Stelle, bei der das Abendessen von Eisen und seinen Kollegen beschrieben wird. Jeder einzelne Menüpunkt ist aufgeführt. Es sind exakt dieselben Gerichte, die auch Stahl zu sich genommen hatte. Das im Restaurant angebotene Menü hätte Ackermann allerdings gut im Vorhinein recherchieren können, dachte Stahl. Aber wie hätte er den Ablauf der Gespräche vorhersehen sollen? Denn auch diese waren identisch. Es wurde zusehends merkwürdiger. Sicher, man konnte die Konversation in die eine oder andere Richtung lenken. Aber wie hätte Ackermann im Vorfeld wissen können, dass die Trockenbeerenauslese, die der Sommelier zum Dessert servierte, Kork hatte? Weber, der ein ausgewiesener Weinkenner war, hatte den Sommelier darauf aufmerksam gemacht. Danach war eine interessante Unterhaltung mit diesem entstanden. Es war doch schwer vorstellbar, dass Ackermann dieses Gespräch geahnt hatte. Wie hätte das gehen sollen? Was ging hier nur vor sich? Das war mehr als nur ein Scherz.

Inzwischen kam Stahl an die Stelle im Text, in der Peter Eisen sein Hotelzimmer betritt. Genau wie er selbst legt Eisen das Taschenbuch, das auch er zuvor im Museumsshop erworben hat, auf den Nachttisch und beschließt, vor dem Schlafengehen zu duschen. Als er aus dem Badezimmer kommt, bemerkt er, dass das Fenster offen steht. Fröstelnd schließt Eisen das Fenster, legt sich ins Bett und beginnt zu lesen.

Stahl wurde kalt. Ein beklemmendes Gefühl machte sich in ihm breit. Hier hatte die Geschichte im Buch seine eigenen Handlungen zeitlich eingeholt. Er war gespannt, was nun geschehen würde.

Eisen bekommt Durst, steigt aus dem Bett und geht zur Minibar, die sich unter dem Fernseher befindet. Er wundert sich, dass die kleine Flasche Whiskey, die er am Morgen noch gesehen hatte, fehlt.

Das Gelesene ließ Stahl nun keine Ruhe, zudem verspürte er plötzlich Durst. Er warf die Bettdecke zurück und ging ebenfalls zur Minibar. Wie befürchtet, fehlte auch in seinem Kühlschrank die Whiskeyflasche. Stahl sah sich im Zimmer um. Sicherlich handelte sich alles nur um ein Versehen. Womöglich hatte das Zimmermädchen sie falsch eingeräumt, und es war alles nur ein dummer Zufall. Aber so richtig glauben, konnte er dies nicht, denn er war sicher, das Fläschchen am Morgen noch gesehen zu haben, als er sich einen Underberg genommen hatte. Stahl schüttelte verwirrt den Kopf.

Plötzlich hörte er Schritte auf dem Gang vor seinem Zimmer. Bestimmt handelte es sich um spät heimkehrende Gäste, versuchte er sich zu beruhigen. Er lauschte gespannt. Der Klang der Schritte schien genau vor seiner Zimmertür zu enden. Stahl brach der Schweiß aus. Einer Eingebung folgend nahm er das Buch und las weiter. Stahl wurde schwindelig, er musste sich auf die Bettkante setzen.

Auch in der Erzählung hört Peter Eisen Schritte auf dem Flur, die sich seiner Zimmertür nähern. Stahls Herz raste und er spürte das Adrenalin in seinen Adern. Er atmete tief ein und aus, bemüht darum, Ruhe zu bewahren. Die Schritte waren verstummt. Sicher war der Gast längst in seinem Zimmer. Wovor sollte Stahl denn auch Angst haben? Sah er etwa schon Gespenster? Das war doch einfach alles Blödsinn, beschwor er sich. Es ergab überhaupt keinen Sinn. Wer sollte ihn denn verfolgen? Er machte sich doch lächerlich, dachte er verärgert. Würde er diese Geschichte Heike nach seiner Rückkehr erzählen, würde sie ihn ganz sicher auslachen.

Wütend klappte Stahl das Buch zu und legte es auf den Nachttisch. Schluss damit, sagte er sich. Er musste schlafen, denn der folgende Tag würde anstrengend werden. Es war vereinbart, dass er noch einmal kurz bei den Trierer Kollegen vorbeischauen würde, ehe er sich auf die lange Heimfahrt nach Zwickau machen würde. Stahl legte sich wieder ins Bett, drehte sich auf die Seite und knipste die Nachttischlampe aus. Er versuchte, die Geschichte auszublenden und an andere Dinge zu denken. Doch es nutzte nichts. Immer wieder sah er sich selbst durch die Ausstellung gehen und verglich seine Handlungen mit denen von Peter Eisen. Es gab keinen Zweifel. Alles war identisch, die Wege durch die Stadt, die Ausstellung, das Abendessen. Nachdem er sich mehrere Minuten im Bett hin und her gewälzt hatte, gab er auf. Er fand einfach keine Ruhe. Diese Kurzgeschichte ließ ihn nicht mehr los.

In diesem Moment hörte er ein Poltern. Das Geräusch schien aus dem Nachbarzimmer zu kommen. Frustriert nahm Stahl das Buch zur Hand.

Natürlich hört auch Peter Eisen Geräusche, die aus seinem Nachbarzimmer zu kommen scheinen.

Stahl lauschte gebannt. Die Geräusche waren immer noch zu hören. Es klang, als würde jemand Möbel verrücken, allerdings bemüht, keinen unnötigen Lärm zu verursachen. Plötzlich hatte Stahl das Gefühl, dass irgendjemand an seiner Zimmertür hantierte. Vorsichtig erhob er sich aus seinem Bett und sah Richtung Tür. Unter dem Türschlitz drang ein schwacher Lichtstrahl in sein Zimmer. Ihm war, als wäre dort ein Schatten zu sehen, als würde jemand vor der Tür stehen. Stahl schlug das Herz bis zum Hals. Schnell nahm er das Buch zur Hand und las weiter.

Peter Eisen ist ebenfalls verwirrt. Er wähnt eine Person vor seiner Zimmertür. Dann wartet er eine Weile, und als er sicher ist, dass alles still ist, öffnet er vorsichtig die Zimmertür. Im Flur sorgt lediglich die Notbeleuchtung für fahles Licht. Eisen schleicht zum Zimmer, das sich rechts neben seinem eigenen befindet, und lauscht. Das Poltern hat aufgehört. Doch dann hört er wieder Schritte. Es klingt, als würde im nächsten Augenblick jemand um die Ecke kommen. So leise wie möglich geht Eisen in sein Zimmer zurück und schließt die Tür. Er bleibt hinter ihr stehen und horcht angespannt. Die Schritte kommen näher und näher. Dann scheint die Person erneut genau vor seiner Zimmertür zu stehen. Er hört, wie sie an der Tür nestelt, als ob sie versuche, in sein Zimmer einzudringen.

Während Stahl weiter las, vernahm auch er erneut ein Geräusch. Es klang, als ob jemand versuchen würde, sich Zugang zu seinem Zimmer zu verschaffen. Auf Zehenspitzen schlich er zur Tür. Vorsichtig betastete er die Verriegelung. Nachdem er sich vergewissert hatte, dass die Tür abgeschlossen war, atmete er erleichtert auf. Er wischte sich mit dem Ärmel seines Pyjamas den Schweiß von der Stirn. Er hatte das Gefühl, allmählich durchzudrehen. Das konnte doch unmöglich ein Scherz sein. Was wurde hier nur gespielt? Im Flur schien es plötzlich wieder ruhig zu sein. Er musste sich geirrt haben. Da war rein gar nichts, versuchte er sich einzureden. Er kauerte sich auf sein Bett und überlegte, was er tun sollte.

Peter Eisen im Buch ergeht es genau wie ihm. Er ist starr vor Angst und überlegt, was er tun soll.

Stahl schüttelte den Kopf. Dann legte er das Buch zur Seite. Wenn er weiter las, würde er verrückt werden. Dennoch war er hin- und hergerissen, denn er wollte trotz allem wissen, wie es Peter Eisen weiter erging.

Nach einer Weile fasste sich Stahl ein Herz und ging zur Zimmertür. Er lehnte sein rechtes Ohr an die Tür und lauschte. Auf dem Gang schien alles ruhig. Er seufzte, öffnete die Verriegelung und trat hinaus auf den Gang. Es war nahezu dunkel. Einzig die Hinweisschilder für die Notausgänge sorgten für schwaches Licht.

Auf der Suche nach dem Lichtschalter, tastete Stahl die Wand ab. Als der Flur hell erleuchtet vor ihm lag, atmete Stahl erleichtert aus. Da war rein gar nichts. Alles war ruhig. Die anderen Gäste lagen sicher längst in den schönsten Träumen, und er machte sich unnötig verrückt. Plötzlich hörte er Schritte. Stahl erstarrte. Wie konnte dies alles nur möglich sein? Es erging ihm genau wie Peter Eisen! Er musste die Geschichte durchbrechen. Eisen war in sein Zimmer zurückgeeilt und hatte die Tür verriegelt. Wenn er, Friedrich Stahl, dem Ganzen einen anderen Verlauf geben wollte, müsste er dann nicht stehen bleiben? Stahl lehnte sich mit dem Rücken an die Wand. Angestrengt hörte er auf die näher kommenden Schritte. Es klang, als würde jemand im nächsten Moment um die Ecke kommen. Sollte er weiter warten? Noch war Zeit, sich in sein Zimmer zu flüchten. Flüchten? Hatte er das gerade wirklich gedacht. Er übertrieb maßlos und ärgerte sich. Wütend entschied er, stehen zu bleiben und abzuwarten, wer da kam. Wenn Peter Eisen so ängstlich war, Pech für ihn. Stahl war es nicht!

Stahl stand im Pyjama und mit pochendem Herzen im Flur. In diesem Moment war ihm egal, welchen Eindruck er so machen würde. Er wollte einfach nur wissen, was hier vor sich ging. Aber die Schritte verebbten genauso plötzlich, wie sie gekommen waren. Er hatte den Eindruck, als wäre irgendwo auf den Gängen eine Tür geöffnet und anschließend wieder geschlossen worden. Stahl seufzte. Es war genau, wie er sich gedacht hatte, einfach nur ein Gast, der sein Zimmer betreten hatte.

Stahl ging in sein Zimmer und verriegelte sicherheitshalber erneut die Zimmertür. Er legte sich wieder ins Bett. Er würde noch die letzte Seite lesen und dann wäre die Geschichte von Peter Eisen endlich beendet.

Auch Peter Eisen legt sich nach seinem Ausflug in den Hotelflur wieder hin. Das Poltern im Nachbarzimmer und ebenso die Schritte auf dem Flur, die er vernommen hat, sind verebbt. Vermutlich ist es ein spät heimkehrender Hotelgast, beruhigt Eisen sich.

Stahl las weiter. Plötzlich ließ ihn ein neuerliches Geräusch aufhorchen. Nun klang es, als würde jemand an seiner Zimmertür hantieren. Er überlegte, was er tun sollte. Eigentlich sollte er mutig sein, die Tür aufreißen und nachsehen. Aber ihm fehlte dieser Mut, wenn es ihm auch schwerfiel, sich dies einzugestehen. Vorsichtig erhob er sich aus seinem Bett und schlich zur Tür. War dort nicht auch ein Schatten unter der Tür? Es schien tatsächlich so, als würde jemand außen davor stehen. Wieder knarzte es an der Tür. Verzweifelt schaute sich Stahl im Zimmer nach einer Waffe um. Auf dem Schreibtisch stand eine Tischlampe. Die würde es sicher tun. Stahl schlich leise zum Schreibtisch, zog den Stecker der Lampe aus der Steckdose und ging zur Tür. Er hatte das Gefühl, dass man jeden seiner Schritte hören musste, dabei war der Boden mit Teppich ausgelegt. Seine Nerven waren aufs Äußerste gespannt. Stahl stand hinter der Tür und lauschte erneut. Die Geräusche schienen verstummt. Er wartete noch einen Moment, und als er sicher war, dass alles ruhig war, öffnete er entschlossen die Tür und hielt dabei die Lampe wie einen Hammer in der Hand. Alles war leer und auf dem Flur herrschte eine gespenstige Stille.

Nun war Schluss. Stahl reichte es endgültig. Er machte sich hier doch total zum Affen. Kopfschüttelnd blickte er an sich hinunter. Wie er dastand, mit seinen karierten Pyjamas und der Lampe in der Hand! Er gab ein absolut lächerliches Bild ab und ärgerte sich.

Nachdem er die Lampe an ihren Platz zurückgestellt hatte, ging er ins Bett zurück. Er starrte an die Decke, dann wanderte sein Blick zum Buch auf dem Nachttisch. Was soll's, dachte er. Die Geschichte war doch sowieso fast zu Ende. Nun konnte er auch noch die letzte Seite lesen.

Aus kurzem traumlosen Schlaf wird Peter Eisen durch ein neuerliches Geräusch gerissen. Diesmal klingt es wie ein Kratzen, das jedoch nicht aus dem Flur oder dem Nachbarzimmer kommt, sondern aus dem Badezimmer. Er ist müde und fühlt sich gerädert, er will einfach nur noch in Ruhe schlafen. Wütend steigt er aus seinem Bett und reißt die Badezimmertür auf.

Peter Eisen fährt zusammen. Vor ihm steht ein weiß gekleideter und mit einem weißen Mundschutz maskierter Mann. In seiner

Rechten hält er einen Dolch. Der Mann kommt aus dem Bad auf Eisen zu. In seiner Panik versucht Eisen, die Badezimmertür zuzudrücken. Doch es gelingt ihm nicht. Der Mann, der kein Wort spricht, ist größer und kräftiger als er. Entsetzen macht sich in Eisen breit, als er spürt, dass er dem Mann hilflos unterlegen ist. Der Mann packt ihn an der Kehle und drückt ihn an die Wand. Eisen versucht, sich aus dem Griff des Mannes zu winden. Zunächst gelingt es ihm. Doch der Mann drückt immer stärker zu. Eisen hat keine Chance. Der Mann hält ihn am Oberarm fest. Dann rammt er ihm den Dolch in den Bauch. Eisen schreit vor Schmerz auf. Das letzte, woran er noch denken kann, ist, dass er sterben wird, ohne zu wissen warum.

Nachdem der Unbekannte Eisens Leichnam auf den Boden gelegt hat, entfernt er seine Maske. Der Mann ist kein geringerer, als Peter Eisens Arbeitskollege aus dem Trierer Werk. Verächtlich blickt er auf die Leiche.

»Du Schwein! Das hast du jetzt davon. Du wirst uns nicht den Auftrag kündigen. Die Arbeit der letzten Wochen soll nicht umsonst gewesen sein. Du und deine Liebe zu Nero! Nun bist du genauso gestorben, wie dein vergötterter römischer Kaiser!«

Stahl klappte das Buch zu und legte es zitternd auf den Nachttisch. Also war es doch der Arbeitskollege und somit Ackermann, ging es ihm durch den Kopf. Im nächsten Augenblick vernahm er ein kratzendes Geräusch, das aus dem Badezimmer zu kommen schien. Er erschrak, Schweiß trat ihm auf die Stirn, und Panik ergriff ihn. Er dachte fieberhaft darüber nach, was er tun sollte. Dann hörte er erneut ein Scharren. Diesmal war er sicher, dass es aus dem Badezimmer kam. Sein Herz schlug ihm bis zum Hals.

Er überlegte fieberhaft, warum Ackermann ihn so quälen wollte. Wollte Ackermann ihn etwa nur wegen ein paar Bauteilen, die nicht durch die Qualitätskontrollen gekommen waren, und eines dadurch entzogenen Auftrags ermorden? Es war doch nicht seine Schuld. Die Order kam von ganz oben aus der Führungsebene, er war nur das kleine Licht, das man vorgeschoben hatte, um die schlechte Nachricht zu überbringen. Letztlich nutzte auch keine

Einladung ins Sternelokal. Regeln mussten einfach eingehalten werden. Das müsste Ackermann doch bewusst sein.

Dann beschloss Stahl sich zusammenzureißen, eigentlich war Peter Eisen doch nur eine fiktive Figur aus einer dummen Kurzgeschichte. Was sollte das Ganze mit ihm zu tun haben? Gar nichts, gab er sich selbst die Antwort.

Mit einem mulmigen Gefühl im Magen erhob er sich vorsichtig aus seinem Bett und schlich zur Badezimmertür. Er atmete tief durch und nahm seinen ganzen Mut zusammen. Mit einem Ruck riss er die Tür auf. Ein Schrei entfuhr ihm, als er sich einem weißgekleideten und maskierten Mann gegenüber sah.

Er versuchte, den Mann abzuwehren, und schlug wild um sich. Aber dann wurde ihm plötzlich schwarz vor Augen. Das letzte, woran er sich erinnern konnte, war, dass er sich wie auf Watte gebettet fühlte und aus der Ferne eine sanfte Stimme zu ihm drang, deren Worte er jedoch nicht mehr verstehen konnte.

Friedrich Stahl lag schweißgebadet und an Armen und Beinen fixiert auf einer Liege. Der Raum, in dem er sich befand, war fensterlos und vom Boden bis zur Decke mit weißen Fliesen gekachelt.

Ein großer, kräftiger, dunkelhaariger Mann wischte Stahl mit einem Tuch den Schweiß von der Stirn. Dann schob er den Ärmel von Stahls Pyjama bis über den Ellenbogen hoch und verabreichte ihm eine Injektion in den Oberarm.

»Das wird Sie beruhigen, Herr Stahl.«

Anschließend verließ der Mann den Raum. Vor der Tür erwartete ihn eine Gruppe junger Leute, die ihn erwartungsvoll anblickten. Alle trugen - genauso wie er selbst - weiße Ärztekittel.

»Was fehlt dem Mann denn, Herr Professor Ackermann?«, fragte ein blondgelockter junger Mann.

Prof. Winfried Ackermann schüttelte den Kopf und sah in die Gesichter seiner Studenten. »Ein tragischer, wenn auch wissenschaftlich höchst interessanter Fall. Ich hätte Ihnen den Patienten gerne heute etwas näher vorgestellt. Aber er hatte seine Medikamente nicht genommen und stand unter extremem Verfolgungswahn.«

»Und wie ist seine Geschichte?«

»Der Patient«, erklärte der Psychiatrieprofessor weiter, »griff einen seiner Kollegen mit einem Dolch an, nachdem er ihn zuvor quer durch die ganze Stadt verfolgt hatte. Er leidet unter Wahnvorstellungen, wobei er sich von diesem einen Kollegen besonders bedroht fühlte. Er ist Maschinenbauingenieur und hat sich zudem als Historiker auf dem Gebiet der römischen Geschichte einen Namen gemacht. Sein Spezialgebiet ist Kaiser Nero. Da hat der Wahnsinn dann wohl Methode.«

Spiel mit mir

Paul Walz

Julian sah zu Bernie hinüber, der mit dem Mund lautlos die Worte formte: zehn Minuten. Er grinste und sah hinaus in einen Morgen, der nicht beginnen wollte. Obwohl es fast sieben Uhr war, konnte sich die Sonne nicht überwinden, so viel Licht durch den Bodennebel zu schicken, dass es langsam hell wurde. Ein Novembertag wie aus dem Bilderbuch für den Totensonntag.

Bernie trank einen großen Schluck aus seinem Becher und verzog das Gesicht.

»Wird schon kalt.«

Julian zuckte mit den Schultern. »Gleich kauf' ich Brötchen und dann gibt es einen Cappuccino wie beim Italiener.«

»Und dazu deine Ines.«

»Nur kein Neid.« Sie schwiegen wieder.

Bernie schielte erneut auf die Uhr und hob die Hand. »Noch fünf.«

Auch Julian freute sich auf das Ende ihrer Schicht, denn nun würden sich drei freie Tage anschließen, die er diesmal wirklich nötig hatte.

Seit vier Jahren fuhr er nun meistens mit Bernie auf Streife. Ihm machte der Schichtdienst nichts aus, bot er doch die Möglichkeit, seinem Sport nachzugehen, und Abwechslung, die ihm ein Bürojob im Präsidium nie gegeben hätte. Die letzte Nacht allerdings war schlimm gewesen. Erst eine Schlägerei in Trier-West. Zwei Kosovo-Albaner waren wegen eines Mädchens aneinandergeraten und derart in Fahrt, dass Bernie den einen nur mit einer Ladung Pfefferspray stoppen konnte, die wohl auch einen Ochsen blind gemacht hätte. So der Originalton seines Kollegen. Er selbst musste dem anderen den Arm auf den Rücken drehen und minutenlang ruhigstellen, bis dessen Wut verraucht war. Als endlich Ruhe war, begannen Betrunkene, in der Simeonstraße zu randalieren und Mülleimer anzuzünden. Zu allem Überfluss ereignete sich gegen vier Uhr ein schwerer Unfall am Katharinenufer. Julian war gerade einen Moment eingenickt, als der Funk ihn weckte. Ein Achtzehnjähriger hatte die Kontrolle über sein Fahrzeug verloren. Er schleuderte über den schmalen Grünstreifen und krachte frontal auf einen LKW. Den Polizisten bot sich ein Bild des Grauens, als sie mit drei weiteren Streifen die Unfallstelle sicherten. Umgekommen war der Junge nicht, doch in dem Körper, den die Feuerwehr aus dem Wrack schnitt, war nicht mehr allzu viel Leben.

Julian gähnte und reckte die verspannten Knochen, seine Schulter knackte.

»Komm lass uns fahren, dann sind wir pünktlich.«

Bernie startete den Motor, rollte gemächlich die Südallee hinauf und bog auf den Parkplatz vor dem alten Polizeipräsidium, in dem nur noch ihre Wache übrig geblieben war. Eine Minute vor acht. Punktlandung.

Das Sprechfunkgerät knarzte, und eine leicht verzerrte Stimme ließ ihn die Augen verdrehen.

»Wagen 13, auf dem Hochhaus in Heiligkreuz an der Straßburger Allee steht ein Springer, ihr seid am nächsten dran.«

Julian griff das Mikrofon. »Verstanden. Wir sind unterwegs.«

Doch Bernie dachte nicht daran loszufahren, sondern hieb so aufs Lenkrad ein, dass es sich unter den Schlägen bog.

»Scheiße, Scheiße, Scheiße. Warum kann dieser Blödmann nicht eine halbe Stunde warten und außerdem, wieso fahren nicht die von der Tagschicht da hoch? Die müssten alle da sein. Verdammt noch mal, ich bin hundemüde.«

Er wendete maulend und schimpfend den Wagen, brauste vom Parkplatz, schaltete das Blaulicht und das Martinshorn ein, um mit hohem Tempo die wenigen hundert Meter hinauf nach Heiligkreuz zu rasen, einem Ortsteil, der auf einer Moselterrasse oberhalb der Stadt lag.

Das Gebäude war nicht schwer zu finden. Schon als sie die Anhöhe hinaufkamen, fuhren sie frontal auf den zwölfstöckigen Bau zu, vor dem eine Handvoll Passanten standen und in den Dunst starrten, der die oberen Etagen umwehte.

Julian folgte mit den Augen ihrer Blickrichtung und sah die einsame Gestalt schemenhaft am Ende des langgestreckten Dachs stehen und in die Tiefe schauen.

»Ist der Seelenklempner informiert?«, fragte er ins Funkgerät.

»Ja, wird aber eine halbe Stunde dauern. Einer von euch muss da rauf und versuchen, den Mann hinzuhalten.«

»Du!« Bernie ließ keinen Zweifel offen. »Ich kann das nicht.«

Julian sah ihn missmutig an, hatte aber eigentlich nicht damit gerechnet, um die Aufgabe herumzukommen. Es war seit jeher ihre Aufgabenteilung, dass er die Dinge machte, in denen es darum ging, andere zu überzeugen. Also nickte er nur und stieg aus.

»Sperr den Bereich ab, nicht dass der noch einem Gaffer auf die Birne springt.«

Im Eingang zum Treppenhaus stand ein älterer Herr, der ihm in Bademantel und mit zerzausten Haaren erleichtert entgegensah.

»Er steht auf dem Dach.«

»Ja, ich habe es schon gesehen. Wie komme ich da rauf?«

»Mit dem Aufzug.«

Julian nahm die Mütze ab und blickte nach oben. Der hässliche Koloss aus Sichtbeton hatte nur ein Treppenhaus, von dem aus offene Laubengänge zu den Wohnungen führten.

»Sechsunddreißig Meter.«

»Wie bitte?«, er sah den Mann, der ihm geduldig die Tür aufhielt, verständnislos an.

»Das Haus hat zwölf Etagen und ist sechsunddreißig Meter hoch. Wenn er springt ...«

Er ließ den Satz unvollendet, doch es war klar, was er damit sagen wollte.

»Ja, das reicht aus. Bringen Sie mich hinauf.«

Als die Schiebetür des Fahrstuhls nach kurzer Fahrt zur Seite glitt, sah er eine schmutzige Betontreppe, die in einer Windung auf das Dach führte, da graues Tageslicht hineinfiel.

»Sie warten bitte hier«, wies er seinen Begleiter an und nahm die Stufen nach oben. Wind und Kälte schlugen ihm heftig entgegen, als er ins Freie trat und auf das Funkgerät drückte. »Ich bin oben. Bleib dran, damit du mich hörst, wenn ich dich brauche. Hoffentlich kommt der Psychologe bald.«

Bernie knurrte kurz seine Zustimmung.

Der Wind hatte inzwischen Bodennebel heran getrieben, der den Turm einhüllte. Das Ende des Daches war gerade noch auszumachen und mitten in diesem Grau zeichnete sich die Silhouette einer Gestalt ab.

Julian zog den warmen Polizeianorak enger um die Schultern und schritt vorsichtig den Plattenweg entlang, der mittig zwischen dem Kies verlief, der das Dach bedeckte. Beklommenheit ergriff ihn, denn in solcher Höhe hatte er sich nie wohlgefühlt, doch riss er sich zusammen und konzentrierte sich auf den Mann, der ihn noch nicht bemerkt hatte. Im Näherkommen erfasste er die Kleidung, dunkler Mantel und Bluejeans sowie feste Schnürschuhe. Der Kragen war gegen die Kälte hochgeschlagen, die Hände in die Taschen gestopft.

»Hau ab!«

Der Wind zerriss die Worte des Mannes, allerdings entging Julian nicht die schrille, kreischende Tonlage eines Menschen, die höchste Anspannung verriet.

Er reagierte nicht, sondern ging weiter, verkürzte den Abstand, immer darauf bedacht, bei der geringsten Veränderung der Lage stehen zu bleiben. Der Verzweifelte, anders konnte Julian Leute in dieser Situation nicht nennen, wich nicht weiter zurück, da er ansonsten abgestürzt wäre, so dicht stand er am Rand des Daches, doch ballte er vor Anspannung die Fäuste.

Er atmete heftig. »Ich habe gesagt, du sollst abhauen, sonst springe ich runter.«

»Hast du das nicht ohnehin vor?«

Julians Frage schien etwas zu bewirken, denn ein nachdenklicher Ausdruck erschien auf der gehetzten Miene des Mannes. Er war nicht allzu groß, nicht allzu klein, weder dick noch dünn, mittelblond, dazu ein unauffälliges Gesicht. Nur seine Augen stachen hervor, brannten. Wahnsinn konnte Julian darin nicht erkennen, wenn auch er hierfür kein Spezialist war. Doch die Erfahrung der letzten Jahre ließ ihn intuitiv spüren, der Mann war sich bewusst, was er hier oben tat. Julian ging weiter.

»Ich heiße Julian.«

»Nun Julian, verschwinde einfach und lass mir meine Ruhe.«

Die Stimme war plötzlich ruhig, so, als ob er ins Auge des Zyklons geraten wäre, der in seinem Kopf zu toben schien, und nun normal und klar denken konnte. Wie lange das anhalten würde, blieb abzuwarten.

»Das kann ich nicht. Wie heißen Sie?«

»Waren wir nicht eben beim Du? Mein Name ist Gernot Bessler. Ich wohne auf der Hill in der St-Anna-Straße und bin 35 Jahre alt. Geben Sie es durch, dann geht es hinterher schneller, wenn ihr mich identifizieren müsst.«

Julian schluckte seinen Schrecken über diese so ruhig daher gesagten Sätze hinunter und gab Bernie die Daten weiter.

Eine Böe rauschte heran und riss Bessler fast in die Tiefe. Er ging in die Hocke und stemmte sich gegen den Druck des Windes. Ein Ächzen kam aus seiner Kehle. Endlich legte sich der Wind, und der Mann richtete sich wieder auf. Auch Julian hatte den Rücken gebeugt und sich weggedreht, wobei er Hoffnung schöpfte: denn warum ließ der Mann den Wind nicht das erledigen, was ihm nicht ohne weiteres gelingen wollte? Bessler schien seine Gedanken zu erraten.

»Was ist man doch für ein armseliges Etwas. Klebt an seinem bisschen Leben und tut sich schwer damit, es zu beenden, auch wenn es für alle das Beste wäre.«

»So können Sie ... kannst du das nicht sagen. Es gibt irgendwo Menschen, die auf dich warten und dich lieb haben. Denk zuerst an sie, bevor du dich da runterstürzt.«

Plötzlich standen Tränen in den grauen Augen und Bessler schrie. »Was glaubst du denn, was ich gerade tue, Mann. Meine Depressionen ausleben? Einem elenden Leben ein Ende setzen? Hältst du mich für solch einen Irren?«

»Aber warum denn dann, mein Gott noch mal?«, auch Julian brüllte nun über das Dach.

Bessler lachte höhnisch auf. »Lass den aus dem Spiel, der hat mir genauso wenig geholfen, wie alle anderen auch.«

»Ich will es verstehen.«

»Bullshit! Du bist hier, weil es dein Job ist, mich vollzuquatschen, damit ich nicht da unten lande. Gib es doch zu! Irgendwo steht ein Bett mit einer Frau oder einem Typen, wo du jetzt lieber liegen würdest, anstatt hier oben zu frieren und mit einem Blödmann zu reden, der dir den Sonntagmorgen versaut.«

Julian zuckte bei den Vorwürfen zusammen, die der Wahrheit allzu nahe kamen. »Ja, stimmt. Als ich hier hinaufkam, war das so, das gebe ich zu, mittlerweile allerdings möchte ich wissen, was mit dir los ist.«

Bessler stand weiterhin so dicht am Rand, dass seine Fußspitzen über den Abgrund ragten. Er rührte sich lange Zeit nicht und schwankte im Wind, der den Nebel zerriss und einen weiten Blick über die Stadt eröffnete, um sie dann wieder in eine Wolke aus Nebel zu hüllen. Bessler begann zu sprechen, und die ersten Worte waren ein Flüstern, so leise, dass Julian es kaum hörte.

»Warum soll ich dir eine Geschichte erzählen, die du mir niemals glauben wirst?«

»Keine Ahnung. Versuch es einfach.«

»Und du sagst mir am Ende, was ich tun soll? Ganz ehrlich, ohne Hintergedanken?«

Julian zögerte, sah die Zwickmühle vor sich. Sollte er in der Geschichte Argumente finden, die für einen Sprung sprachen, musste er lügen. Bessler würde genau das merken und sich hinabstürzen, wobei er Julian mit einem Berg an Schuldgefühlen zurücklassen würde. Nur, was dann? Würde er dann nicht ohnehin springen?

Er fluchte in sich hinein. Wo blieb bloß dieser verdammte Seelenheini? Die fragenden Augen des anderen, der matt grinste, rissen ihn aus den Gedanken.

»Angst, Herr Polizist? Angst vor der eigenen Courage?«

»Ehrlich gesagt: ja, ein wenig. Ich werde dir nie sagen, dass du springen sollst.«

»Das ist aber der Deal.«

»Wir haben keinen Deal.«

»Doch. Du wolltest die Story und ich deinen Rat. Wie spät ist es?«

»Gleich acht Uhr.«

»Eine Stunde bleibt.«

»Wieso?«

»Später. Steht der Deal?«

Julian wusste nicht, was ein professioneller Psychologe gemacht hätte, doch er willigte ein, indem er nickte.

Bessler trat einen Schritt zurück. »Bleib aber wo du bist, sonst geht es auf der Stelle abwärts. Du kannst ganz sicher sein, ich werde es tun.«

»Okay.«

»Glaubst du an den Teufel?«

»Ich ...«

»Antworte.«

»Nein.«

»Aber es gibt ihn.«

»Also ...«

»Ich bin ihm begegnet, dieser Kreatur, die nur Böses in sich hat.«

In Besslers Augen zeigte sich ein neuer Ausdruck. Waren da eben noch Wut und die Hoffnung gewesen, Verständnis zu finden, blieben jetzt alleine Schmerz und Verzweiflung, und Julian würde nicht lange warten müssen, bis er hören würde, worum es ging, was den Entschluss des Mannes ausgelöst hatte, hier heraufzusteigen. Daran bestand kein Zweifel.

Den Blick in die Ferne gerichtet, begann Bessler stockend zu sprechen: »Es fing an, als ich elf Jahre alt war. Stell dir vor, in mir, einem kleinen unschuldigen Kerl, der das Leben auf dem Land genoss, suchte sich der Böse sein Opfer.« Er schüttelte ungläubig den Kopf. »Ursprünglich stamme ich aus einem kleinen Dorf nördlich von Münster. Da war tote Hose, und die Jugendlichen haben gemault, doch für mich als Kind war es das Paradies. Das denke ich noch heute, da alles was später kam ... egal. Meine Familie lebt seit ewigen Zeiten da oben, und irgendeiner von uns war immer der Landarzt. Wir hatten ein großes Haus, so ein typisches Klinkerding mit viel Platz. Meine Eltern, mein Bruder, Oma und Opa, der in der Praxis selbst mit fünfundsiebzig aushalf, wenn Vater unterwegs war. Bert, mein Bruder, war nur zwei Jahre älter als ich und mein Ein und Alles.«

»War?«

»Er ist tot. Warte ab.«

Julian schaltete das Funkgerät auf Dauerbetrieb. Bernie würde mit Sicherheit mithören und versuchen, das Gehörte zu verifizieren und mitzuschneiden.

»Ein großer Bruder wie aus dem Bilderbuch. Auf der einen Seite immer für mich da, auf der anderen Seite stets derjenige, der sagte, was getan wurde. Nun, in dem Jahr, diesem verfluchten Jahr, habe ich mich ein bisschen von ihm gelöst. Nebenan hatte unser Nachbar einen Reitstall, und in jenem unbeschwerten Sommer bin ich laufend rüber und mistete den Stall aus, striegelte die Gäule und putzte Sättel und Geschirre. Ich wollte Geld verdienen, denn mein größter Wunsch war ein eigenes Pferd. Ich weiß, die meisten glauben, das ist Mädchenkram, mir aber war das damals schnuppe. Ich war öfters ausgeritten und liebte es nun einmal.«

»Und dein Bruder?«

»Anfangs war er mit dorthin, irgendwann allerdings zog er mich auf und machte alles, was mit Pferden zu tun hatte, madig.«

»Eifersucht?«

»Ich denke schon. Im Juli, kurz vor den Sommerferien, stand dann in der Nähe ein Pferd zum Verkauf. Ein Falbe mit tollem Aalstrich und ...«

Er sah Julians fragenden Blick.

»Das ist ein hellbraunes Pferd mit dunkler Mähne, Schweif und einem Streifen die Wirbelsäule entlang.«

Der Glanz, der in Besslers Augen aufgetaucht war, verblasste.

»Wen interessiert das noch? Ich habe alle beschwatzt, damit sie mir das Geld leihen, den Rest meines Kommuniongeldes abgehoben, doch es reichte nicht, obwohl Sunny, also das Pferd, schon zehn

Jahre alt war und nicht allzu viel kostete. Wie spät ist es?«

»Acht Uhr und fünfzehn Minuten.«

Bessler hatte den Faden verloren und sah hinunter auf die Absperrungen, die Polizisten und den Notarztwagen, der mittlerweile angekommen war. Er driftete ab. »Was mache ich eigentlich?«

»Das frage ich mich auch.«

»Warum bin ich nicht schon längst da unten?«

Julian erschrak. »Wie ging es weiter, Gernot?«

Der Angesprochene drehte verwirrt den Kopf und sah einen Augenblick so aus, als wüsste er nicht, wer vor ihm stand.

»Was war mit dem Pferd, mit Sunny?«

»Opa legte die fehlenden dreihundert Mark drauf.« Er lachte voller Wehmut auf. »Ich habe ihn dafür geliebt, zumal Bert mitkam, als wir mit dem Pferdewagen los sind und das Tier abholten. Kannst du dir vorstellen, wie aufgeregt ich war. Mein eigenes Pferd. Ich hatte versprochen, mich um alles zu kümmern. Ich striegelte ihn, bis sein Fell glänzte, bürstete den Schweif und die Mähne und schuftete wie ein Ochse im Stall, damit ich ihn dort kostenlos unterstellen durfte. Bert half mir und ritt sogar auf Sunny. Ich sehe ihn noch, so ängstlich im Sattel, doch er strahlte. Die ganzen Ferien hingen wir wieder zusammen. Eine Weile am Tag bei Sunny und dann überall im Dorf mit den anderen Jungs und so weiter. Eine Zeit so voller Glück, so ...«

Er brach ab und erneut verfing er sich in der Vergangenheit, hing seinen Erinnerungen nach und merkte nicht, wie ihm ein Tropfen aus den nassen Haaren übers Gesicht lief.

Julian gab ihm Zeit, hoffte, das Eintauchen in die glückliche Vergangenheit würden ihn mit Lebensmut erfüllen, sollte sich aber täuschen.

»Hüte dich vor allzuviel Glück, denn genau dann ist vielleicht der Teufel nah!«

»Also das kannst du ...«

Doch Bessler schnitt ihm das Wort ab. »Warte! Eines Tages, wohl vier Wochen später, die Ferien waren fast um, wurde ich krank. Irgendein Virus. Wie dem auch sei, ich konnte mich nicht um das Tier kümmern, und so ging Bert nach drüben. Er kam in mein Zimmer, quatschte noch ein paar Minuten mit mir und schloss schließlich im Hinausgehen die Tür. Ich sehe ihn so deutlich, als wäre es eben geschehen. T-Shirt, weiß, Jeans und seine geliebten Nike-Schuhe. Es ist wie ein Foto in meinem Kopf. Unauslöschlich. Ich musste anschließend eingeschlafen sein, denn als ich zu mir kam, war da ein Mann neben meinem Bett und lächelte mich freundlich an. Nur der Mund, die Augen waren gefühllos. Sein rundes Gesicht wurde von roten, gelockten Haaren umkringelt, die aussahen, als stünden sie in Flammen. Ich konnte den Rauch praktisch riechen.

Ich fuhr hoch, und die Angst saß mir wie ein Knoten im Hals, denn ich hatte diesen Kerl noch nie gesehen und fragte mich, wie er hereingekommen war, da doch meine Mutter und Oma unten rumorten. Doch er schien ganz ruhig zu sein, so, als ob er dort sein dürfte, und sah mich lange schweigend an.

Dann murmelte er mit einer sonoren Stimme, die so ungemein beruhigend wirkte: ›Bleib ruhig. Alles ist in Ordnung.‹

Meine Angst verging ein wenig. ›Wer sind Sie?‹

›Hallo Gernot, nun, da ich heute rote Haare habe, darfst du mich Nero nennen. Kennst du Nero?‹«

Julian verstand nicht. »Nero?«

Bessler schrie: »Der Teufel, der Böse, ich weiß es nicht! Für mich blieb er immer Nero. Stell dir vor, ein Unbekannter steht in deinem Zimmer und stellt dir eine solche Frage. Na klar kannte ich Nero. Aus der Schule. Ich drückte mich tiefer in die Kissen und murmelte: ›Der Kaiser, der Rom angezündet haben soll.‹

Die Gestalt lachte auf und klatschte in die Hände. ›Gut aufgepasst. Nun ich bin gekommen, um mit dir ein Spiel zu spielen, damit du dich nicht so langweilst. Es ist ganz einfach und nennt sich: Du hast die Wahl. Magst du mitmachen?‹

Ich zitterte vor Furcht, doch sagte ich mit fester Stimme: ›Nein.‹

Offensichtlich hatte er mich nicht gehört. ›Soll es regnen oder soll die Sonne scheinen?‹

Es war wie ein Zwang und so antwortete ich. ›Sonnenschein.‹

›Gut. Willst du groß werden oder klein bleiben?‹

›Groß werden.‹

›Na also, es macht dir also Spaß, mein Spiel.‹

›Wie sind Sie hier hereingekommen?‹

Plötzlich fuhr er herum und fauchte mich an. ›Du sollst nur antworten. Alles andere ist verboten!‹

›Aber meine Mama ... .‹

Er legte seine Hand um mein Handgelenk und drückte fest zu. Sie war einerseits kalt wie Eis, andererseits ätzte sie wie Säure auf meiner Haut. Ich begann zu weinen, und wer wollte es mir verdenken. Ich war gerade erst elf Jahre alt geworden. Heute allerdings glaube ich, wenn ich damals stark gewesen wäre, hätte er mich nicht in seine Gewalt gebracht.«

Julian unterbrach Bessler. »Hat er dich entführt?«

»Nein, viel schlimmer. Nero war außer sich, als er meine Tränen sah und keifte. ›Es macht dir also keinen Spaß? Also kürzen wir das Ganze ab.‹«

Julian sah, wie die Erinnerungen Bessler verschluckten.

»Es war, als würden wir gebeamt, genau wie bei Scotty im Raumschiff Enterprise. Wir befanden uns unvermittelt im Stall und sahen Sunny und Bert, der schwitzend die Schubkarre voller Mist hinausfuhr und kurze Zeit später wieder hereinkam, um das Fell zu striegeln. Ich wusste nicht, was mit mir geschehen war und noch passieren würde, doch ich denke, ich habe in diesem Moment beide, Pferd und Bruder, unendlich geliebt. Bert sah uns nicht, nur Sunny stellte die Ohren auf, so als ob er feine Wellen wahrnahm, die er nicht zuordnen konnte. Nero blickte mich nun mit dem Ausdruck eines Mannes an, der sich seiner Macht bewusst ist und diese auf das Schlimmste einsetzen würde. Ich war wie gelähmt, als er mir diese eine Frage stellte, die der eigentliche Anfang war.

›Bert oder Sunny? Du hast die Wahl.‹

›Wieso?‹

›Ich will es dir erklären. Wenn ich mit jemandem so spiele, muss er sich irgendwann entscheiden, wen ich töten soll. Also Bert oder Sunny? Du hast fünf Minuten!‹ Dann war er verschwunden.

Plötzlich lag ich wieder in meinem Bett und schrie so laut, dass meine Mutter hereinstürzte. Doch ich beachtete sie nicht, sondern schlüpfte in Jeans und Schlappen und rannte los, ließ sie hinter mir schreien, ohne sie zu beachten. Es lagen nur fünfhundert Meter zwischen Haus und Stall, doch so schnell ich auch lief, es reichte nicht. Als ich fast dort angekommen war, lief die Zeit ab. Ich stürzte wie von einer Faust getroffen auf die Wiese, doch meinen Geist riss Nero mit sich und schon am Geruch erkannte ich, dass wir in Sunnys Box zurückgekehrt waren.

›Verloren‹, raunte er mir zu, dann schnippte er mit den Fingern und Sunny keilte aus. Mein Pferd hatte das nie getan, auch bei dem Vorbesitzer nicht. Jetzt aber trat er meinem Bruder gegen den Kopf. Ich sehe heute noch den Abdruck des Hufeisens und Berts deformierten Kopf, als dieser ohne eine Reaktion in die Ecke flog. Sekunden später kam ich auf der Wiese zu mir und hoffte auf einen Traum. Vergeblich. Ich kam in die Box und sah Bert, der dort lag, wo ich ihn hatte hinschlagen sehen. Er atmete flach, aber es gelang den Notärzten, ihn am Leben zu halten.«

»Nero hat also verloren?«

Bessler weinte lautlos, nur der Strom von Tränen, der auf seinen Mantel tropfte, verriet, wie aufgewühlt er war. »Nein. Sunny wurde vor meinen Augen von einem Veterinär eingeschläfert. Meine Eltern zwangen mich, dabei zu sein, gaben dem Pferd und mir, der es ja unbedingt haben wollte, die Schuld. Nicht, dass sie es je sagten, doch versiegte ihre Zärtlichkeit, und schon der geringste Anlass genügte, um mich drakonisch zu bestrafen.«

Er wandte sich ab und sah in die Tiefe.

»Tu es nicht, Gernot.«

»Keine Angst, ich bin nicht fertig, lange noch nicht.«

Es krächzte im Mikro des Sprechfunkgeräts, und Bernie war zu hören. »Der Psychologe ist da. Wir schicken ihn hoch, dann ...«

Bessler brüllte so aggressiv und laut, dass Julian zusammenzuckte. »Wenn ich jemanden hier oben sehe, geht es abwärts.«

»Lass es doch zu. Ich bin nur ein kleiner Bulle. Der Psychologe wird dir eher helfen.«

Bessler kam plötzlich drei Schritte auf Julian zu und starrte ihn an. »Diese Seelenklempner haben mich fast kaputt gemacht. Ich werde nie wieder mit einem von diesen Besserwissern sprechen.«

»Bernie?«, Julian hielt die Sprechtaste gedrückt. »Lass den Mann unten warten.«

»Aber die Vorschriften ...«

»Scheiß drauf«, er nahm den Finger von der Sprechtaste und sah sein Gegenüber an. »Zufrieden?«

Der nickte nur.

»Wie ging es weiter.«

Ein Schluchzen. »Ich sehe noch immer den Blutsee um Sunnys Kopf, doch das war nicht Neros eigentlicher Sieg. Nein, den hatte er dadurch errungen, dass er Bert nicht sterben ließ, sondern in ein Koma schickte, aus dem er nicht mehr aufwachen würde. Seine Hirnverletzungen waren so schwer, dass die Chancen auf ein Erwachen, auf ein Leben, gleich null eingeschätzt wurden. Ein lebender Toter, und für mich eine ewige Anklage. Stell es dir genau vor! Wir sind häufig nach Münster gefahren, und dann lag er da, die offenen Augen rollten hin und her, mein geliebter Bruder sabberte und grunzte vor sich hin, und in mir schallte es immer wieder von neuem: Hättest du nicht das Pferd opfern können? Mutter weinte die ganze Zeit, während Vaters Miene versteinerte. Anschließend sprachen sie stundenlang nicht mit mir, ignorierten mich und zerschnitten so nach und nach auch den letzten Faden, der uns noch verband. Nur Oma und Opa sahen das Geschehen differenzierter und werteten es als das, was es aus ihrer Sicht sein musste. Ein tragischer Unfall.«

»Hast du nie von Nero erzählt?«

»Um in die Klapse zu kommen?«

»Und warum jetzt?«

»Jetzt spielt es keine Rolle mehr.«

»Verstehe.«

»Nichts verstehst du. Nach sechs Monaten bin ich zusammengebrochen. Die Last, die ich mit niemandem teilen konnte, wog einfach zu schwer. Sie brachten mich zu einem von diesen Psychokerlen. Ihm und nur ihm habe ich von Nero erzählt, woraufhin er mich sofort zu therapieren begann. Ich habe das ein Jahr über mich ergehen lassen und wurde schließlich als geheilt bezeichnet. Was für eine Farce. Einige Zeit später, meine Noten waren ziemlich im Keller, bat ich die Eltern darum, in ein Internat gehen zu dürfen, was sie mir nicht abschlugen. In Mutters Augen stand Freude oder vielleicht Erleichterung, als ich schließlich abfuhr.«

»Obwohl sie dann ganz allein zurückblieben?«

»Mutter war wieder schwanger. Sie war deutlich jünger als Vater und damals erst Mitte dreißig.«

»Ein Neustart also.«

»Ja, aber ohne mich. Im Jahr darauf sind sie in ein Haus im Nachbarort gezogen.«

»Und du?«

»Meine Schwester habe ich höchstens zehn Mal gesehen. Wenn ich nach Hause fuhr, also zu Weihnachten, die Ferien verbrachte ich meistens in Ferienfreizeiten, blieb ich bei Oma und Opa. Dort hatte ich Zuflucht und Wärme, doch noch bevor ich Abi machte, starben beide innerhalb eines Jahres.«

»Das tut mir leid.«

Nebel hüllte sie erneut ein, und Bessler verschwand fast vor Julians Augen.

»Ist Nero zurückgekommen?«

»Würde ich sonst hier stehen?«

»Wohl nicht.«

»Eben. Nach einigen Monaten im Internat begann sich meine Psyche zu erholen. Die Distanz zu den Alten und auch zu Bert oder dem, was noch von ihm übrig war, ließen mich nach und nach vergessen und eines Tages war ich fast bereit zu sagen, du warst krank, das hast du dir eingebildet, alles nur ein Unfall.«

Julian merkte auf. Gernot Bessler wirkte auf ihn zunehmend weniger verrückt, als es anfangs den Anschein hatte.

»Mein Zimmernachbar hieß Daniel. Er war gleichalt, und wir haben uns angefreundet. Du kannst mir glauben, es war eine tolle Zeit. In der Schule kam ich endlich mit, und von Monat zu Monat verblasste die Erinnerung ein wenig mehr. In meinem zweiten Jahr tauchte er wieder auf.«

»Nero?«

Bessler wurde grob. »Wer denn sonst? Ich saß an einem Wochenende alleine in unserem Zimmer, Daniel war nach Hause gefahren, und ich las irgendein Buch, als mir furchtbar übel wurde. Mein Magen rebellierte, und gerade als ich glaubte, mich übergeben zu müssen, stand er mitten im Raum zwischen den Betten. Ich fuhr zusammen und so, als hätte man mir einen Kübel eisigen Wassers über den Kopf gegossen, strömten alle Erinnerungen in meinen Kopf zurück. Ich krümmte mich vor Schmerzen, die diesmal nicht von meinem Magen stammten.

›Was willst du?‹, schrie ich ihn an, doch er lächelte nur sein kaltes überlegenes Lächeln.

›Verschwinde aus meinem Leben, du Mistkerl. Du hast alles zerstört.‹

›Gernot, wieso so unfreundlich. Du hattest die Wahl. Was kann ich dafür, dass du dich nicht entscheiden konntest. Hättest du den Gaul genommen, wäre alles geblieben, wie es war. Komm, ich zeig dir was.‹

Es riss mich fort aus meinem Zimmer, und nur einen Moment später stand ich in Berts Krankenzimmer. Eine Schwester wusch ihn gerade, und ich sah seinen ausgemergelten Körper. Er war in der Pubertät und groß geworden, ein junger Mann von sechzehn. Aus der Nase hing eine Sonde, über die er ernährt wurde, die Augen rollten unstet hin und her, und Rotz lief ihm aus Mund und Nase. Das Schlimmste aber war der Schädel, den Sunny eingetreten hatte. Durch das Wachstum trat nun die eingedrückte Stelle deutlicher hervor und gab ihm das Aussehen eines Ungeheuers, das ab und an Grunzlaute von sich gab. Der Anblick war ein Grauen, und ich wollte mich abwenden, doch Nero packte meinen Kopf und zwang mich hinzusehen. Irgendwann flüsterte er mir mit kaltem Atem ins Ohr.

›Sieh hin, Gernot. Deine Schuld, alles deine Schuld.‹

Ich wandte ihm meinen Blick zu, und sah die Erbarmungslosigkeit in seinen Augen. Unfähig etwas zu sagen, wartete ich darauf, dass er weitersprach. Doch er tat es nicht, sondern zerrte mich näher zu Berts Bett, zwang meinen Kopf über den seinen, brachte mein Gesicht so dicht heran, dass ich ihn roch. Faulig, wenn er ausatmete, dazu die getrocknete Spucke an seinem Kinn. Und dann die Augen eines dahinvegetierenden Etwas ohne jedes Erkennen oder Verstehen. Ich schlug vor Entsetzen um mich, traf Nero hart am Kopf, was er ohne ein Wimpernzucken wegsteckte, während die Schwester uns in dieser Parallelwelt nicht wahrnahm. Irre oder?

Nero starrte mich an, wobei er meinen Kopf in unbarmherzigem Griff hielt, und murmelte: ›Bring das in Ordnung!‹ Blut tropfte aus seiner Nase, doch er schien es noch nicht einmal zu bemerken.

Schließlich war ich zurück in meinem Zimmer im Internat. Völlig aufgelöst von dem Erlebten und nahe daran, den Verstand zu verlieren. Ich betrank mich zum ersten Mal in meinem Leben mit einer Flasche Wein, die wir ins Haus geschmuggelt hatten, und endlich drückte der Nebel des Alkohols die Gedanken fort.«

Wieder weinte Bessler, ohne es selbst zu bemerken.

»Wie spät?«

»Dreiunddreißig. Willst du einen Kaffee?«

»Kaffee wäre gut«, er lachte geistesabwesend. »Henkerskaffee.«

Julian wollte Bernie Bescheid geben, doch Bessler sprach einfach weiter.

»Von nun an beherrschte Berts Anblick meinen Schlaf. Ich schrie in den Nächten so laut, dass ich Daniel weckte, der ansonsten wie ein Stein schlief. Immer öfter sah ich in meinen Träumen Berts tumbe Miene, bis irgendwann Neros feistes Gesicht, umrandet von roten Locken, vor mir dahinschwebte und ein um das andere Mal sagte: Bring das in Ordnung. Ich aß nicht mehr, verlor an Gewicht und fiel in den Noten ab. Daniel bedrängte mich mit Fragen, die ich alle nicht beantwortete, obwohl ich sah, wie sehr er, mein einziger Freund, darunter litt. Doch wie konnte er mir helfen? Wie sollte er mir raten, was zu tun war, wenn ich nicht einmal in der Lage war, ihm zu erzählen, worum es ging, ohne dass er mich für verrückt erklärt hätte? Eines Abends gerieten wir aneinander und schrien uns an. Es fielen böse Worte, bis er brüllte, egal was mich bedrücken würde, ich solle es verdammt noch mal aus der Welt schaffen.

Die Idee war geboren, so schrecklich sie auch war.

Zwei Wochen später fuhr ich nach Hause, also zu meinen Großeltern. In der Nacht schlich ich mich davon, nahm Großvaters Rad und strampelte die fünfundzwanzig Kilometer nach Münster, wo mein Bruder in der Klinik lag. Ich hatte ein kleines Kissen mitgenommen und auf den Gepäckträger geklemmt. Fünfundzwanzig Kilometer, und kein einziges Mal zögerte ich oder war in Versuchung umzudrehen. Dabei war ich gerade einmal fünfzehn. Bert lag in einem Flügel der Klinik, der einen Seiteneingang hatte, und so war es mir möglich, unbemerkt ins Haus zu kommen. Oben auf dem Gang herrschte Ruhe, da außer Bert nur zwei Dauerpatienten versorgt wurden. Er hatte ein Krankenzimmer, in das man von draußen hineinsehen konnte. Es war riskant, aber ich blieb zunächst vor dem Fenster und beobachtete ihn, sah seine ewige Unruhe, das Drehen des Kopfes und das Zucken der fixierten Beine. Glaub mir, nie war mein Entschluss fester als in diesem Augenblick, in dem ich ihn so sah. Mutter hatte ein paar persönliche Sachen von ihm gebracht und hingestellt. So verstaubte sein Fußball in einer Ecke, während ein paar Bücher unberührt auf dem Nachttisch lagen. Denn Bert gab es nicht mehr, er war schon lange weg. Ich öffnete leise die Schiebetür und trat zu ihm. Mein Bruder hatte die Decke mit den Händen weggeschoben, und ich sah voller Ekel, dass er eine Erektion hatte. Schnell deckte ich ihn zu und beugte mich, das Kissen in den Händen, zu ihm hinunter. Ich kann nicht sagen, was es war, doch die Winzigkeit einer Sekunde lang glaubte ich zu sehen, wie der Verstand in ihn zurückkehrte. Die Augen klärten sich und betrachteten mich, als würde er mich wiedererkennen. Ruhe lag darin, und noch bevor ich sie mit dem Kissen bedeckte, schloss er sie langsam und wirkte zufrieden. Bert wehrte sich nicht, lag still, als könnte er es kaum erwarten, hinüberzugehen. Biologisch gesehen ist das völliger Blödsinn, denn sein Hirn war Grütze, mir aber gab dieses Gefühl Kraft, die langen Sekunden durchzustehen. Als die Monitore seinen Tod anzeigten, machte ich mich schleunigst davon. Es war knapp, kaum dass ich die Tür zum Treppenhaus zugezogen hatte, eilte auch schon eine Schwester den Gang hinab. Ob sie den Lufthauch der zufallenden Tür gespürt hat, kann ich nicht sagen, jedenfalls stutzte sie einen Augenblick, wandte sich dann aber ab.«

Julian beobachtete Besslers Gesicht, das gerade jetzt zufrieden wirkte, als er von seiner eigenen Tat, seinem Verbrechen berichtete.

»Du bist zum Täter geworden.«

»Nein!«, er lachte bitter auf. »Genau das nicht. Ich hatte Neros Gewalt ein Ende gesetzt, doch auch eine neue Tür aufgestoßen.«

»Inwiefern?«

Er überging die Frage. »Wie spät?«

»Zwanzig vor neun.«

Plötzlich lichtete sich der Nebel, und die Sonne schickte ein paar warme Strahlen auf das Dach. Besslers Haare glänzten nass vom Nebel, und er kniff die Lider zusammen. Der Tag bekam nun einen neuen, einen fröhlichen Charakter, und Julian hoffte, Bessler könnte sich jetzt den Druck noch besser von der Seele reden. Dieser wandte auch prompt sein Gesicht der Sonnenwärme entgegen und genoss mit geschlossenen Augen.

»Bernie, kann uns jemand zwei Milchkaffee raufbringen?«

»Heh?«

»Spreche ich Kisuaheli?«

»Also ...«

»Danke.« Er drückte das Gespräch weg. »Wie ging es weiter?« Doch keine Reaktion erfolgte. »Gernot!«

»Was?«

»Wie ging es weiter?«

Bessler sammelte sich. »Verdacht schöpfte niemand. Ich glaube, alle waren froh, dass es vorbei war. Auf der Beerdigung sah ich meine Eltern seit Monaten wieder, und mit einem Mal änderte sich ihr Verhalten. Sie taten so, als ob der verlorene Sohn heimgekehrt sei, und zeigten plötzlich wieder Zuneigung. Ich hätte vor Ekel fast gekotzt. Glaub mir, seitdem verabscheue ich sie umso mehr.«

»Hast du noch Kontakt?«

»Nein. Meine Mutter ist früh an Krebs gestorben, das hat mir Hannah, meine kleine Schwester, geschrieben. Zur Beerdigung bin ich nicht hin. Wieso auch?«

Julian sah auf die Uhr. Sie näherten sich der imaginären Grenze von neun Uhr. Die Zeit drängte.

»Und danach?«

»Manchmal fahre ich an Berts Grab. Die Strecke führt an unserem alten Haus vorbei. Ich fühle keine Reue, denn ich denke, Bert hätte es sich so gewünscht. Die folgenden Jahre, bis kurz vor dem Abitur, waren unbeschwert, denn ich hatte niemanden, dem ich nahestand, von Daniel einmal abgesehen und, so sagte ich mir, gab es für Nero auch keinen Ansatz für ein neues Spiel. Welche Wahl hätte es auch geben können?«

Julian verstand die Logik des Gedankens. Einfach, aber im Prinzip effektiv. So lange Gernot nur zu einem Menschen eine enge Beziehung unterhielt, konnte er nicht wieder in die Klemme geraten.

Wieder verfing sich dieser in seinen Erinnerungen und verstummte, blickte auf die Stadt, den Dom und Liebfrauen, die Basilika und das Palais, die in der Sonne glitzerten, wie eben frisch herausgeputzt.

»Schön!«, entwich es ihm, und ein plötzlicher Weinkrampf schüttelte ihn. Julian ging die wenigen Schritte hinüber, überwand seine Angst vor der Höhe und legte ihm die Hand auf die Schulter. Einen Moment ließ Bessler es geschehen, dann wehrte er ab und zischte mit panisch aufgerissenen Augen.

»Geh weg, du darfst mir nicht so nahe kommen! Ich …«

In diesem Augenblick kam Bernie mit dem Kaffee durch die Tür. Julian ging zu ihm und nahm die Becher entgegen.

»Völlig bescheuert, oder?« Bernie nickte mit dem Kinn zum Rand des Daches.

43

»Gott sei Dank bist du gerade gekommen. Er stand kurz davor. Ich kapier es nicht, halte ihn aber am Reden. Arme Socke.«

»Der Psychologe hört mit und meint, du machst das sehr gut. Seiner Meinung nach ist der Typ stark gestört. Auslöser war wohl der Unfall im Stall. Über ihn konnten wir bisher wenig finden. Keine Anzeigen oder so. Die Ämter haben leider geschlossen. Es wird noch etwas dauern, bis wir ein bisschen mehr wissen.«

Julian nickte abwesend. »Wenn es nicht so irre wäre, könnte man ihm fast glauben.«

Bernie grunzte zustimmend. »Erzählen kann der Kerl.«

Sie verabschiedeten sich, und Julian ging zurück. Bessler nahm den Kaffee und trank einen großen Schluck.

»Was sagt der Seelenklempner?«

Der Mann war clever.

»Du wärst verrückt.«

»Welche Überraschung. Was nicht sein darf, kann nicht sein.«

Die Pause hatte ihn offensichtlich beruhigt. Julian atmete auf.

»Daniel war der einzige Mensch, dem ich nahestand, und so gab es keine Grundlage für ein neues Spielchen mit Nero, denn vor welche Wahl wollte er mich stellen. Aber wie immer klappt es nie so, wie man sich das vorstellt. Oder?«

Julian schüttelte den Kopf und trank. Der Kaffee tat gut, da er trotz der Sonne fror. Er hätte nicht sagen können, ob es an der kalten Luft oder dem Verlauf des Gesprächs lag.

»Sie hieß Lisa und kam gegen Ende der Unterprima zu uns in die Klasse. Sie wohnte außerhalb bei ihren Eltern. Ein Vulkan von einem Mädchen. Zierlich und nicht hübsch im eigentlichen Sinne, doch sie hatte eine Energie, die mich mitriss, und wenn sie dann lächelte, war das so wie eben, als die Sonne herauskam. Ich habe mir verboten, mich in sie zu verlieben, und als Daniel eines Tages mit ihr zusammen kam, gab es mir zwar einen Stich, im Innersten hingegen war ich froh. Wir hingen viel gemeinsam zusammen, gingen aus und alles war in Butter. Nur, wer hat schon seine Gefühle im Griff? Nach und nach sehnte ich mich nach ihr, nach einer Umarmung von diesem Mädchen.«

»Du hast es wider besseren Wissens getan?«

Die Stimme war kaum hörbar, als er weitersprach. »Kurz vor Weihnachten war Daniel am Wochenende nach Hause. Irgendein Geburtstag. Lisa kam zu mir ins Zimmer, eine Flasche Sekt unter dem Arm, die wir leerten, und irgendwann lag sie in meinen Armen und schaltete ihr hypnotisches Lächeln ein. Sie wusste genau, wie es um mich stand. Ich küsste sie, warf alle meine guten Vorsätze über Bord. Alles andere war in diesem Augenblick egal, und ich schlief mit ihr, als gäbe es kein morgen, während uns Daniel von einem Foto aus zuschaute, auf dem wir uns wie Brüder im Arm hielten. Toller Freund, was? Ich muss dir eins gestehen«, er stockte, »es war die schönste Nacht meines Lebens, und ich bin mir nicht sicher, ob ich es nicht wieder täte.«

»Doch du wurdest bestraft?«

Bessler warf den halbvollen Becher über den Rand des Daches ins Leere und schrie. »Na klar! Na klar! Sag mir, was habe ich getan, dass ich keine Freude in meinem Leben haben darf? Wo ist meine Schuld? Wann? Mit elf? Mit achtzehn? Ich wollte nur ein wenig Spaß!«

Er ging auf die Knie und sprach tonlos weiter. »Drei Tage vor Weihnachten, ich hatte gerade meine Tasche gepackt, war sie da, die Übelkeit. Sie beginnt leise ziehend, und so ignorierte ich sie vor lauter Angst, aber nach einer kurzen Weile krümmte ich mich vor Krämpfen auf meinem Bett. Daniel und Lisa waren schon nach Hause und so war niemand da, bei dem ich hätte Zuflucht suchen können. Ich war alleine. Nero ließ mich nicht warten und stand wie aus dem Nichts gezaubert vor mir. Unverändert. Gleiche Frisur, gleiche Kleidung, alterslos.

›Wollen wir spielen, Gernot?‹

Ich schüttelte nur den Kopf, was ihn zum Lachen brachte.

›Ach, der arme Junge will nicht. Hättest deinen Bruder nicht massakrieren dürfen.‹

›Aber ...‹

Neros Ton wurde jovial. ›Ich weiß, ich habe gesagt, du sollst das in Ordnung bringen, aber nur, damit wir wieder spielen können.‹

›Wieso?‹

›Er hätte nach einer Weile sterben sollen, tat es aber nicht. Irgendwer hat da wohl dazwischengefunkt. Du musst wissen, solange er lebte, war das erste Spiel noch nicht vorbei, und ein Neues gibt es erst, wenn das Alte beendet ist‹, er lachte wiehernd. ›Hättest den irren Fleischklumpen nur weiter zappeln lassen, und du wärst mich los gewesen.‹

Ich sprang ihn an, krallte meine Hände um seinen Hals und drückte meine Finger gegen seine Kehle. Er fiel nach hinten und ließ sich ohne Gegenwehr die Luft abdrücken. Er würgte und schließlich war er tot, verdrehte die Augen und lag still. In Panik ließ ich von ihm ab, als er zu lachen begann, die Kehle übersät mit Würgemalen.

›Das hat noch niemand versucht‹, er wischte sich die Tränen aus den Augen, um mich dann voller Erbarmungslosigkeit anzusehen. ›Lass uns spielen, Gernot. Du hast die Wahl!‹

Lisa saß bei einer Freundin, als Nero sie mir zeigte. Sie alberten herum, doch irgendwann sprach sie von unserer Nacht. Erzählte darüber wie von etwas ganz Besonderem und ihrer Liebe zu mir, und dass sie Daniel verlassen würde, um nach dem Abitur mit mir zusammen zu sein. Ihr schwebte ein gemeinsames Studium vor.

›Sie oder er, du hast zehn Minuten.‹

Daniel hockte mit seiner Familie entspannt vor dem Fernseher und grölte über einen hohlen Witz. Ich sah das vertraute Gesicht und auch seine Familie, bei der ich unzählige Wochenenden verbracht hatte.«

Julian hielt es nicht mehr aus. »Für wen hast du dich entschieden?«

»Für keinen von beiden. Ich habe es nicht getan.«

»Wieso hast du dich nicht entschieden?« Julian schrie, obwohl er sich bewusst wurde, wie grotesk die Situation war. Er war hier oben, um den Mann vom Springen abzuhalten und nicht, um sich mit seiner Lebensgeschichte zu identifizieren und dann auch noch über etwas zu streiten, was schon längst Geschichte war. Doch konnte er Bessler nicht verstehen, selbst wenn das Ganze nur

Hirngespinste waren. Er hatte die Chance bekommen, einen Menschen zu retten, und ließ sie verfallen.

Nie hatte Gernot lauter gebrüllt. »Weil ich glaubte, zum Täter zu werden, kapierst du das denn nicht? Solange ich nichts tat, blieb ich Opfer, sobald ich allerdings eine Entscheidung gegen einen der beiden getroffen hätte, wäre ich zu einem Spielball in den Händen eines Teufels geworden!«

»Das warst du doch ohnehin. Ist dir der Preis nicht zu hoch gewesen?«

»Schon«, er schlug die Hände vors Gesicht und massierte seine Augen. »Aber ich konnte keine Wahl treffen, war einfach von der Angst gelähmt, was Nero dann mit mir machen würde, nämlich eins war mir klar, aufhören würde er niemals, solange ich auch lebte.«

Julian beruhigte sich und sah ein, dass er den Mann mit seinen sinnlosen Vorwürfen nicht weiter unter Druck setzen durfte. »Da gebe ich dir recht.«

»Hinterher hätte ich anders entschieden, ja, hinterher. Er ließ mich teilhaben an seinem makabren Schauspiel. Sofort nachdem ich keine Wahl getroffen hatte, begleiteten wir Lisa. Mir war sofort klar, wie Nero mich bestrafen würde. Ich musste zusehen, wie sie starb. Ich wehrte mich mit aller Kraft, doch selbst bei geschlossenen Augen sah ich die Szenen. Einmal gab es noch Lisas Lächeln, als sie sich verabschiedete und aufs Rad stieg, um heimzufahren. Ein, ein ... sie wurde vor meinen Augen vergewaltigt und erstochen.« Er brach erneut ab, während seine Miene zu einer Maske wurde, hinter der ein Film lief, den Julian niemals hätte sehen wollen. Es war zehn vor neun. »Es dauerte unendlich, dauerte so lange, dass ich nur noch darum bat, sterben zu dürfen. Sie flehte um Gnade, verstehst du, Gnade, die ich ihr verweigert hatte, um mich selbst zu schützen. Ihre Schreie waren eine nicht enden wollende Anklage. Ich war schuldig geworden an der Liebe meines Lebens.«

»Und Daniel?«

Bessler sah ihn mit tränenverhangenen Augen so verwirrt an, als sähe er ihn das erste Mal.

»Daniel?«, ein Seufzer, als er zurückfand, den Faden wieder aufnahm. »Nero war plötzlich weg, und ich rannte zum Telefon, um Danny zu warnen, doch ich konnte ihn nicht erreichen. Ich versuchte es bei der Polizei, aber auch hier kam ich nicht durch. Meine Hoffnung war umsonst. Sie sind alle verbrannt. Das Haus ging in Flammen auf. Ein Kurzschluss in der Weihnachtsbeleuchtung.«

»Hast du die genauen Namen der beiden?«

»Überprüfung oder was?«

»Ja, ich muss es tun.«

Er sah Julian lange Sekunden an, dann nannte er sie aus dem Kopf.

Das Sprechfunkgerät knackte, und Bernie versprach, die Vorfälle zu überprüfen.

Als Julian sich wieder umwandte, saß Bessler am Rand des Daches, die Beine baumelten über dem Abgrund.

»Wie lange noch?«

»Acht Minuten.«

Gernot nickte versonnen, was Julians Puls beschleunigte. Bessler verlor den Kontakt zur Realität, verabschiedete sich bereits.

»Ich bin zusammengebrochen und war ein halbes Jahr in einer geschlossenen Anstalt. Anschließend habe ich das Abitur gemacht, immer darauf bedacht, nie jemandem zu nahe zu kommen. Nach weiteren Monaten raffte ich mich dann zu einem Jurastudium auf, das ich abbrach, da zu viele lachende Gesichter um mich herum waren, und trat in ein Kloster ein. Diese Zeit war anfangs wundervoll, und manchmal habe ich das Gefühl, die Nähe Gottes hat dort diesen Teufel ferngehalten. Doch wieso nur dort? Nach zwei Jahren begann mich die Enge der Klostermauern zu ersticken, weshalb ich kurz vor Ende des Noviziats wieder ausgetreten bin und mein Studium fortsetzte. Einsame Jahre folgten.«

»In Ruhe?«

»Ja, das auch. Ich machte ein super Examen, zu dem mir niemand gratulierte, und begann bei der Staatsanwaltschaft hier in Trier. Die Jahre gingen dahin und irgendwann bildete sich ein Bekanntenkreis, in dem ich mich einrichtete, ohne den Leuten allzu nahe zu kommen.«

Eine Pause trat ein, die sich dahinzog, und Julian wusste, dass nun die entscheidende Wendung käme. Bessler sah über die Häuser hinweg zu den Weinbergen an den Hängen des Petrisbergs, die kahl in der Sonne lagen.

Als er Julian schließlich anschaute, war klar, dass es nur eine minimale Chance gab, Bessler zu retten, denn der Mann befand sich innerlich bereits im freien Fall. Schmerz, Panik und grenzenlose Angst füllten nun wieder seine Augen.

»Franziska war Referendarin. Sie stand plötzlich vor mir, und wir haben uns auf Anhieb ineinander verliebt. Ganz anders als bei Lisa, habe ich mich Hals über Kopf in sie verliebt. Meine Abwehr war machtlos. Ich ließ es geschehen und redete mir ein, wenn ich nur sie liebte, gab es keine Wahl und auch kein neues Spiel für diesen verdammten, verfluchten Dreckskerl«, Bessler spie die Worte aus. »Da widerfährt einem das Glück, eine Frau zu finden, die man über die Maße liebt, und wird auch von ihr geliebt, doch immer schwebt das Damoklesschwert dieses Spiels über deinem Kopf. Was soll ich sagen? Sie wurde schwanger.«

»Mein Gott. Ist das Kind da?« Es blieben nur noch drei Minuten.

»Ja. Ein Jahr schon. Nero wollte mir wohl die Zeit geben, mich richtig in Emilie zu verlieben, bevor er kam.«

»Und er kam.« Es war keine Frage, sondern eine Feststellung.

»Vorgestern wurde mir schlecht. Ich rannte in die Kirche und flehte zu Gott, doch es half nichts. Ich ...«

»Gernot, es geht irgendwie immer weiter.«

Besslers Kreischen ließ Julian die Augen schließen. »Du kapierst es nicht. Sie sind nicht tot. Ich muss mich bis neun entschieden haben. Doch ich kann nicht, ich muss das hier beenden. Was soll ich tun, Julian, sag es mir! Ich muss mich entscheiden.«

Julian geriet nun auch in Hektik. »Wo sind sie?«

»Fahren von meinen Schwiegereltern aus zurück. Koblenz. Ich kann sie nicht erreichen.«

»Autonummer und Handy.«

Er schrie Bernie an, das Auto zu lokalisieren. Noch eine Minute.

Bessler hörte nicht mehr hin. »Glaubst du meiner Geschichte?«

Julian sah über die Schulter in ein Gesicht, dem nichts mehr im Leben wichtiger war, als diese eine Antwort, und er nickte leicht. Erleichterung und Dankbarkeit traten an die Stelle äußerster Zerrissenheit.

Wieder nickte er und sah dann hinunter auf die Stadt, die im Sonnenlicht glänzte. Ein Vogel zog an ihm vorbei, dem er nachsah, bevor er sich umwandte. Er war alleine auf dem Dach.

Er ignorierte seinen Schwindel und sah nach unten. Gernots Gestalt lag auf dem Pflaster, während sich um seinen Kopf eine Blutlache bildete.

Auf schweren Füßen taumelte Julian zurück und sank zu Boden. Hatte er versagt? Er wusste es nicht und schlich wie betäubt nach unten, weg von diesem Dach. Weg von einem Erlebnis, das er nie würde vergessen können. Unten angelangt, sah er nicht zu Gernots Leiche hinüber, vermied es, gab seinen Zweifeln keinen Raum.

Bernie saß im Streifenwagen und sah ihn schockiert an. Doch da war noch etwas. Er flüsterte. »Hast du ihm geglaubt?«

Hatte er geglaubt? Was nicht sein kann, darf nicht sein? Oben auf dem Dach war er sich sicher gewesen, hatte Besslers Geschichte Glauben geschenkt, doch hier unten, zurück in der Realität? Wollte er es nicht glauben, um den Verstand nicht zu verlieren?

Ehe er antworten konnte, meldete sich die Zentrale. »Das von Ihnen gesuchte Fahrzeug wurde um neun Uhr in einen Unfall verwickelt. Beide Insassen sind ums Leben gekommen. Tut mir leid.«

Bernie starrte Julian an, der erst flüsterte und dann in lauter Verzweiflung schrie.

»Er ist doch gesprungen! Verdammt noch mal, er ist doch gesprungen!«

Sein Blick wanderte ziellos umher und blieb an der Funkuhr des Streifenwagens hängen. Wie betäubt sprang er aus dem Streifenwagen und taumelte ziellos davon.

Seine Uhr ging drei Minuten nach.

Ich kenne die Geschichte

Moni Reinsch

K önnen Sie mir Ihren Namen sagen?«, fragte die Ärztin und lächelte die Frau an, die ihr auf dem Sessel gegenübersaß. Beide Handgelenke waren verbunden, sie war blass, aber sie war über den Berg.

»Pia Tiberius«, antwortete diese ohne aufzusehen und knetete die Zipfel ihrer Bluse mit beiden Händen.

»Wie alt sind Sie?«

Jetzt musste die Patientin einen Moment nachdenken. »Ich glaube, ich bin am neunten oder elften Juni achtundsechzig geworden.«

Die Psychiaterin schürzte die Lippen, der neunte Juni stimmte. »Haben Sie Familie?«

Wieder ein Zögern, aber weniger, als müsse sie nachdenken, sondern eher, als würde sie überlegen, was sie der Fremden anvertrauen wollte.

»Hier in der Klinik will Ihnen niemand etwas, wir sind da, um Ihnen den Einstieg in den Alltag wieder zu erleichtern. Dazu ist es einfacher, wenn wir wissen, wer Ihre möglichen Ansprechpartner sind«, erläuterte sie.

Die Frau lachte bitter auf, und ihre sonst leeren Augen funkelten die Ärztin kurz an, bevor sie aus dem Fenster starrte. Es dauerte lange, bis sie wieder sprach. »Wenn ich nicht zuverlässig weiß, wer meine Ansprechpartner sind, wie wollen Sie das entscheiden können?«

Als die Ärztin nicht darauf reagierte, begann sie aufzuzählen: »Mein Mann ist vor drei Jahren gestorben, an einer Pilzvergiftung. Er war Historiker an der Universität in Trier. Unser Sohn Claudius hatte sich bis dahin wenig um uns gekümmert, mein Mann und er kamen nach dem Tod unseres anderen Sohnes, Julius, nicht gut miteinander aus. Ich habe nie wirklich verstanden, warum.«

Die Ärztin warf einen Blick auf ihr Klemmbrett, fand hierzu

aber keine Angaben. »Woran ist Julius gestorben?«

Wieder dieses freudlose Lachen. »Tja, wenn man das so genau wüsste. Julius war Epileptiker.«

Die Ärztin suchte den Blick ihrer Patientin, aber die wich ihr aus. »Ist er an einem Anfall gestorben?«

Langes Schweigen. »Das weiß man nicht so genau. Mein Mann sagte damals zu Claudius, er kenne sich in der Geschichte aus, ihm könne er nichts vormachen. Ich habe das nie verstanden. Danach hat Claudius das Haus nicht mehr betreten, bis mein Mann tot war.«

Die Therapeutin wartete, aber ihre Patientin sagte nichts mehr. »Hatten Sie weiterhin Kontakt zu Claudius?«

»Ja natürlich«, fuhr sie unerwartet heftig auf. »Claudius hatte ja immer Pech mit den Frauen. Ich war die einzige, die immer für ihn da war. Er ist mehrfach geschieden, ich bin nicht sicher, wie oft. Zwischendurch hatte er auch immer wieder Freundinnen, darum habe ich irgendwann den Überblick verloren. Er wollte so gerne Kinder haben, aber seine erste Frau, oder ich glaube, es war schon seine zweite, konnte keine bekommen. Kurz nach ihrer Trennung hat sie sich die Pulsadern aufgeschnitten. Claudius hat sich eine neue Partnerin gesucht, aber die starb hochschwanger. Er hatte wirklich kein Glück mit den Frauen. Ich war die einzige Konstante in seinem Leben.«

Die Ärztin spitzte die Ohren. »Sie waren?«

Die Frau sah irritiert von ihren Händen auf, die inzwischen reglos in ihrem Schoß lagen. »Ich meine natürlich, ich bin die Konstante in seinem Leben. Ohne mich wäre er nie das geworden, was er war. Ist, meine ich.«

Die Ärztin blätterte in ihren Unterlagen, fand aber nicht, was sie suchte.

»Sie sind vom Krankenhaus aus direkt zu uns gekommen, Frau Tiberius. Ich habe keine Notiz gefunden, dass Sie bislang Besuch bekommen hätten. Auch nicht von Ihrem Sohn. Wie ist Ihr Verhältnis zur Zeit?«

Ein flüchtiges Lächeln huschte über Pia Tiberius' Gesicht.

»Claudius wohnt bei mir. Er ist so ein begnadeter Künstler. Nur hat leider noch niemand außer mir sein Talent so richtig erkannt. Er war immer wieder zum Vorsingen, hat sich allen möglichen Bühnen angeboten, hat Mappen mit seinen Arbeiten zusammengestellt, aber letztlich war er doch immer auf meine Hilfe angewiesen. Ohne eine so starke Mutter im Rücken zu haben, wäre der Junge längst zugrunde gegangen.«

»Wie alt ist Claudius?«, wollte die Ärztin wissen.

»Einunddreißig«, antwortete dessen Mutter ohne Zögern.

»Wird es dann nicht langsam Zeit, dass er sich vom Elternhaus löst?«

Pia Tiberius sah die Ärztin an, und dieser Blick sagte ihr, dass diese Frau nicht nur depressiv war und sich darum die Pulsadern aufgeschnitten hatte, sondern dass da noch eine andere Störung dahinter lag. Ein Laie hätte schlicht von einem irren Blick gesprochen, so einfach konnte sie es sich natürlich nicht machen. Aber dieses Flackern war kein gutes Zeichen.

»War das Ihr erster Selbstmordversuch?«

Die Patientin schien das Wort abzuwägen. Sie zuckte nicht zusammen, wie die Ärztin es sonst schon erlebt hatte, wenn man Patienten mit ihrer Tat konfrontierte. Stattdessen wirkte ihr Blick eher wie eine Bestätigung. Die Ärztin war jetzt sicher, dass dies keine spontane Tat gewesen war, diesen Selbsttötungsversuch hatte die Frau schon lange geplant.

Plötzlich schüttelte Pia Tiberius den Kopf, als sei sie aus tiefen Gedanken erwacht. »Der Junge war doch bislang noch so klein. Der brauchte seine Mutter doch noch.«

»Einunddreißig?«

Die Mutter wischte den Einwand mit einer Handbewegung weg. »Ich habe immer wieder versucht, Kontakte für ihn zu knüpfen, habe sogar ernsthaft erwogen, noch einmal zu heiraten. Günther ist Intendant an einem kleinen Theater, der hätte sich vielleicht verpflichtet gefühlt, meinem Sohn ein Engagement zu geben. Aber Claudius wollte plötzlich nicht mehr, dass ich mich um ihn kümmerte. Er hat mir sogar vorgeworfen, ich würde mich in seine

Sachen einmischen. Stellen Sie sich das einmal vor. Da opfere ich mich ein Leben lang für ihn auf, bin immer für ihn da, ebne ihm den Weg, wo immer es geht. Und dann sagt dieses undankbare Kind plötzlich, er wolle sein Leben alleine in die Hand nehmen.«

Die Ärztin wartete die Stille ab, bevor sie fragte: »War das der Grund für Ihren Selbstmordversuch? Hatten Sie das Gefühl, nicht mehr gebraucht zu werden?«

Wieder diese funkelnden Augen. »Natürlich werde ich gebraucht. Claudius konnte das nur im Moment nicht erkennen. Er hat mich mehr gebraucht denn je. Er hat mir vorgeschlagen, eine Kreuzfahrt zu machen. Können Sie sich das vorstellen, eine Kreuzfahrt?«

»Ich habe oft gehört, dass Menschen, die einen Partner oder eine Partnerin verloren haben, lange Reisen unternehmen, wo ihnen angenehme Unterhaltung geboten wird und sie eine Rundum-Versorgung haben. Ich finde die Idee Ihres Sohnes gut«, sagte die Medizinerin.

Die Kranke schlug sich eine Hand auf die Brust. »Ich gehe bestimmt auf kein Schiff, ich nicht.«

»Haben Sie Angst vor Schiffen? Haben Sie schlechte Erfahrungen gemacht?«

Pia Tiberius zupfte an den Verbänden um ihre Handgelenke. »Ich habe meinen Mann oft in seiner Arbeit unterstützt. Ich kenne die Geschichte. Ich gehe auf kein Schiff.« Weiter sagte sie nichts.

Die Therapeutin schielte auf die Uhr. Die veranschlagte Zeit war längst vorbei, der nächste Patient wartete gewiss schon vor der Tür. »Möchten Sie mir noch etwas erzählen oder sind Sie froh, wenn Sie erst einmal zur Ruhe kommen? Sie können mir dann gerne in Ihrem nächsten Termin mehr erzählen.« Sie hasste es, für jeden Klinikpatienten nur fünfundzwanzig Minuten Zeit zu haben.

Die Augen blitzten tückisch auf, bevor sie wieder jeden Glanz verloren. »Wir sehen uns nächste Woche wieder. Ich würde so gerne einmal in die Stadt gehen und mir diese Nero-Ausstellung ansehen, ist das wohl möglich?«

Für eine spontane Zusage fehlte der Ärztin der Überblick über

Therapieerfolge in anderen Bereichen und die Bereitschaft der Patientin, ihre Genesung voranzutreiben. Eigentlich war sie in einem geschlossenen Haus besser aufgehoben. Nach dem Selbstmordversuch war sie zunächst im Krankenhaus gewesen. Seitdem war sie in einem Zweibettzimmer der geschlossenen Psychiatrie, um einen erneuten Versuch zu verhindern und ihre Psyche wieder aufzubauen. Grundsätzlich waren den Patienten Stadtgänge erlaubt, wenn sie sich an gewisse Regeln hielten. Dazu gehörte, dass sie keinen unabgesprochenen Kontakt zu ihren Verwandten aufnahmen, dass beispielsweise Drogenabhängige sich keinen neuen Stoff besorgten oder Orte aufsuchten, an denen sie sich sonst mit anderen Abhängigen trafen. Mit der Zeit konnten diese Restriktionen gelockert werden. In Frau Tiberius' Fall würde das heißen, sie könnte ihren Sohn Claudius treffen, aber es war kein gutes Zeichen, dass der von sich aus bislang keinen Kontakt gesucht hatte. Die Ärztin versprach, das in der nächsten Konferenz zu besprechen.

»Ich habe großes Interesse an Nero. Die Ausstellung begann an dem Tag ... Na, Sie wissen schon. Ich möchte mir auf jeden Fall die Exponate ansehen, die von überall nach Trier gekommen sind. Schade, dass mein Mann das nicht mehr erleben kann. Er wäre begeistert gewesen. Wir sind beide so große Nero-Fans.«

»Sie müssen mir beim nächsten Mal unbedingt erzählen, was an Nero so faszinierend ist. Ich weiß bislang nicht viel mehr, als dass er Rom angezündet haben soll.« Die Ärztin reichte ihrer Patientin die Hand und brachte sie zur Tür.

»Sie wären überrascht«, sagte diese nur geheimnisvoll und huschte den Flur entlang zur Treppe.

Die Konferenz aus Ärzten, Psychologen und Therapeuten hatte beschlossen, Pia Tiberius noch nicht alleine in die Stadt gehen zu lassen. Die Ausstellung würde volle fünf Monate bleiben. Sie würde also später noch Gelegenheit haben. Die Fachleute hatten sich einstimmig dafür ausgesprochen, dass es gut wäre, den Kontakt zu ihrem Sohn herzustellen. Bislang hatten sie ihn telefonisch nicht erreichen können. Sie überlegten, ob er von dem Suizidversuch seiner Mutter und ihrem Klinikaufenthalt möglicherweise gar nichts wusste.

Beim nächsten Treffen war Pia Tiberius unerwartet verschlossen. Als die Ärztin ihr vorschlug, sich einem Geistlichen anzuvertrauen, wurde sie geradezu von Unruhe ergriffen.

»Was soll ich mit einem Christenmenschen?«

Die Ärztin blickte in ihre Unterlagen, sie war sicher, dass die Frau angekreuzt hatte, römisch-katholisch zu sein.

»Manchmal hilft es, sich mit einem völlig Unbekannten auszutauschen, der der Schweigepflicht unterliegt.«

Pia Tiberius schüttelte heftig den Kopf. »Wir wohnen direkt neben dem Pfarrhaus. Im vergangenen Jahr ist das abgebrannt. Die Flammen haben fast auf unser Haus übergegriffen. Denken Sie, das hätte einen von denen interessiert? Stattdessen kam die Polizei sogar zu uns ins Haus und hat meinem Claudius unterstellt, er hätte bei dem Haus gezündelt. Mein Sohn, das stelle sich mal einer vor. Ich kann mit dieser ganzen Kirche nichts anfangen.« Dann verfiel sie wieder in Schweigen.

Noch immer hatte niemand sich nach dem Verbleib von Pia Tiberius erkundigt. Auf dem Flur gab es Telefone, von denen aus man anrufen oder angerufen werden konnte, eigene Telefone waren nicht erlaubt. Aber Pia Tiberius sprach nie mit jemandem außerhalb der Klinik, und auch innerhalb sprach sie nur das Nötigste.

In ihrer dritten Woche in der Klinik kam plötzlich die Polizei ins Haus. Ein Polizeihauptmeister Römer hatte telefonisch angefragt, ob er mal mit der Patientin Tiberius sprechen könne. Sie musste aus der Kunsttherapiestunde geholt werden, war aber nicht abgeneigt, die Malerei zu unterbrechen. Sie hatte sich geäußert, dass sie lieber mit Speckstein arbeiten würde, die Patienten dieser Abteilung bekamen aber keine Werkzeuge in die Hand.

Der Polizist wirkte unsicher, obwohl er aufgrund seines Alters sicher schon viel gesehen hatte. Vermutlich hatte er aber noch nie ein Gespräch in einer geschlossenen Psychiatrie geführt.

»Bleibt jemand vom Personal bei dem Gespräch dabei?«, fragte er zögernd.

Die Schwester, die ihn in einen kleinen Besuchsraum geführt hatte, schüttelte den Kopf. »Eigentlich ist das nicht vorgesehen, sollte denn jemand dabei sein?«

»Ich kenne die Frau nicht, ich kann nicht vorhersehen, wie sie auf den Tod ihres Sohnes reagieren wird«, erklärte er seinen Wunsch.

Die Schwester informierte die Ärztin, die gerade in ihrem Sprechzimmer saß und Berichte diktierte. Sie unterbrach ihre Arbeit und kam gleichzeitig mit der Patientin in das Besucherzimmer. Alle drei nahmen um den kleinen Tisch herum Platz. Der Raum war schmucklos und kühl, nichts, worauf man seinen Blick heften konnte außer auf seine Gesprächspartner.

»Sie sind die Mutter von Claudius Tiberius, wohnhaft Kirchstraße 3 in ...«

»Ja, ja«, unterbrach die Frau ihn. »Was wollen Sie von mir?«

Der Polizist warf einen flehentlichen Blick zu der Ärztin, die aber auch noch nicht wusste, was er mitzuteilen hatte, und ihm daher nicht helfen konnte.

»Frau Tiberius, ich muss Ihnen leider mitteilen, dass wir Ihren Sohn tot aufgefunden haben.«

Die Frau reagierte nicht, als habe sie ihn nicht gehört. Die Ärztin sah den Polizisten interessiert an.

»Wie ...?«

»Ich glaube, ich will es gar nicht wissen«, schnitt die Mutter ihr das Wort ab, stand auf und wandte den Blick zur Wand. Keine Tränen, kein Seufzer, keinerlei Regung.

»Können Sie uns sagen, wann Sie Ihren Sohn zuletzt gesehen haben?«

Die Antwort kam ohne Zögern. »Das kann ich sehr wohl, am dreiundzwanzigsten März. Seitdem war ich zunächst im Krankenhaus und im Anschluss daran bin ich auf diese Abteilung gekommen.«

Der Polizist wirkte, als würde er jetzt manches verstehen. »Dann kann es also wirklich sein, dass er schon seit fast vier Wochen ...«

Er brach ab, aber die Ärztin bat ihn, weiterzusprechen. Eine

Mutter sollte ein Recht darauf haben, zu erfahren, wie das eigene Kind ums Leben gekommen war. Nur so werde sie den Verlust langfristig verarbeiten können und mit Hilfe der Therapeuten könnten sie ein Trauma vermeiden.

»Er saß im Wohnzimmer auf dem Sessel, ein Dolch steckte in seiner Kehle. Die Verwesung war schon stark fortgeschritten, als wir ihn gefunden haben«, erklärte der Beamte.

»War es Selbstmord?«, fragte die Ärztin den Polizisten.

Der zuckte die Achseln. »Sie wissen schon, laufende Verfahren ... Es gibt Zweifel daran.«

In dem Moment erinnerte sich die Ärztin an ihre Sitzung vor zwei Wochen, als ihre Patientin von ihrem Sohn in der Vergangenheitsform gesprochen hatte.

»Tyrannenmord«, wisperte Pia Tiberius. »Nicht nur mein Mann kannte sich in der Geschichte aus. Ab jetzt bin ich nur noch Kaiserin«, murmelte sie und lächelte. »Welch eine Mutter geht mit mir zugrunde.«

Wer findet alle historischen Bezüge?

- Nero Claudius Caesar starb am 9. oder 11. Juni 68 mit 31 Jahren.
- Neros Vater starb vermutlich an einer Pilzvergiftung.
- Neros Bruder Britannicus war Epileptiker. Ob er an einem Anfall starb oder vergiftet wurde, ist ungeklärt.
- Neros Ehe mit Octavia war kinderlos, er verstieß sie und ließ ihr anschließend die Pulsadern aufschneiden.
- Neros zweite Frau Poppaea starb während ihrer Schwangerschaft, möglicherweise durch einen Fußtritt Neros in den Unterleib.
- Nero gilt als mäßiger Künstler.
- Nero wurde der Brand Roms zugesprochen. Er brauchte andere Schuldige und ließ die Christen verfolgen und töten.
- Neros Mutter Agrippina galt als einflussreich und machtgierig. Sie sollte mit einem Schiff versenkt werden, später ließ Nero sie am 23. März 59 ermorden.

- Nero stieß sich selbst einen Dolch in die Kehle. Seine letzten Worte sollen gelautet haben: »Welch ein Künstler geht mit mir zugrunde.«

Alte Kameraden

Stephan Brakensiek und Sabine Schneider

K omm rein, mach die Tür schnell wieder zu. Es ist kalt.«
»Ist ja auch Winter.«

»Klugscheißer. Mach die Tür zu.«

»Wie hast du mich genannt?«

»Ich gebe dir immer den Namen, den du in dem Moment verdienst.«

»Ich weiß ja nicht.«

»Doch, immer. Mach ich schon seit Jahren so.«

»Nein, stimmt doch nicht.«

»Schon seit Jahren, mein Lieber.«

»Aber ich mag das nicht.«

»Mochtest du noch nie. Stört mich aber nicht.«

»Du bist eben kein Freund.«

»Hab ich das je behauptet? Ich bin außerdem dein Vorgesetzter. Vergiss das nicht.«

»Ha, vergessen solltest du nicht, wie oft ich dir deinen alten Arsch schon gerettet habe.«

»Ts, einmal, okay.«

»Einmal? Dass ich nicht lache, klar. Doch erst letzte Woche beim Ausflug am Ententeich. Ich komme schon beim oberflächlichen Nachdenken auf mindestens sechzehn Mal. Soll ich aufzählen?«

»Wenn du es nicht lassen kannst ...«

»Okay, ich mache es chronologisch, dann kannst du dich vielleicht besser erinnern: Warschau, Kursk ... «

»Bei Kursk kannten wir uns noch gar nicht.«

»Du wirst tatsächlich vergesslich, mein Lieber. Bei Kursk saßen wir nebeneinander.«

»Die ganze Zeit?«

»Willst du dich über mich lustig machen? Nein, nicht mehr nach dem verheerenden Treffer. Da habe ich dich aus der brennenden

Blechschüssel rausgezogen und hinter die Linien getragen.«

»Und was soll das jetzt? Spielt das heute noch eine Rolle? Und was sind das für Klamotten, die du da mitgebracht hast?«

»Das hier, das sind einfache weiße Betttücher. Aber ich weiß wirklich nicht, warum du nun so laut wirst. Habe ich etwa einen wunden Punkt berührt? Mag der Herr Vorgesetzte a.D. nun plötzlich nach all den Jahren auf seinem Dienstgrad bestehen?«

»Weißt du, wenn ich das gewollt hätte, dann säßen wir jetzt nicht hier so beisammen. Was hast du mit den Tüchern vor? Mir ist nicht nach einwickeln. Bin doch nicht in Ägypten.«

»Kann ich verstehen. Weckt Erinnerungen ans Lazarett, nicht wahr?«

»Hmm…«

»Musst ja nichts sagen. Aber ich wollte die Tücher eigentlich dazu benutzen, um mir mit dir die Zeit sinnvoll zu vertreiben. Wir warten schon so lange«

»Ist dir etwa langweilig?«

»Dir nicht?«

»Eins zu null für dich. Dieses Warten macht mich tatsächlich auch mürbe. Warum kann es nicht endlich einmal einen eindeutigen Funkspruch geben? Warum muss alles in letzter Zeit immer so verklausuliert sein? War das früher auch schon so? Früher gab es doch mehr Energie, mehr Vorwärts.«

»Verschlüsselt wurde schon immer, aber da waren ja auch andere Zeiten. Vielleicht liegt es ja auch an uns. Vielleicht verstehen wir die Ansprache nicht mehr.«

»Bist du Defätist geworden? Etwa sogar ein Wehrkraftzersetzer?«

»Wo denkst du hin? Wäre ich sonst bei dir? Aber ich hatte schon immer einen Hang zum Realismus.«

»Und der sagt dir nun, dass es mit dem Vorwärts und der Kommunikation zwischen der Leitung und uns nicht mehr so gut bestellt ist wie früher, oder was?«

»Lass gut sein. Nimm dieses Tuch, bitte.«

»Und was soll ich damit machen?«

»Erst einmal solltest du aufstehen. Dann, gut so, legst du es dir wie eine Toga um. Du weißt schon, dieses römische Gewand.«

»Nun lass aber mal gut sein. Ich war schon mit den Römern vertraut, als du noch reiner Beutegermane warst, pur, völlig ohne Kultur.«

»Sind wir das nicht heute alle?«

»Römer?«

»Nein, Germanen, Beutegermanen.«

»Du hast da anscheinend etwas völlig missverstanden. Nicht nur die Germanen zählen zur auserwählten Rasse. Auch Elemente der römischen Kultur.«

»Oh, bist du sicher? Massenverbrennungen à la Nero etwa, oder Hatzen, wie wir sie im Osten gesehen haben?«

»Also, was hast du vor?«

»Lass uns spielen. Wir haben seit der Unterterzia immer wieder an unserer Schule klassisches Theater gespielt, erinnerst du dich noch?«

»Dunkel, sehr dunkel.«

»Und du warst dabei gut. Besser zumindest als als Herrenmensch in der Ukraine.«

»Willst du mich etwa beleidigen?«

»Danach steht mir nicht der Sinn. Aber den Sinn fürs Klassisch-Tragische, den hast du oft in den letzten Jahren vermissen lassen.«

»Am besten nimmst du noch einen Schluck aus der Flasche da drüben. Dein dämlicher Zynismus ist ja nicht zum Aushalten.«

»Warum denn plötzlich so aggressiv? Man muss zu seiner Vergangenheit stehen, zumindest im Privaten. Und wir sind doch hier privat, quasi, meine ich. Oder sollte ich besser sagen inkognito?«

»Ja, offen dienstlich ist hier nichts mehr. Dabei waren unsere Uniformen so schick.«

»Ich wusste, dass sie dir immer gefallen haben. Mochtest diese imposanten Kragenspiegel und die eng geschnittenen Taillen der Uniformjacken, stimmt's?«

»Du etwa nicht? Warst dir doch immer ganz bewusst ob deren Wirkung auf die Damen.«

»Aber nicht im Osten.«

»Wer spricht denn davon? Nein, ich denke an Paris. Und dann am Ende wieder an die Normandie.«

»Heiße Bräute, mein Lieber, ich erinnere mich gut.«

»Aber da hattest du immer mehr Glück als ich.«

»Na, nun weine doch nicht gleich. Hättest dich ja auch zum Offizier ausbilden lassen können. Hättest dich nur zum Lehrgang melden müssen.«

»Ach, aber doch nicht vor 43.«

»Hast recht. Aber danach. Allerdings hättest du ja auch Abitur machen können.«

»Und? Wären wir dann heute noch zusammen?«

»Wohl nicht, hm.«

»Siehst du.«

»Hmm, hmm, hmm …«

»Kannst du nicht aufhören mit diesem Gesumme. Machst mich ganz verrückt.«

»Wieso so aggressiv heute? Steht dir nicht gut zu Gesicht.«

»Weil wir noch etwas Wichtiges vorhaben. Es steht noch ein Befehl aus.«

»Tatsächlich? Ein Befehl? Nach all den Jahren?«

»Ja, und zwar ein überaus wichtiger. Hatte ich doch gerade schon erzählt.«

»Dann hat es wohl Zeit. Alles von damals hat Zeit.«

»Nein, es ist der Wichtigste. Er kommt direkt von ganz oben.«

»Und wieso die Tücher über deinem Arm?«

»Wie gesagt, die gehören dazu.«

»Müssen wir uns extra verkleiden? Ist das angeordnet? Wäre neu.«

»Nein, eigentlich nicht. Aber hast du noch deine schicke Uniform an? Ich nicht.«

»Tja, das ist unser Pech. Hätten wir sie noch, was meinst du wie das hier anders laufen würde.«

»Quatsch. Chef ist hier eh wer anderes. Wir spielen nur noch auf unserer kleinen Bühne. Aber heute, heute können wir es der

Welt noch einmal zeigen, was wir für Kerls sind.«

»Solch helle Momente hätte ich dir gar nicht zugetraut. Also: her mit dem Tuch. Was soll ich damit machen?«

»Anziehen, natürlich. Aber fall nicht über die Schläuche deines Harnbeutels.«

»Papperlapapp. Fühle mich so frisch wie damals bei Lewemodo. Weißt du noch? Diese Weite der Steppe?«

»Klar weiß ich das noch. So etwas vergisst man nie im Leben. Aber hier geht es um etwas anderes. Nichts so Kleines, Begrenztes wie damals dort, sondern um etwas ganz Großes, tatsächlich Entscheidendes.«

»Nach all den Jahren, mein Lieber ...«

»Du weinst ja.«

»... haben sie uns beide und unsere Leistungen da oben nicht vergessen. Respekt, mein Lieber, das muss man erst einmal schaffen.«

»Hast du dich wieder beruhigt? Und bist du drin? Du weißt: nun muss jeder Handgriff sitzen. Es ist wie beim Infanterieangriff. Wir haben nur einmal die Überraschung auf unserer Seite.«

»Hm, kneift ein wenig unter den Achseln. Muss ich keine Waffe tragen, du alter Stratege?«

»Nein, keine Waffe. Wir brauchen keine. Eigentlich müssen wir nur ein Streichholz werfen. Ich habe alles andere bereits akribisch vorbereitet.«

»Wie immer ist auf dich Verlass. Aber halt: meine Pflicht als Vorgesetzter gebietet es mir, dich um eine schriftliche Fassung des Befehls zu bitten, den wir ausführen sollen. Schließlich trage ich hier vor Ort die Verantwortung – in Sieg wie Niederlage. Und Handeln auf eigene Faust wäre in unserer Situation doch eher kontraproduktiv, oder?«

»Sicherlich. Ich vergaß. Entschuldige. Hier ist er. Ich habe ihn ausgedruckt.«

»Du?«

»Nein, ich hatte Hilfe. Dieser Safed hat mir geholfen. Guter Mann. Kommt zwar irgendwo aus dem Süden, aber ist absolut loyal und weiß um die Richtig- und Wichtigkeit der Sache. Nur schade, dass er bald seine Sozialstunden bei uns wird abgeleistet haben.«

»Den sollten wir im Auge behalten, wenn wir mal Nachwuchs im Offizierskorps brauchen.«

»Wäre ne gute Sache, nur, seit unser Regimentsschneider gefallen ist, können wir Uniformen nicht mehr auf dem kurzen Weg anpassen. Und Übergrößen müssen wir zentral bestellen. Könnte mit dem Neuen vielleicht schwierig werden.«

»Gut, dazu später mehr. Jetzt lese ich erst mal … ›Es ist ein Irrtum zu glauben, nicht zerstörte oder nur kurzfristig gelähmte Verkehrs-, Nachrichten-, Industrie- und Versorgungsanlagen bei der Rückgewinnung verlorener Gebiete für eigene Zwecke wieder in Betrieb nehmen zu können. Der Feind wird bei seinem Rückzug uns nur eine verbrannte Erde zurücklassen und jede Rücksichtnahme auf die Bevölkerung fallen lassen. Ich befehle daher: … Alle militärischen Verkehrs-, Nachrichten-, Industrie- und Versorgungsanlagen sowie Sachwerte innerhalb des Reichsgebietes, die sich der Feind zur Fortsetzung seines Kampfes irgendwie sofort oder in absehbarer Zeit nutzbar machen kann, sind zu zerstören.‹ Paul? … Paul? … Du bist so still, ist was?«

»Wow, das sind einmal Worte. So erbarmungslos kenne ich den Gröfaz gar nicht. Aber er hat recht. Nur: warum kommt er damit erst jetzt, nach all den Jahren?«

»Na, er ist doch wieder da.«

»Wer? Er?«

»Ja, er. Ich habe ihn erst gestern Abend im Fernsehen gesehen.«

»War er etwa Gast im Musikantenstadel? Oder war er bei der Miosga, dieser kleinen, schnuckeligen Schnecke mit ihren Augenbrauen?«

»Nein, irgendwo anders. Aber er sah gut aus, frisch. Er ist ja seit Jahren sehr oft im Fernsehen. Oft nur mit den alten Aufnahmen, aber nun auch mit aktuellen. Und er sprach nun noch betonter als damals. Hat wohl mittlerweile ein zweites Buch geschrieben, oder so. Zwar sieht er auch etwas anders aus, fast so, als hätte er sich liften lassen, aber er hat noch immer die alte Leidenschaft für die große Geste. Klasse. Und, halt dich fest: er nimmt nun den Weg über die Medien. Ganz wie damals, immer mit der Zeit gehend, modern, der Herr Führer. Nur noch viel konsequenter. Glaub mir: der Endsieg ist nun endlich wirklich nahe! Lass uns nun den Befehl ausführen und ihm zeigen, dass wir noch da sind, seine treuen Männer vom 31sten. Wir stehen zu unserem Schwur!«

»Gut, machen wir. Aber warum tun wir das kostümiert in diesen albernen Lappen? Hätten wir nicht neue, schicke Uniformen verdient?«

»Der Befehl heißt aber Nero-Befehl. Und dieser Nero war ein Römer, der die Ewige Stadt angezündet hat, um auf den Ruinen seiner Stadt Neues zu errichten.«

»Wow. Wirklich? Was für ein Vorbild! Das muss man ihm lassen: Er ist einfach genial! Solch ein Name für einen solchen Befehl! Und du hast ein Händchen für klassische Inszenierungen. Ich denke noch heute an Smolensk, wo du dieses Standgericht inszeniert hast wie die Zwölf Geschworenen.«

»Aber die kamen doch erst 1957 in die Kinos.«

»Ja und? Hast du dennoch vorzüglich gemacht. Also: wo sind die Streichhölzer?«

»Hier. Wir müssen nur noch in den Nachbarraum gehen. Da steht alles, stehen die vorbereiteten Benzinkanister.«

»Dann los. Öffne du die Tür ... Danke ... und nun nenne mich Nero und reich' mir das Feuer.«

»Aber meine Herren. Was machen Sie denn hier bei uns im Pausenraum? Wir sind doch nicht im Theater. Und lassen Sie das bitte mit dem Feuer ... Schwester Tabea, bitte begleiten Sie Herrn Müller in sein Zimmer. Und wir beide, Herr Mohn, wir unterhalten uns noch ein wenig. Wieso haben Sie denn die zehn Kanister mit Seife aus dem Keller hier herauf geschafft? Und warum haben Sie die Bettlaken entwendet?«

»Und der Endsieg?«

»Der fällt heute wieder einmal aus. Kommen Sie? Es ist Zeit für die Tagesschau.«

Vor Rom brannt' Trier

Moni Reinsch

Am Roten Haus

Sie gingen von ihrer Herberge aus die Dietrichstraße in Richtung Hauptmarkt entlang und blieben vor einem kunstvoll verzierten, roten Haus stehen.

»Oh, Subway, können wir da hin?«, fragte Ygor.

»Ich will aber lieber zu H&M«, sagte Nadja und zeigte am Marktkreuz vorbei auf den Kleiderladen, woraufhin ihre beiden Freundinnen begeistert klatschten.

»Latein als zweite Fremdsprache, habe ich das richtig in Erinnerung, Herr Schmitz?«, übertönte der Stadtführer die unruhige Schülerschar.

»Nein, nein, mein Name ist Reuter«, stellte der Lehrer richtig. »Der Lateinlehrer ist am Freitag überraschend ins Krankenhaus gekommen, ich bin kurzfristig eingesprungen. Ich unterrichte die Klasse in Mathe und Physik und mache mit ihnen jetzt das Programm, was Herr Schmitz vorbereitet hat.«

»Zehnte Klasse, also seit vier Jahren Latein?«

Alle sahen betreten unter sich.

»Genau«, sagte die Referendarin für Sport und Biologie, die die Klassenfahrt von Gummersbach nach Trier begleitete.

»Dann kann bestimmt einer diesen Satz am Roten Haus übersetzen«, sagte Herr Will.

ANTE ROMAM TREVIRIS STETIT ANNIS MILLE TRECENTIS. PERSTET ET ÆTERNA PACE FRVATVR. AMEN

»Vor Rom stand ...«

Ein Glockenspiel unterbrach die holprige Übersetzung, sodass Thorben noch einmal in Ruhe und mithilfe seiner Schulkameraden darüber nachdenken konnte. Julian tippte auf seinem Smartphone, und als das Glockenspiel vorbei war, zitierte er die Übersetzung aus dem Internet:

»Vor Rom stand Trier eintausendunddreihundert Jahre. Möge

es weiter bestehen und sich ewigen Friedens erfreuen.«

»Seid ihr sicher, dass euer Lateinlehrer sowas durchgehen ließe?«, fragte Herr Reuter streng.

Der Stadtführer lachte. »Es wäre gut gewesen, hätte es diese Technik früher auch schon gegeben. Neuste Erkenntnisse haben diese Hausinschrift nämlich in Zweifel gezogen. Vermutlich sollte es nämlich heißen: ›Vor Rom BRANNTE Trier.‹ Der Hausbesitzer hatte dies natürlich auf Deutsch in Auftrag gegeben und konnte sicher kein Latein, sonst wäre ihm der Übersetzungsfehler ja aufgefallen. Vielleicht war der Maler schwerhörig ... Kommt, hört noch mal zu, das findet ihr noch nicht im Internet, so brandneu sind die Informationen.«

Tatsächlich zog er alle Aufmerksamkeit wieder auf sich, vierundzwanzig Schüler und zwei Lehrkräfte starrten ihn erwartungsvoll an, wobei Herr Reuter nuschelte, er habe wirklich gar keine Ahnung von Latein.

»Wie alt seid ihr, so um die fünfzehn?«

Die meisten nickten, Ygor war schon siebzehn, Thorben erst vierzehn.

»Ihr kennt alle Nero?«

»Das CD-Brennprogramm?«, fragte Julian lachend.

»Das ist ja kein Zufall, dass das so heißt. ›Nero burning ROM‹, genau. Ich meinte Kaiser Nero, der 37 nach Christus geboren und mit siebzehn zum Kaiser gekrönt wurde. Was kennt ihr von ihm?«

»Hat der nicht Rom abbrennen lassen?«, überlegte Nadja.

»So sagt man, genau«, bestätigte der Stadtführer. »Da gibt es viele unterschiedliche Theorien. Wir wissen aber noch recht wenig darüber, wie viele Städte Nero vor Rom angezündet hat. Stellt euch mal vor, das Antike Rom hatte etwa eine halbe bis eine Million Einwohner. Aber die wohnten ja nicht wie heute zu dritt auf einhundertzwanzig Quadratmetern, da schliefen sechs Kinder in einem Bett, zwanzig Leute in einer Wohnung von vielleicht fünfzig Quadratmetern. Das war also bei Weitem nicht so groß und weitläufig wie eine Millionenstadt heute, andererseits hatten die natürlich keine Hochhäuser, sondern einfache Hütten, sodass sich die Stadt schon ziemlich ausgedehnt hat. Wenn da ein Feuer ausbrach, waren im Nu ganze Straßenzüge vernichtet. Jetzt war Nero ja erst siebzehn, als er Kaiser wurde. Wie ist das bei euch so, plant ihr immer alles bis ins Detail im Voraus?«

Thorben wiegte den Kopf zögernd hin und her.

»Hey, Ygor, du vor allem, gell?«, lachte Julian.

»Habt ihr schon mal Unsinn im Kopf?« Der Stadtführer wartete keine Antwort ab. »Ich glaube, Nero fand es gar nicht so witzig, repräsentieren zu müssen, Bittsteller zu empfangen, Gefangene zu begnadigen ... Sein bester Freund war Gratian, der war ein bisschen älter als Nero und baute immer wieder so richtig Mist. Seine Mutter hätte ihn gerne in einer verantwortlichen Position gesehen. Ich denke, Nero und Gratian hatten ganz viel Spaß miteinander. Nach den Informationen, die jetzt bei den Ausgrabungen gefunden wurden, war es wohl eher Gratians Idee, Rom niederzubrennen. Zum Glück war Nero etwas vorsichtiger als sein Freund. Er wagte es nicht, die Hauptstadt des römischen Imperiums anzuzünden, ohne einigermaßen vorhersagen zu können, ob die repräsentativen Gebäude dies unbeschadet überstehen könnten. Ihr wisst sicher, dass Nero als Schöngeist und Künstler galt und einen besonderen Bezug zu diesen architektonisch wertvollen Bauwerken und ihren Kunstschätzen hatte.

Außerdem hatte Nero Berichte von den nördlichen Teilen seines Reiches gehört, von wo ihm sogar von Schnee berichtet worden war. Den wollte er sich gerne mit eigenen Augen ansehen, wollte wissen, wie der sich anfühlt.

Gratian sollte also lernen, wie man sich bei Hofe benimmt, während Nero in die große, weite Welt wollte. Das ist etwas anderes, als wenn ihr heute nach Amerika oder sogar nach Asien reist. Was denkt ihr, wie weit kam man mit einem Tagesritt?«

Die Schätzungen lagen zwischen fünfzig und zweihundert Kilometern.

»Geht mal eher von dreißig Kilometern aus. Wie weit ist es von Rom nach Trier?«

Auch da gingen die Schätzungen weit auseinander, so zwischen eintausend und zweitausend Kilometern.

»Auf den heutigen Straßen sind es schon bis Venedig eintausend Kilometer. Zwei Monate wird er etwa unterwegs gewesen sein, in denen Gratian die Geschäfte in Rom geführt hat. Die beiden sahen sich anscheinend sehr ähnlich, sodass vielen Römern der Rollentausch gar nicht auffiel. Wir sehen gleich noch die Konstantinbasilika, dann müsst ihr euch mal vorstellen, wie viel größer als die damaligen Hütten die war. Und aus Stein gebaut. Und da legte Nero dann sein erstes Feuer. Die Hütten zwischen dem Amphitheater und der Basilika brannten als Erstes. Danach die Hütten, die ihr euch von hier bis zur Porta Nigra, die ihr gleich sehen könnt, vorstellen müsst. Und Nero soll sich ein Pferd genommen haben, die befestigte Stadt über die Römerbrücke verlassen haben und soll auf den Berg geritten sein, vermutlich dorthin, wo heute die Mariensäule steht, um das Feuer zu beobachten.«

»Und sah, dass es gut war?«, fragte Moritz.

»Ja, aus Neros Sicht schon. Die großen, steinernen Gebäude wie Basilika und Porta Nigra blieben erhalten und wirkten in dem Trümmerfeld noch kolossaler. Und die Christen, die sich in Trier versteckt gehalten hatten, galten als quasi ausgerottet. Also war Nero wieder nach Rom zurückgereist und hatte in den Alpen seinen ersten Schnee gesehen.

Bei seiner Rückkehr hat Nero dann festgestellt, dass Gratian in der Zwischenzeit viel Geld verprasst, wilde Orgien gefeiert und Neros Schwester geschwängert hatte. Einerseits war Nero persönlich verärgert und enttäuscht, zugleich hätte Gratian Neros Ausflug sicher bekannt gemacht, wenn dieser sich mit Gratian überworfen hätte. Also sandte Nero Gratian als Statthalter nach Troja. Und dann zündete er Rom an, wobei sich das Gerücht lange hielt, das sei Gratian vor seiner Abreise noch gewesen.«

»Gibt es darüber denn keine Aussage in den Aufzeichnungen, die jetzt gefunden wurden?«, wollte Mara wissen.

Der Stadtführer lächelte. »In einer Lateinarbeit gäbe es da wieder einmal zwei mögliche Interpretationen. Es scheint so, dass Nero den Brand Gratian zum Abschiedsgeschenk gemacht hat.

Wer da die zündende Idee hatte, wird sich vielleicht mit künftigen Funden aufklären lassen.«

Basilika

Herr Will führte die Jugendlichen und ihre Lehrkräfte über den Hauptmarkt am Dom vorbei zur römischen Konstantinbasilika. Sein Handy klingelte, und er ließ sich hinter der Gruppe zurückfallen. Sein Gespräch war kurz und erregt. Wenig später standen sie auf dem Vorplatz vor dem mächtigen Ziegelsteinbau.

»Nero hatte natürlich nicht mit dem Brand in Trier angefangen, erst einmal hatte er sich hier ein wenig umgesehen und sich amüsiert. Da ist er auch zu dieser Basilika gekommen. Wie hieß der Kaiser rund um Christi Geburt?«

»Augustus?«, antwortete Moritz zögerlich.

»Genau, das war früher die Konstantin- ... ich meine die Augustusbasilika. Nero war ja noch jung und liebte Wagenrennen. Als er nach Trier kam, war das Wetter vermutlich schlecht, es war kalt und regnerisch. Die Basilika ist immerhin der größte säulenlose Raum diesseits der Alpen, das muss man sich einmal vorstellen. Also ließ Nero die Halle vollständig räumen und veranstaltete dort Wagenrennen. Der Verwalter, ich will mal sagen, so etwas Ähnliches wie ein Hausmeister heute, versuchte, Nero daran zu hindern und wurde zur Strafe an einen Pferdewagen gebunden und zu Tode geschleift. Nero soll gnadenlos gewesen sein, wenn ihn jemand an seinen Vergnügungen hindern wollte. Er gab daraufhin eine Rennbahn in Auftrag, einen sogenannten Circus, von dem aber leider nichts mehr übrig ist. Auch dafür mussten die Hütten weichen, die er genau in diesem Bereich niederbrannte. Die Rennbahn war immerhin fast hundert Meter breit und fast fünfhundert Meter lang, das waren schon gewaltige Ausmaße.«

»Entschuldigung, Sie sagten doch vorhin, Nero war heimlich in Trier. Wie konnte er dann als Kaiser ein solches Bauwerk in Auftrag geben?«, wandte Thorben ein.

»Gut aufgepasst«, lobte der Stadtführer zögernd. »Aber du hast dabei nicht bedacht, dass das Informationssystem ja ein anderes war als heute. Da ist nicht jeder mit einem Handy durch die Stadt gelaufen und hat dem Schwiegervater in Rom erzählt, dass er gerade Kaiser Nero in Trier gesehen hat. In Rom wusste also niemand, dass Nero derzeit nicht die Staatsgeschäfte führte, aber diesseits der Alpen war Nero nicht inkognito. Hier ließ er sich durchaus mit Prunk und Pomp feiern. Er liebte die großen Orgien und Feste. Dafür war dieser Raum natürlich auch wundervoll geeignet.«

»War das denn damals schon eine Kirche?«, wollte Mara wissen.

»Hatte ich schon gesagt, dass das der größte säulenlose Raum diesseits der Alpen ist?«

»Ja, hatten Sie. Aber war es schon immer eine Kirche?«

»Nein, unter Augustus noch nicht, das kam erst später.«

»Wieso eigentlich Augustus, draußen ist eine Tafel, da steht Konstantinbasilika ...«, wandte Thorben ein.

»Ihr seid ganz schön aufmerksam«, sagte Herr Will und tupfte sich die Stirn. »Konstantin war ein Freund der Christen, das wäre unter Nero gar nicht möglich gewesen. Wäre es damals schon eine christliche Kirche gewesen, dann hätte Nero einfach alle Christen in die Kirche getrieben und dann die Kirche angezündet. Kirche ist sie also erst unter Kaiser Konstantin geworden.«

»Und dann hat sie den Namen gewechselt?«

»Äh, ja genau. Wir hatten bis vor Kurzem ein Hindenburg-Gymnasium, das ist jetzt Humboldt-Gymnasium geworden. So was macht man schon mal, wenn es politisch anders gewünscht wird.«

Kaiserthermen

»Wir gehen jetzt durch den Palastgarten zu den Kaiserthermen, dem römischen Bad. In den Aufzeichnungen heißt es, es sei unerwartet warm geworden. Nero konnte also die Wagenrennen auf den Exerzierhof der Kaiserthermen verlegen. Stellt euch vor, so wie jetzt der Eingangsbereich der Bäderanlage angelegt ist, so waren früher die Soldatenquartiere und Ställe angeordnet. In der Mitte der Exerzierhof und die hohen Mauern, die ihr im Osten seht, das waren die unterschiedlichen Bäder. Die wurden aber leider zu

Neros Zeiten nicht fertiggestellt.«

»Waren die Thermen wirklich nur für den Kaiser?«, wollte Nadja wissen.

»Genau, so waren sie geplant. Was aber nicht heißt, dass die Barbarathermen nur für alle mit Namen Barbara waren.«

Sie lachten. Das Handy des Gästeführers vibrierte, er ignorierte es. Alle hingen aufmerksam an den Lippen des Stadtführers, wie er von den unterschiedlich warmen Becken erzählte und davon, dass die Barbarathermen, die leider schon länger nicht mehr zugänglich waren, die Badeanstalt für das gemeine Volk waren, während die Kaiserthermen für den Kaiser gedacht waren.

»Wann sollen die Barbarathermen wieder zugänglich sein?«, fragte Herr Reuter.

Der Stadtführer zuckte die Schultern. »Das weiß man nicht so genau. Schade eigentlich, eine wirklich interessante Anlage.«

»Und warum wurden die Kaiserthermen nicht fertiggestellt?«, fragte Julian.

»Ich sagte ja schon, Nero liebte es frivol und üppig. Der Baumeister war aber ein alter Mann mit einer sehr traditionellen Einstellung. Er weigerte sich, Frauen und Männer zugleich zum Bade zuzulassen und wollte unterschiedliche Becken, sogar unterschiedliche Gebäude für Frauen und Männer bauen. Darüber entzweite er sich mit Kaiser Nero so, dass Nero ihn von dieser Mauer dort oben hat stürzen lassen.« Herr Will zeigte auf die Mauer über den großen Fensteröffnungen.

»Ich muss jetzt noch einmal nachfragen, damit das für mich klar wird«, sagte der Mathelehrer und zögerte nachdenklich. »Wie lange hatte sich Nero denn hier in Trier aufgehalten? Während seines Aufenthaltes kann das Bad doch nicht geplant und soweit gebaut worden sein.«

Herr Will lachte nervös. »Ich merke schon, ich habe außergewöhnlich aufmerksame Zuhörer. Das freut mich, das ist ja nicht selbstverständlich. Nein, die Kaiserthermen waren schon zuvor begonnen worden. Die Bauphase wurde dann unter Nero abgebrochen. Nach dem Tod des Baumeisters weigerten sich die Bauarbeiter, weiterzubauen. Sie sagten, auf den Thermen läge ein Fluch. Darum wurden die Thermen tatsächlich nie fertiggestellt.«

»Ich war leider noch nie zuvor in Trier und hatte ja jetzt kaum Gelegenheit, mich einzulesen, aber ich dachte, Trier sei gut zweitausend Jahre alt. War die Bautätigkeit insgesamt nicht unheimlich üppig für so eine junge Siedlung?«, hakte Herr Reuter nach.

»Na ja, was die Römer machten, machten sie richtig. Dieses Tal war fruchtbar und von der Witterung begünstigt. Der Kaiser hatte sich dieses Fleckchen für einen Standort in Germanien auserkoren, also mussten die Leute arbeiten, was das Zeug hielt. Das waren harte Zeiten damals, Sklaventum, sicherlich kein Zuckerschlecken. Es gab ja keine Kräne und auch das Handwerkszeug war viel primitiver als heute, das war richtige Knochenarbeit, solche Prunkbauten zu errichten. Es war aber wichtig, ein Zeichen zu setzen und die Macht zu demonstrieren. Darum ließ Nero auch die Bauarbeiter, die sich weigerten, die Thermen weiter zu bauen, auf dem Exerzierplatz hinrichten. Daraufhin fand er gar keine Arbeiter mehr. Er wollte sich damit aber nicht weiter beschäftigen. Er hatte schon genug Blut vergossen mit dem Tod seines Bruders Britannicus, ebenso wie mit dem Tod seiner Mutter Agrippina, an denen er vermutlich jeweils die Schuld trug. Das waren ja insgesamt sehr verwirrende Familienverhältnisse. Außerdem war Nero, wie schon erwähnt, eher ein Künstler und Schöngeist. Aber das erzähle ich gleich, wenn wir im Amphitheater sind.«

Amphitheater

Der Weg an der Straße entlang zog sich, die Autos fuhren dicht und zügig an den Fußgängern vorbei. Die Gruppe schwatzte angeregt, sie diskutierten über Nero und die Gewohnheiten im alten Römischen Reich. Herr Will führte die Gruppe in das Oval des Amphitheaters und erklärte, dass es nicht nur für Gladiatoren- und Tierkämpfe gedient habe.

»Nero war eine sehr zwiespältige Persönlichkeit. Er hinterließ eine Blutspur und ermordete viele, die ihm im Weg standen. Zugleich sagt man ihm einige homosexuelle Geliebte und den Hang zur Kunst nach. Er spielte Lyra ...«

»Oh, lodernde Flammen ...«, sang Julian mit brechender Stimme, sodass alle lachten.

»Lacht nicht, ich kann das besser. Habt ihr nicht diesen Film gesehen, wo Peter Ustinov Nero spielt?«, rechtfertigte sich Julian.

»Quo vadis«, warf die Referendarin ein.

»Hatte ich das schon erwähnt? Einerseits war Nero gegen die Todesstrafe, zugleich hat er viele getötet oder töten lassen, die ihm im Weg waren. Seinen Aufenthalt hier in Trier nutzte er, um im Amphitheater seine Sanges- und Lyrakunst darzubieten. Stellt euch vor, überall, wo jetzt leider nur noch Wiese ist, waren damals steinerne Ränge. Rund zwanzigtausend Menschen sollen da reingegangen sein. Es gab ja kein Fernsehen oder Internet. Wenn man wissen wollte, was in der Welt passiert, welche fernen Länder erobert worden waren, welche Tiere es in den neu entdeckten Ländern gab, dann ging man eben ins Amphitheater. Die Menschen haben sozusagen hier gepicknickt und gleichzeitig die Darbietungen verfolgt. Leider war Neros Stimme wohl wirklich so, wie Peter Ustinov sie nachgemacht hat. Es heißt, sie sei dünn und eher heiser gewesen. Da lachten die zwanzigtausend Trierer Nero aus. Zunächst sicher nur einige wenige, die Kinder vielleicht, die noch nicht wussten, dass man einen Kaiser besser nicht auslacht. Dann soll die ganze Arena gelacht haben. Und Nero stand in seiner Loge, hat auf einzelne Menschen gezeigt, die ihm besonders unangenehm aufgefallen waren, und ließ wilde Tiere aus dem angrenzenden Tiergarten bringen, die dann auf die höhnischen Zuhörer losgelassen wurden. Der Rest der Zuschauer soll sehr schnell verstummt sein. Wenige Tage später brannte Nero dann Trier nieder, es mag also durchaus auch eine Vergeltung für die Schmach gewesen sein, die er in der Arena erlebt hatte.«

»Hatte Trier denn zu der Zeit schon so viele Einwohner?«, hakte der Lehrer nach.

»Wir müssen uns jetzt auf den Weg zur Porta Nigra machen, sonst bekommen wir unser Programm nicht mehr durch«, blockte Herr Will ab.

»Wann fährt denn der Bus?«, fragte der Lehrer den Stadtführer.

»Och nee, müssen wir wirklich schon fahren? Es ist doch mal echt spannend«, quengelte Nadja.

»Keine Angst, die Führung durch Trier endet ja noch nicht, wir sehen uns noch die Porta Nigra an, das römische Stadttor. Da fahren wir jetzt mit dem Bus hin, der kommt alle paar Minuten. Na los, gehen wir«, ermunterte Herr Will die Gruppe, die interessiert hinter ihm herlief.

Porta Nigra

»Es ist wirklich faszinierend, was ich heute alles gelernt habe«, sagte die Referendarin anerkennend im Bus zum Stadtführer.

»Danke«, sagte Herr Will und errötete. »Aber ich habe die Geschichte ja nicht geschrieben, ich freue mich nur, wenn ich sie präsentieren darf. Und Ihre Gruppe ist auch wirklich ganz außergewöhnlich interessiert«, gab Herr Will das Kompliment zurück.

»Ich muss gestehen, so kenne ich meine Schüler selbst nicht«, erklärte Herr Reuter anerkennend.

Sie waren an der Porta Nigra angekommen und stiegen aus dem Bus. Auf dem Vorplatz waren rechts und links brusthohe Reihen von Pfeilern, die auf die breiten Durchgänge des schwarzen Tores zuliefen.

»Hier standen zu Neros Zeiten Statuen«, erklärte Herr Will gerade. Thorben, der kurz zur Toilette gegangen war, kam zurück und unterbrach den Stadtführer.

»Bitte entschuldigen Sie, sprechen wir eigentlich noch von dem gleichen Nero, der 37 nach Christus geboren worden ist? Wie alt ist Nero denn geworden?«

Der Stadtführer zögerte.

»Da vorne an dem Porta Nigra-Modell steht, dass die Porta Nigra im zweiten Jahrhundert nach Christus errichtet worden sei. Wie kann dann hier ...«

Weiter kam Thorben nicht mehr.

Ein Herr mittleren Alters mit puterrotem Gesicht und wehenden Haaren kam aus der Tourist-Information auf die Gruppe zugestürmt und rief: »Herr Will, Herr Gunter Will?«

»Äh, ich ...«, stammelte dieser.

»Sie sind doch Gunter, nicht wahr?«

Der Stadtführer schwieg und blickte unter sich.

»Verdammt noch mal, wie oft habe ich Ihnen schon gesagt, dass Sie Ihren Zwillingsbruder nicht vertreten dürfen, wenn er mal wieder ›krank‹ ist und nicht rechtzeitig aus dem Bett kommt?« Er wandte sich an die Klasse und ihre Lehrer. »Bitte entschuldigen Sie, aber ...«

»Da liegt sicher ein Irrtum vor, Ihr Tonfall ist ganz und gar unangemessen«, wies Herr Reuter den aufgebrachten Mann in seine Schranken. »Herr Will hat uns den ganzen Vormittag kompetent und ausgesprochen unterhaltsam durch Trier geführt. Ich muss schon sagen, ich habe schon viele Klassenfahrten begleitet, aber noch nie hat eine Klasse so an den Lippen eines Führers geklebt und sich beklagt, dass die Zeit schon vorbei sei.«

Der Mann schüttelte den Kopf und rang nach Luft. »Hat er Ihnen seine Nero-Geschichten erzählt? Nero war nie in Trier, die Baudenkmäler, die er Ihnen vermutlich gezeigt hat, sind alle zwischen dem zweiten und dem vierten Jahrhundert nach Christus entstanden, also weit nach Nero. Aber dieser Mann dort, der uns immer wieder einmal narrt und heimlich ohne jede Absprache seinen Zwillingsbruder vertritt, hat nie eine Prüfung abgelegt und hat keinen blassen Schimmer von Geschichte. Er lügt das Blaue vom Himmel. Er mag ein gutes Herz haben. Wir haben seinem Bruder die Kündigung angedroht, wenn er noch einmal eine Führung versäumt. Aber so geht es einfach nicht.«

»Mensch, das war das erste Mal, dass Geschichte so richtig Spaß gemacht hat«, nörgelte Nadja. Und an den vermeintlichen Stadtführer gewandt: »Gehen Sie noch mit uns in die Porta Nigra? Ich wüsste so gerne, was Nero da angerichtet hätte, wenn es die Porta Nigra zu seiner Zeit schon gegeben hätte.«

Bataver Palaver

Carsten Neß

Jakob Gorges genoss die letzten warmen Strahlen der Herbstsonne, die noch über die Kuppe des Götzbilds auf die Terrasse seines kleinen Gartens glitten. Sein Blick lag ruhig auf den bereits gelesenen Rebflächen, die in geometrischer Ordnung direkt hinter seinem Grundstück emporstiegen. In diesem Bereich der Weinlage Maximiner Burgberg westlich des Ortsteils Fastrau hatte der Hang noch den Charakter eines Weinbergs. Erst entlang der oberen Hangtafel zog sich ein Band langsam zuwachsender Grasflächen. Das sah um Fell herum ganz anders aus. Der Rückzug des Weinbaus war hier nur allzu gegenwärtig, und man musste die letzten Rebzeilen zwischen den Weinbergsbrachen regelrecht suchen.

Diese Entwicklung bekümmerte Jakob. Er bekannte sich seit jeher zum Riesling und hatte es sich deshalb nach seiner Pensionierung vor vier Jahren zu seiner persönlichen Aufgabe gemacht, den örtlichen Weinanbau durch kontinuierliches Handeln zu unterstützen. Dazu gehörte, dass er nie ohne eine Flasche des edlen Weins einer Einladung nachkam. Und er liebte es, mit einem Glas Classic oder einer gut gekühlten lieblichen Spätlese auf seinem Gartenstuhl zu sitzen, um Wein und Landschaft zu genießen.

»Pfarrer Gorges?«

Er hatte niemanden kommen gehört. Deshalb erschrak er, obwohl die zaghafte Stimme nur mühsam zu ihm vordrang.

»Oh, Entschuldigung. Ich wollte Sie nicht erschrecken.«

Jakob schob sich mühsam aus seinem Holzsessel und wandte sich zur Seite. Er hatte die Frau jetzt an ihrer Stimme erkannt. Doch als er sie am Rand des Gartens verunsichert stehen sah, erschrak er erneut.

»Katja!«, rief er erstaunt aus, und fast wäre das langstielige Weinglas umgefallen, das er ohne hinzusehen auf den Rand der Zeitung stellte, die neben seiner Lesebrille auf dem runden Tisch lag. »Was ist passiert?«

Er kannte Katja Krämer, seitdem sie bei ihm in den Kommunionunterricht gegangen war. Er war noch neu in der hiesigen Pfarrei gewesen und hatte sich im besonderen Maße um die Kinder- und Jugendarbeit gekümmert. So hatte er nicht nur mit Katja einen losen Kontakt über die Jahrzehnte gehalten. Die Trauer in der Kirchengemeinde war groß, als Gorges mit siebzig Jahren in den Ruhestand ging, auch weil er nicht mehr Teil der neuen Pfarreiengemeinschaft Schweich werden wollte, die nun die halbe Verbandsgemeinde umfasste. Doch noch immer wandten sich die Menschen aus Fell, Riol und Longuich an ihn, wenn sie einen Seelsorger brauchten. Er tat ihnen gerne den Gefallen.

»Pfarrer Gorges«, auch mit ihren achtunddreißig Jahren trat Katja Krämer genauso schüchtern auf wie damals, als sie noch Katja Hoff hieß und still, aber aufmerksam seinem Unterricht gefolgt war. »Ich ... Hans-Peter...«

»Katja, was ist mit deinem Mann?«

Ihr gesenkter Blick und das Kneten ihres Schlüsseletuis schienen diesmal nicht der ihr eigenen Zurückhaltung geschuldet zu sein.

»Er ist nicht nach Hause gekommen.«

Unwillkürlich schaute Jakob auf seine alte Armbanduhr. Es war gerade einmal Viertel vor fünf.

»Vielleicht hatte er noch etwas in der Schule zu regeln«, versuchte er es mit einer naheliegenden Erklärung. Hans-Peter Krämer war Geschichtslehrer an einem Gymnasium in Schweich.

»Aber es sind doch Herbstferien«, entgegnete Katja, und in ihrer Stimme nahm die Verzweiflung zu.

»Oh, ja?«, Jakob räusperte sich. »Dann erzähl doch mal. Wo wollte er hin?«

Katja begann zu berichten und mit den ersten Worten traten Tränen in ihre Augen.

»Er ist heute Morgen direkt nach dem Frühstück weg. Es war, als ob er irgendwie aufgeregt war.«

»Weißt du, warum?«

»Nein, er hat nichts gesagt. Aber er war schon gestern und vorgestern lange unterwegs. Heute wollte er zum Mittagessen wieder zurück sein. Und nun ist es fast dunkel.«

»Hast du den Eindruck, dass er sich über etwas Sorgen machte?«

»Nein«, sie überlegte. »Im Gegenteil, er schien irgendwie euphorisch und redete etwas von ›Dem werde ich es jetzt endgültig zeigen‹.«

»Wem würde er es endgültig zeigen?« Jakob Gorges ahnte bereits die Antwort.

»Ich befürchte, er meinte Maximilian Blesius.«

Der alte Pfarrer seufzte. Die Feindschaft zwischen Hans-Peter Krämer und Maximilian Blesius, zwischen dem Historiker und dem Hobbyarchäologen, dem Gymnasial- und dem pensionierten Grundschullehrer, dem zugezogenen Rioler und dem im Elternhaus geborenen Feller waren hinlänglich bekannt. Sie lag in einem Ereignis begründet, das nun schon fast zweitausend Jahre zurücklag: Der Schlacht bei Rigodulum. Der römische Geschichtsschreiber Tacitus hatte sie ausführlich beschrieben. Nach dem Tod Neros war es in Rom zu einem erbitterten Machtkampf gekommen, dem vier Kaiser in einem Jahr zum Opfer fielen, und der in einem Bürgerkrieg gipfelte. Den damit verbundenen Abzug römischer Legionen im Rheinland nutzten die germanischen Bataver zu einem Aufstand, der sich zu einer ernsthaften Bedrohung für die römischen Machthaber entwickelte.

Die in der Moselregion beheimateten keltischen Treverer hatten sich bald den Aufständischen angeschlossen, um die Gründung eines gallischen Imperiums durchzusetzen. Im Frühjahr 70 n. Chr. kam es an den Moselhängen zwischen den heutigen Ortschaften Riol und Fell zur entscheidenden Schlacht, die die aus Mogontiacum, dem heutigen Mainz, herangeführten römischen Legionäre unter Petilius Cerialis gegen die vom Heerführer der Treverer, Tullius Valentinus, geführten Rebellen gewannen. Dadurch war für die Römer der Weg ins Moseltal bis nach Augusta Treverorum wieder frei. Nur noch einmal kamen die Treverer der Besatzungsmacht bedrohlich nahe, als sie kurzzeitig die Römerbrücke und das dort gelegene römische Lager einnahmen. Doch nach der Niederlage bei Rigodulum war der Aufstand in der Moselregion entscheidend geschwächt. Kurze Zeit später wurde der Bataveraufstand endgültig niedergeschlagen.

Soviel wusste auch Jakob von dem geschichtsträchtigen Ereignis vor seiner Haustür. Sogar die Namen hatte er sich einprägen können, erinnerte der des siegreichen Römers, Cerialis, doch an sein morgendliches Frühstück und der des Treverers, Valentinus, an einen beliebten Hausmeister der örtlichen Schule. Doch während allgemein die Lage des Schlachtfeldes auf Rioler Gebiet zwischen der Autobahn A1 und der Gemarkungsgrenze zu Fell lokalisiert wurde und letztlich schon Tacitus *Rigodulum* nachweislich erwähnt hatte, war Maximilian Blesius nie davon abzubringen, dass die eigentlichen Kampfhandlungen auf Feller Boden stattgefunden hätten. Konsequenterweise sprach er nur von der Schlacht um *Velle*. Mit dieser starrköpfig verfochtenen These hatte er mit den Jahren Freunde und Verwandte vergrämt und sich weitgehend isoliert.

»Maximilian Blesius«, seufzte Jakob erneut. »Hast du bei ihm angerufen und gefragt, ob sich Hans-Peter in letzter Zeit bei ihm gemeldet hat?«

Katja schüttelte den Kopf.

»Ich nehme an, bei deinem Mann hast du es aber auf seinem Handy versucht, oder?«

»Ja, aber er hat es wieder zu Hause liegen lassen.«

»Soll ich bei Maximilian anrufen?«

»Meinen Sie, er hat etwas …«, Katja Krämer legte eine Hand auf ihre zusammengepressten Lippen und schaute ihn erschrocken an.

»Ich meine gar nichts und schon gar nichts, worüber du dir Sorgen machen müsstest«, erwiderte Jakob. Dann stemmte er sich mit beiden Armen aus dem Gartenstuhl und winkte Katja, ihm ins Haus zu folgen. Er blätterte im Telefonbuch nach Blesius' Nummer und stellte den Apparat so ein, dass sie das Gespräch mithören konnte.

»Hallo Maximilian, hier ist Jakob. Ich hoffe, es geht dir gut.« Jakob hatte als Pfarrer *seine* Schäfchen schon immer geduzt und genauso selbstverständlich war es, dass er von den Gemeindemitgliedern als kirchliche Autorität gesiezt wurde. Blesius gehörte zu den wenigen, die sich darüber hinwegsetzten.

»Ach, der Herr Pfarrer a.D..Was verschafft mir die Ehre? Ich hätte gedacht, bei dem Wetter sitzt du mit einem Riesling auf der Terrasse und genießt deinen Ruhestand.«

Vielleicht lag es daran, dass Jakob sich ertappt fühlte. Seine Antwort kam knapp und unvermittelt: »Eine Vermisstenanzeige.«

»Wie? Wer wird denn vermisst?« Blesius klang eher misstrauisch als überrascht.

»Dein spezieller Freund Hans-Peter Krämer. Weißt du, wo er steckt?«

»Krämer? Was geht der mich an? Keine Ahnung. Wahrscheinlich ist er über seinen Büchern eingeschlafen.«

»Blödsinn. Hat er sich bei dir gemeldet?«

»Nein, wieso sollte er?«

Jakob Gorges hatte ein seltsames Gefühl. Er hätte eine andere Reaktion von Blesius vermutet: überraschter, aggressiver, schadenfroher. Stattdessen schien Blesius irgendwie auf der Hut zu sein. War er tatsächlich ahnungslos?

»Es heißt, er habe etwas gefunden.«

»Ach, wer sagt das?«

»Katja.«

»Natürlich, wer sonst. Außer unserem Mauerblümchen würde ihn auch sonst keiner vermissen.«

»Sieh dich vor, was du sagst. Sie hört mit.«

Blesius antwortete mit Schweigen. Doch Jakob bezweifelte, dass Scham der Grund dafür war. Solche Gefühlsregungen waren Blesius fremd.

»Er hat sich also in den letzten Tagen nicht bei dir gemeldet?«, fragte Jakob noch einmal nach.

»Nein, habe ich doch schon gesagt.«

»Dann werden wir ihn jetzt suchen gehen.«

»Ach, und wo?«

»Hast du vielleicht eine Idee?«

»Nö, wieso denn. Ist mir doch egal, wo sich Krämer rumtreibt.«

»Ich meine, wir fangen mal am Schlachtfeld bei Rigodulum an. Vielleicht ist er da ja auf etwas Bedeutsames gestoßen.«

Am anderen Ende der Leitung schnaubte es nur. Dann legte Blesius unsanft den Hörer auf. Jakob sah zu Katja Krämer und erkannte in ihren Augen die gleiche Vermutung wie seine eigene.

»Er weiß etwas«, flüsterte sie.

Jakob zog sich eine ältere Wanderhose an, die zu seinem Leidwesen erheblich über seinem Bauch spannte. Dann holte er seine Wanderschuhe von der Kellertreppe, befreite sie von Spinnweben und beschloss, sie erst anzuziehen, wenn sie im Wald angelangt waren. Zum Schluss griff er sich seine große Taschenlampe und eine Jacke. Es dämmerte bereits, als er mit Katja in seinen zwanzig Jahre alten Volkwagen stieg.

Jakob ließ sich von seiner Beifahrerin durch die Rioler Weinberge zu einer Autobahnunterführung lotsen, von der es weiter bergauf in Richtung des dreihundert Meter hohen *Vogtels* ging. Doch bevor sie die Kuppe erreichten, wies Katja ihn an, an einer Kreuzung scharf links abzubiegen. Der gut ausgebaute Weg führte sie parallel zur Autobahn durch dichten Wald.

Katja Krämer hatte nicht viel gesprochen, selbst ihre Weganweisungen waren so leise, dass Gorges sich auf sie konzentrieren musste.

»Wir müssen jetzt langsamer fahren«, sagte sie nach wenigen hundert Metern. »Hier irgendwo muss es sein.«

Jakob blickte angestrengt in das schummrige Dunkel. Er konnte nichts erkennen, außer der langsam einsetzenden Verfärbung der Laubbäume zwischen dem satten Grün der Fichten und Douglasien.

»Warst du denn mit Hans-Peter öfter hier oben?«

»Nein, eigentlich nur ganz am Anfang, als er sich für diese römischen Dinge zu interessieren begann. Ich war ihm zu ungeduldig. Ab und zu gehe ich hier allein spazieren.« Ernst fügte sie hinzu: »Aber ohne Klappspaten und Lupe.«

»Er ist heute Morgen aber mit seinen ganzen Utensilien los?«

»Ich glaube schon. «

Schweigend fuhren sie noch ein wenig weiter, dann hielt Jakob am Wegrand an und schaltete den Motor ab.

»Katja, wenn Hans-Peter hier sein würde, müsste doch irgendwo sein Auto zu sehen sein. Gibt es noch einen anderen Weg dorthin?«

»Nein, nur unbefahrbare Waldwege. Aber hier geht es ja noch weiter, bis zur Hütte.«

Doch bevor er weiterfragen konnte, hob sie ihre Hand und deutete mit dem Zeigefinger nach rechts.

»Da, da fährt wer, oben auf dem Parallelweg.«

Jakob schaute durch die Windschutzscheibe schräg nach oben und sah zwei Lichtkegel, die durch den Wald tanzten. Jakob zögerte nicht. Er startete seinen Wagen und fuhr in die gleiche Richtung. Zusammen mit dem anderen Auto trafen sie an einer Kreuzung ein. Jakob erkannte sofort Maximilian Blesius hinter dem Lenkrad eines verdreckten Suzukis. Keine zehn Meter entfernt stand Krämers gepflegter Kombi.

»Na, Maximilian, hat es dich doch interessiert, was dein ewiger Kontrahent hier gefunden hat?«

»Pff, was soll der hier schon finden können? Ist doch eh alles untersucht worden.«

»Aber offenbar hat er noch etwas gefunden, und das hat dich neugierig gemacht. Gib zu: Du weißt, wo Hans-Peter ist.« Jakob hatte den letzten Satz energisch nachgeschoben, doch bei Blesius schien das keine Wirkung zu erzielen.

»Woher soll ich das wissen? Wahrscheinlich hier irgendwo. Sein Auto steht ja da.«

»Und du, was machst du hier?«

»Du weißt, Jakob: Ich bin neuen Erkenntnissen gegenüber schon immer aufgeschlossen gewesen. War einfach mal neugierig, ob Krämer hier tatsächlich am Buddeln ist.«

»Er hat also doch etwas gefunden.«

Jakob schien einen Treffer gelandet zu haben. Ein kurzes Flackern in Blesius' Blick verriet ihn.

»Er hat also tatsächlich weitere Beweise entdeckt, was?«, setzte Jakob nach.

»Was für Beweise?«

»Beweise, dass die Schlacht von Rigodulum doch auf Rioler Gemarkung geführt wurde.«

»Du meinst wegen der paar Pfeilspitzen ...«

»Welche Pfeilspitzen?«, hakte Jakob sofort nach.

»Nichts. Geht dich sowieso nichts an.«

»Mein Gott, Max«, Jakob verlor langsam die Geduld. »Welche Pfeilspitzen, und was hast du mit Hans-Peter gemacht?«

»Ach, scheiß drauf. Da geht dieser Bücherwurm einmal raus und findet tatsächlich drei Pfeilspitzen. Da meint der doch tatsächlich, er hätte hier ein zweites Harzhornereignis entdeckt.«

Jakob schaute ihn fragend an.

»Harzhornereignis. Nie gehört, was? Am Harzrand hat es lange nach der Schlacht um Ri... der Schlacht hier Kämpfe zwischen Germanen und Römern gegeben. Man hat dort viele Fundstücke von römischen Legionären gefunden, was bestimmt bedeutend war. Von sowas hat der Spinner Krämer hier wohl auch geträumt. Pff, da hab ich allein am *Burgkopf* ja noch mehr Artefakte gefunden und hätte mit größerer Erfolgsaussicht gleich weiter nach dem *goldenen Kalb* graben können.«

»Hast du mit ihm gesprochen?«

»Nein, nicht mit ihm.«

»Sondern?«

»Ist egal.«

»Wo ist er jetzt?«

»Der taucht schon wieder auf.«

»Maximilian, ich warne dich.«

»Vor was, vor dem Fegefeuer?«

Blesius lachte hämisch auf. Jakob überlegte, was er tun konnte. Er war sicher, dass Blesius mehr wusste, als er vorgab.

»So, ich weiß nicht, was ihr heute Abend noch vorhabt. Aber ich gehe jetzt jedenfalls da den Hang runter, solange ich noch etwas sehen kann.«

Ohne abzuwarten umkurvte Blesius Jakob. Der zauderte. Katja knallte seine Wanderschuhe auf den harten Schotter.

»Beeilen Sie sich, Pfarrer Gorges, wir müssen hinterher.«

Jakob schaute einen Augenblick lang Katja Krämer überrascht an. Es war eine Entschlossenheit in ihrer Stimme, die er vorher noch nie bei ihr gehört hatte. Er beeilte sich. Während er sich gerade mit dem zweiten Fuß in das enge Leder zwängte, band Katja ihm schon den anderen Schuh zu. Sie nahm die Taschenlampe aus dem Auto und ging in die Richtung, in der Blesius bereits verschwunden war. Jakob hatte Mühe, ihr zu folgen. Das Gelände fiel zu ihrer Rechten steil ab. Die Autobahn war hier in den Hang hineingetrieben worden und hatte einen tiefen Einschnitt im Berg hinterlassen, auf dem sich nur nach und nach Gehölze ansiedelten.

Während Blesius direkt im dichten Wald verschwunden war, hielt sich Katja mehr am Rand und stieg zunächst fast senkrecht hinunter. Jakob folgte ihr ächzend mit größer werdendem Abstand. Schließlich blieb sie stehen und wartete.

»Mein Kind, ich bin solche Klettertouren nicht mehr gewohnt. Wie soll ich da je wieder hochkommen?«, stöhnte Jakob und wischte sich mit dem Jackenärmel die Schweißtropfen von der Stirn.

»Gar nicht«, war Katjas überraschende Antwort. Sie deutete in den Wald. »Hier endet ein Waldweg. Kann sein, dass der schon etwas zugewachsen ist, aber er führt irgendwann wieder auf den Hauptweg.«

»Aha, woher weißt du …«

»Psst«, unterbrach ihn Katja.

Jakob lauschte und nun hörte er auch die hohe Stimme von Hans-Peter Krämer.

»Blesius, was hast du hier zu suchen?«, drang es aus dem grünschwarzen Dunkel zu ihnen herüber.

»Och, ich wollte nur mal schauen, ob dir mittlerweile ein Licht aufgegangen ist. Falls nicht, kann ich ja ein wenig Licht in diese mysteriöse Angelegenheit bringen.« Höhnisches Gelächter folgte, und ein gleißender Lichtschein breitete sich durch den Blätterwald aus. Blesius hatte offenbar die große Arbeitsleuchte angeschaltet, die er aus seinem Auto mitgenommen hatte.

»Ach, sieh einer mal an. Du hast dich jetzt also der Praxis verschrieben. Und, wie fühlt sich historischer Boden zwischen den Fingern an? Besser als der Staub alter Bücher?«

»Rede keinen Scheiß«, fuhr Krämer ihn an. »Was machst du hier?«

»Nun, du wirst vermisst.«

»Was?«

»Ja, sie suchen dich.«

»Wer sucht mich?«

»Nun, deine liebreizende Frau und der kirchliche Beistand, den sie um Hilfe gebeten hat.«

»Katja? Mist, ich hatte ihr versprochen, zum Mittagessen zurück zu sein.«

»Ja, es gibt schon wichtige Dinge im Leben, nicht wahr?«

In der nun entstehenden Pause schaute Jakob zu Katja hinüber. Sie hatte wie er dem Gespräch gelauscht, ihr Gesichtsausdruck war aufmerksam, aber ohne offensichtliche Emotionen. Weder Erleichterung, dass es ihrem Mann gut ging, noch Enttäuschung oder gar Wut waren dort abzulesen. Jakob musste sich eingestehen, dass ihm die ganze Situation zunehmend merkwürdig vorkam. Wieso hatte Katja ihn so zielgerichtet hierher geführt? Hatte sie doch gewusst, wo sich ihr Mann aufhielt? Aber warum hatte sie ihn dann mit hineingezogen?

Das Gespräch zwischen Blesius und Krämer wurde heftiger.

»Das ist doch kein Zufall, dass du hier bist, Blesius«, raunzte Krämer.

»Stimmt, in der praktischen Archäologie gibt es nämlich keine Zufälle. Aber davon hast du ja keine Ahnung. Du greifst ja nur das Wissen ab, das sich andere bei ihren Ausgrabungen mühsam erarbeitet haben«, erwiderte Blesius.

»Ich arbeite auch wissenschaftlich, aber das kapierst du ja nicht. Du wühlst ja immer nur in der Erde. Wahrscheinlich hast du ein Sandkastentrauma. Haben dich die anderen damals nicht mitspielen lassen, oder was?«

»Quatsch kein blödes Zeug. Meinst du, so was gab's nach dem Krieg bei uns? Du bist ja nur neidisch, dass du keine Ahnung hast, wie man die Spuren im Gelände lesen kann. Ohne die archäologischen Funde wärt ihr Theoretiker doch nur auf eure Phantastereien angewiesen.«

»Ach so. Ich kann also keine Spuren finden. Und warum bist du dann hier?«

Blesius blieb die Antwort schuldig. Dabei wäre es genau an diesem Punkt spannend geworden, dachte Jakob. Warum fing Hans-Peter Krämer als Theoretiker plötzlich mit Ausgrabungen an? Und woher wusste Blesius davon? Jakob glaubte nicht, dass Blesius erst durch das Telefonat davon erfahren hatte.

»Moment mal«, fing Krämer wieder an, »das ist wirklich kein Zufall hier, stimmt's? Du wusstest, dass ich was gefunden habe und ...«

Bislang hatte Hans-Peter Krämer auf dem Boden gekniet. Soviel konnte Jakob im Schein der Lampe erkennen. Jetzt stand Krämer langsam auf und trat auf Blesius zu. Der lange, hagere Körper des Geschichtslehrers überragte die gedrungene Gestalt seines Gegenübers um mehr als einen Kopf. Dennoch war sich Jakob sicher, dass Krämer bei einer körperlichen Auseinandersetzung gegen den pensionierten Kollegen den Kürzeren ziehen würde. Er wollte auf die beiden Kontrahenten zugehen, doch zu seiner Überraschung hielt ihn Katja am Arm zurück.

»Jetzt wird es spannend«, flüsterte sie.

Völlig perplex über ihre Berührung und ihre Worte verharrte Jakob.

»Woher?«, fragte Krämer mit drohendem Unterton. »Wer hat es dir gesteckt?«

»Wovon redest du denn überhaupt?« Blesius schien ein klein

wenig verunsichert, wich aber nicht zurück.

»Du wusstest davon.« Krämers Stimme bekam einen bedrohlichen Unterton. »Du bist selbst hierher gekommen und hast gegraben. Deshalb finde ich jetzt auch nichts mehr.«

»Mach mal halblang. Meinst du, ich habe es nötig, hinter dir her zu schnüffeln, du hast ja …?«

Mit einem Sprung war Krämer bei Blesius und hatte ihn am Kragen gepackt.

»Du hast sie mir geklaut, du Mistkerl«, schrie er ihm ins Gesicht und versuchte ihn durchzuschütteln, womit er allerdings kläglich scheiterte. Stattdessen riss sich Blesius los und stieß den Jüngeren von sich weg. Prompt landete Krämer rücklings im Unterwuchs der Bäume. Jakob wollte jetzt endlich eingreifen, doch Katjas Hand lag immer noch auf seinem Arm und verstärkte den Druck.

»Nur noch einen kleinen Moment, bitte.«

Sie sprach es ganz ruhig aus, als ob sie genau mit dem gerechnet hatte, was sich dort vor ihren Augen abspielte.

»Ich zeig dich an«, schrie Krämer zu Blesius hinauf, der triumphierend über ihm stand.

»So, und weshalb? Weil ich vor dir ein paar Pfeilspitzen gefunden habe, die wir beide gar nicht hätten ausbuddeln dürfen?«

»Es waren meine. Ich habe sie hier gefunden. Und sie beweisen …«

»Nix beweisen sie«, schrie Blesius zurück. »Gar nix beweisen deine paar verrosteten Eisenteile. Wenn jede Pfeilspitze, die ich jemals gefunden habe, schon ein Beweis für die Schlacht wäre, dann hätten wir hier nur Schlachtfelder. Du hast ja keine Ahnung, du affektierter Möchtegern-Historiker …«

Mit einem Schrei hatte sich Krämer aufgerappelt und auf Blesius gestürzt. Beide wälzten sich über den Waldboden. Katja hatte ihre Hand von Jakobs Arm genommen, und er versuchte sich durch die Sträucher einen Weg zu den beiden Kontrahenten zu bahnen. Als er nur noch weniger Schritte entfernt war, rief er laut »Aufhören!«, doch er musste diesen Befehl mehrmals wiederholen, bis die beiden endlich keuchend von sich abließen.

»Mein Gott, wie die kleinen Kinder, schämt euch!« Jakob war

außer sich.

»Blesius hat mich …«, begann Hans-Peter Krämer.

»Sei still!«, fuhr Jakob ihn an. »Ich will jetzt sofort wissen, was hier eigentlich los ist.« Er schaute von einem zum anderen und dann wieder zurück. So aufgebracht hatte er sich nicht mehr gefühlt, seit das Bistum die Sparmaßnahmen beschlossen hatte.

Keiner der beiden antwortete. Während Krämer wütend auf den Boden starrte, sah Blesius mit seinem spöttischen Grinsen zu Jakob hinauf. Für einen kurzen Moment war nur das schwere Atmen der drei Männer zu hören.

»Vielleicht kann ich es erklären«, sagte Katja ruhig.

Sie stand etwas abseits und schien mit einer gewissen Genugtuung die absurde Szenerie zu betrachten. Krämers Wut, Blesius' Überheblichkeit und Jakobs Entrüstung wichen nun gleichzeitig einem offenkundigen Staunen, das tatsächlich ein Lächeln um ihre Lippen zauberte. Dann richtete sie ihren Blick auf Jakob und begann zu erzählen.

»Ich nehme an, Hans-Peter hat tatsächlich seine ersten römischen Funde außerhalb seiner geliebten Fachaufsätze entdeckt. Lass mich raten: römische Pfeilspitzen. Wie viele hast du entdeckt?«

Sie wandte sich bei der Frage ihrem Mann zu.

»Zwei, drei, vier? Das war bestimmt aufregend, nicht wahr. Ich hatte gehofft, dass du nicht alle auf einmal finden würdest.«

Sie machte eine kleine Pause und ihr Lächeln bekam einen leicht spöttischen Anflug.

»Und zum Glück hatte ich dich richtig eingeschätzt, dass du dich mit diesem großartigen Ereignis gleich an deine Vertraute wenden würdest. Aber deine Menschenkenntnis war ja schon immer mangelhaft. ›Fünf und setzen, Herr Lehrer.‹ Weißt du, was die Gute mit dem Geheimnis, das du ihr da so brühwarm anvertraut hast, gemacht hat? Oder wollen Sie es ihm sagen, Herr Blesius?«

Die Augenpaare von Hans-Peter Krämer und Jakob richteten sich erstaunt auf Maximilian Blesius.

»Nicht, das ist aber schade. Nun, Franziska Möbius, das ist die

Kollegin, zu der mein Mann in letzter Zeit häufiger zu Unterrichts-vorbereitungen, -nachbereitungen oder sonstigen dringenden schulischen Besprechungen musste«, erklärte sie Jakob, »also Frau Möbius ist über ein paar Ecken mit der Familie Blesius verwandt, und ihr Großonkel Max hatte wohl damals bei ihrer Berufswahl entscheidende Anregungen gegeben, für die sie ihm immer noch dankbar scheint.«

Krämers Augenlider begannen zu flackern. »Franzi hat es dir erzählt?«, fragte er Blesius. »Sie hat dir von *meiner* Entdeckung er-zählt?« Seine Stimme klang ungläubig. Aber Blesius schien sich ge-fangen zu haben. Er antwortete mit einem breiten Grinsen.

»Ja, das hat sie, sofort, und ich nehme an, in allen Details«, beantwortete Katja seine Frage. »Ist das eigentlich eine Berufs-krankheit von euch Lehrern, dass ihr so leicht berechenbar seid? Naja, die Schüler werden es danken. Denn natürlich hat auch Herr Blesius sich genauso verhalten, wie ich es angenommen hatte. Ha-ben Sie lange auf heißen Kohlen gesessen, bis mein Mann endlich das Feld für Sie geräumt hatte?«

Jetzt erstarb auch Blesius' Grinsen.

»Aber zum Glück waren Sie ja mit Ihrem Metalldetektor bes-ser vorbereitet als Hans-Peter. Und dann noch Ihre unglaubliche Kompetenz bei archäologischen Untersuchungen ... Bei meinem Mann hatte ich anfangs noch vermutet, er würde gar nichts finden. Ich musste ihn mehrmals auf diese Stelle aufmerksam machen.«

»*Du* hast ihm gesagt, wo er die Pfeilspitzen findet?«, fragte nun Blesius verblüfft.

»Natürlich, ich habe sie da ja auch versteckt.«

»Waaas?« Selten waren sich Krämer und Blesius so einig gewe-sen wie in diesem Moment. Beiden stand blankes Entsetzen ins Gesicht geschrieben.

»Ja, meint ihr denn wirklich, die Archäologen vom Landes-museum hätten nicht selbst alles gründlich abgesucht, wenn doch die so berühmte Schlacht von Rigodulum in diesem Areal getobt hatte? Das stand doch letzten Herbst groß in der Zeitung, genauso wie die alten Funde eines Sammlers aus den Achtzigern.«

Etwas abseits folgte Jakob gebannt dem Schauspiel, das sich ihm darbot. Das hätte er Katja nie zugetraut. Fasziniert, wie souverän sie die beiden Männer vorführte, wartete er ab, wie sie die Schlinge immer fester um deren Hälse zog.

»Nicht gelesen?«, fragte sie mit deutlichem Spott in der Stimme. »Natürlich konntet ihr ja auch nicht einfach nachfragen, ohne euch zu offenbaren. Ihr hättet dann den wirklichen Fachleuten die Grabung überlassen müssen, nicht wahr? Aber es sollte dein persönlicher Sieg werden, Hans-Peter, nicht wahr? Und Sie, Herr Blesius, wollten das auf jeden Fall verhindern.«

»*Du* hast die Pfeilspitzen hier hingelegt? Aber woher ...?« Hans-Peter Krämer war völlig entgeistert.

»Internet, Hans-Peter, da kriegst du sogar römische Pfeilspitzen. Waren übrigens gar nicht so teuer. Innerhalb einer Woche hatte ich siebzehn Stück zusammen, für nicht einmal hundertfünfzig Euro. Ich hab es auch nicht so genau genommen. Wahrscheinlich sind die alle irgendwann auf rumänischen Äckern aufgesammelt worden.« Sie schien einen Moment zu überlegen. »Wer von euch hat eigentlich die Münzen gefunden? Die sind wahrscheinlich wirklich etwas wert. Ich konnte einfach nicht widerstehen, als ich sie in einem Römershop entdeckt hatte.«

»Ich«, meldete sich Blesius kleinlaut. »Die sind wahrscheinlich auch nicht von hier, oder?«

»Natürlich nicht. Wahrscheinlich wurden die irgendwo auf dem Balkan gefunden.«

Blesius nickte. Langsam schien er zu verstehen. Nur ihr Mann schien da noch nicht mitzukommen.

»Aber warum?«, fragte er ungläubig.

»Warum? Du fragst mich wirklich warum? Hast du nicht einmal darüber nachgedacht, wie ich mich fühle, wenn ich bei dir erst weit hinter deiner Schule und deinem eigenen heiligen römischen Krieg vor unserer Haustür komme? Wie das ist, wenn das einzige, was wir in diesem Jahr zusammen unternommen haben, die Besuche der drei Nero-Ausstellungen in Trier waren? Oder wenn ich wieder einmal alleine ins Theater oder nach Schweich in die Synagoge gehe, um nicht genauso alleine vor dem Fernseher zu versauern, während du nur diese alten Schriften durchforstest, nur in der Vergangenheit lebst?«

Die Akkus von Blesius' Strahler schienen langsam schwächer zu werden. Dennoch konnte Jakob erkennen, dass sich ein rötlicher Schein auf die blassen Wangen von Katja Krämer legte. Auch wenn sie äußerlich noch immer ruhig und beherrscht schien, war sie tief im Innern offensichtlich aufgewühlt.

»Aber ein klein wenig bewegst du dich ja doch in der Gegenwart. Da waren dann ja diese immer häufigeren Treffen mit *Franzi* Möbius«, sagte sie ironisch.

»Aber, aber du glaubst doch etwa nicht, dass ich ...?«

»Nein, ich weiß, dass da zwischen euch nichts läuft«, erwiderte sie.

»Aber, woher ...?« Mehr konnte Krämer nicht herausstottern.

»Ich geh mit Sven Möbius zum Yoga, schon vergessen? Natürlich!«, beantwortete sie sich die Frage selbst. »Wahrscheinlich hast du das überhaupt nicht registriert, als ich es erwähnte. Hans-Peter, wir sind nicht blind! Im Gegensatz zu dir. Hast du es immer noch nicht kapiert? Sie hat dich nur benutzt, um immer auf dem neuesten Stand deiner Nachforschungen zu sein, damit sie das dann brühwarm ihrem Lieblingsonkel weitergeben konnte.« Sie atmete noch einmal tief durch. »Mensch, Hans-Peter, was bist du für ein Narr. Und Sie, Herr Blesius, Sie sind tatsächlich ein richtiges A...«« Katja Krämer sprach das Wort nicht aus.

∗

Drei Tage später hatte der Herbst das Laub der Weinreben fast vollständig in strahlendes Gelb gehüllt. Jakob saß auf seiner Terrasse. Auf dem Tisch stand eine wunderbare Riesling-Auslese aus der Trittenheimer Apotheke. Manchmal lohnte es sich, fremd zu gehen, zumal, wenn es sich um ein Geschenk handelte.

»Habt ihr es zu Hause geregelt?«, fragte er ruhig.

Katja Krämer nickte, und Jakob fand, dass das Lächeln ihr wirklich vortrefflich stand.

»Ja, für mein Schweigen hat mir Hans-Peter versprochen, seine römischen Studien abzuschließen.«

»Und Maximilian?«

»Er wird bei der nächsten Gelegenheit und erstmalig die Schlacht von Rigodulum öffentlich akzeptieren.« Katja blickte ihn an. »Es war wichtig, Sie als Zeugen dabei zu haben, Pfarrer Gorges. Entschuldigen Sie bitte, dass ich zunächst nicht ganz ehrlich zu Ihnen war. Aber vielleicht beenden die beiden jetzt ja wirklich ihr unsägliches Palaver über diesen Bataveraufstand.«

Sie prostete ihm zu, und er erwiderte die Geste lächelnd. Nachdem sich Katja Krämer von ihm verabschiedet hatte, lehnte Jakob sich in seinen Gartensessel zurück, verschränkte seine Hände über seinen Bauch und blickte zufrieden in den herbstlich leuchtenden Weinberg.

Nerotik

Moni Reinsch

Hey, Grandpa, da ist noch eine weitere Museum fur Nero«, sagte Jason mit seinem amerikanischen Akzent und blickte von seinem Smartphone auf. Er war seit drei Wochen aus Alabama zu Besuch bei den Großeltern in Trier. Zunächst hatten sie einige Verwandte besucht und waren in Köln gewesen, jetzt wollten sie sich die Kultur vor Ort ansehen.

»Landesmuseum, Städtisches und Bischöfliches Museum«, zählte Walter Gruner auf. »Mehr habe ich bislang im Trierischen Volksfreund oder im Offenen Kanal nicht gesehen. Was hast du noch gefunden?«

»N-EROs Center in der Ruwerer Straße«, las Jason vor.

Sein Opa lachte. Da würde es zwar einiges Antike zu sehen geben, aber auch viele auf neu gemachte Schönheiten. »Ich schlage vor, ich seh mir das mal an und dann können wir morgen einen Ausflug dorthin machen. Du wolltest dich doch heute mit deinem Freund Michael treffen? Wie alt ist der jetzt?«

Jason sagte, dass sein Freund ein halbes Jahr älter war als er, also schon neunzehn. Der Großvater überlegte, wie er das an Oma vorbei organisieren könnte. War es das richtige, seinen Enkel in diese Form der Gesellschaft einzuführen? Das müsste er sich ansehen. Heute Abend würde Gertrude zur Gymnastik gehen, dann könnte er eine Erkundungstour machen.

Walter brachte Jason zu Michael, seinem alten Kinderfreund, seine Frau zur Gymnastik und fuhr dann nach Trier-Nord. Gertrude würde anschließend noch Flieten essen und den ein oder anderen Viez trinken gehen, würde ihn also nicht vermissen. Und die Jungs hatten sich lange nicht gesehen, vor Mitternacht würde Jason sicher nicht nach Hause kommen.

N-EROs Center prangte an dem knallrot gestrichenen Haus kurz vor Ruwer. Walter hätte sich das gerne vorher im Internet angesehen, aber er wusste nicht, wie er das machen konnte, ohne dass seine Frau hinterher eindeutige Werbungen sehen würde. Und so ein realer Eindruck vor Ort war auch mehr wert als eine Internetseite. Auf der konnte man noch mehr schummeln als im schummrigen Licht eines Bordells.

Der Eingang war eingefasst von römischen Säulen und einem kleinen Vordach im Stil eines Tempels. Hinter dem Haus gab es einen diskreten Parkplatz, der von der viel befahrenen Straße nicht einzusehen war. Als er die Tür öffnete, trat ihm eine junge Frau in einer römischen Tunika entgegen. Vermutlich war sie aus irgendeinem Karnevalsbedarf, sah aber ganz nett aus.

»Willkommen, Fremder. Weißt du, wie es bei uns so läuft?«, fragte die Pseudo-Römerin. Walter schüttelte den Kopf. Es war lange her, dass er solch ein Etablissement betreten hatte. Er hatte sich überlegt, dass er der coole Opa wäre, wenn er mit seinem Enkel in ein solches Haus gehen würde. In seinem Zuhause, dem puritanischen Bibel-Belt, dem tiefreligiösen Gebiet im Süden der USA, wo auf zwei Häuser eine Kirche kam, würde Jason so etwas nicht kennenlernen. Jasons Vater war bei der Army, der würde das verstehen, sofern Jason es jemals erzählen sollte. Und Jasons Mutter würde es einfach abstreiten und behaupten, Jasons Fantasie gehe mit ihm durch. Sie würde es nie und nimmer für möglich halten, dass ihr Vater seinen Enkel mit in den Puff nehmen würde.

»Du tauschst bei mir dein neumodisches Geld gegen Sesterzen und kannst dich dann umsehen. Es gibt ein Caldarium und ein Frigidarium. Anschließend kannst du dich auf dem Sklavenmarkt für eine Dienerin entscheiden oder bei Brot und Spielen Zerstreuung suchen. Bist du alleine gekommen?«

Walter sah die Frau verständnislos an. Natürlich ging er alleine ins Bordell, wie denn sonst?

»Dienstags ist unser Pärchen-Tag. Aber das ist keine Verpflichtung, keine Angst«, beruhigte sie ihn. »Wer nicht alleine kommt, kann sich in die hinteren Räume zurückziehen. Manch römischer Herr sucht seine Domina, manche römische Dame einen Leibeigenen, so ist das in unserem Rom.«

Anscheinend konnte sie Walter ansehen, dass dies hier nicht

seine Welt war, denn sie plapperte weiter: »Mittwochs veranstalten wir auch richtig antike Orgien. Da wirst du im Liegen gefüttert, mit allem, was du möchtest. Donnerstags ist Bauchtanz. Falls du auch auf Männer stehst, empfehle ich dir, am Freitag noch einmal zu kommen. Da sind die Gladiatoren da, und du kannst dich in deren Kunst einführen lassen. Wenn du magst, kannst du aber heute schon in die Kleiderkammer gehen und dir von einer Sklavin beim Ankleiden von Beinschildern und Helmen helfen lassen und selbst als Gladiator auftreten. Kennst du die feinen Unterschiede zwischen verschiedenen Arten von Gladiatoren?«

Walter war überfordert. Er hatte mit einem normalen Sexschuppen gerechnet, aber nicht mit einem römischen Freudenhaus. Aber jetzt, wo er schon einmal da war, würde er natürlich nicht wieder gehen. Männer waren sowieso nicht sein Ding und Bauchtanz hatte er in Tunesien schon einmal gesehen, den musste er nicht unbedingt haben. Aber selbst einmal als Herrscher auftreten, das wäre es. Walter zahlte und ließ sich den Weg zur Kleiderkammer zeigen. Dort nahm ihn eine andere Schönheit in Empfang. Früher fand er Prostituierte alt, heute waren sie so junge Dinger, die seine Enkelinnen hätten sein können. Schlimm, in welchem Alter die heute anfingen.

Die Römerin erklärte ihm die verschiedenen Gladiatorengattungen, aber Walter hörte nur mit halbem Ohr hin. Er wollte auf jeden Fall einen Helm mit Visier, alles andere war ihm egal. Sie kleidete ihn erst einmal aus, dann wieder an, und Walter sah, dass so ein Lendenschurz nicht wirklich viel verdeckte. Dann wurde er weitergereicht an eine dritte junge Frau, unpassenderweise eine Asiatin, die ihn einölte, worauf er glänzte wie sein Auto nach der Wachspolitur. Er stellte fest, dass das Neros-Center an einem Dienstagabend nicht gut besucht war, es sei denn, die Damen wären alle schon mit ihren Kunden in den Separees verschwunden.

Zwei weitere Gladiatoren kamen ihm aus dem Raum, in dem es Brot und Spiele gab, entgegen. Auch sie trugen Helme und Beinschilde, aber an den nackten, geölten Oberkörpern sah er sofort, dass sie deutlich jünger waren als Walter mit seinen siebenundsechzig. Die Männer nickten sich schweigend zu.

Walter sah eine Weile zu, wie zwei fast nackte Frauen in einem sandigen Rund miteinander einen Ringkampf ausfochten, der einer einstudierten Choreografie folgte. Sie forderten ihn auf, Geld auf die Siegerin zu setzen, aber das Gerangel langweilte ihn, sodass er weiterging. Zwei Frauen in Tierkostümen, die weniger verdeckten als sie offen ließen, liefen vor einem fettleibigen Gladiator ohne Helm und Visier davon. Walter war nicht sicher, ob es Speichel oder Schweiß war, der dem Gladiator vom Kinn troff. Walter wandte sich ab. Ein Stück weiter sah er eine Variante des Spiels: Ein Mann mit einem schweren Ochsengehörn auf dem Kopf ließ sich von zwei weiblichen Gladiatorinnen jagen.

Er hatte genug gesehen. Er würde Jason nicht mit hierher nehmen, aber *nicht*, weil es ihm *nicht* gefiel, sondern vielmehr, weil es ihm *so gut* gefiel. Trotz des Helms würde der Junge ihm ansehen können, dass ihn das Ambiente nicht kalt ließ.

Walter trat durch einen roten Samtvorhang und stand auf dem Sklavenmarkt. Er nahm sein Säckchen mit Sesterzen vom Gürtel und wollte gerade einer Sklavin Geld bieten, als die beiden jungen Männer neben ihn traten. Sie schienen Spaß darin zu haben, mit ihm um seine auserwählte Dame zu feilschen, obwohl noch andere Frauen im Raum waren, die ihn allerdings weniger anmachten.

»Was auch immer der Mann dir bietet, ich biete dir drei Sesterzen mehr«, sagte der eine junge Mann zu der Sklavin und wickelte eine Strähne ihres blonden Haars um seinen Zeigefinger.

»Wer zuerst kommt, mahlt zuerst«, bemühte Walter ein altes Sprichwort mit einer Stimme, von der er glaubte, sie würde Autorität ausstrahlen.

»Ey, Oldie, sieh dir einmal an. Deine Haut hat Falten und deine Bauch hängt über die Shorts«, sagte der andere mit einem unverkennbaren Südstaatenakzent. Walter erstarrte. Sein Enkel und dessen Freund! Gut, dass sie ihn noch nicht erkannt hatten! Er müsste unbemerkt den Rückzug antreten!

»Ah, haben sie euch an der Pforte verraten, dass wir heute Kaiser Nero zu Gast haben?«, fragte eine Tunika-Trägerin und forderte die drei Männer auf, sich zu setzen. Es war zwar in ihrem Interesse, dass die Gäste sich im Preis überboten, ein Streit unter den Kunden musste aber auf jeden Fall vermieden werden.

Ein beleibter, barfüßiger Recke mit purpurnem Umhang trat aus einer Tapetentür in der Wand. Eine ungewöhnliche Aufmachung für einen Security-Mann, aber durchaus wirkungsvoll. Er fragte, ob er lieber singen oder lieber ein Gedicht vortragen sollte. Walter dankte höflich und entschied sich für das Dampfbad, um den Jungs unauffällig aus dem Weg zu gehen. Dort würde Jason ihn nicht erkennen können. Die beiden jungen Männer blieben bei Nero zurück und ließen sich tatsächlich ein Liedchen zur Lyra trällern.

Walter hatte allerdings nicht bedacht, dass er das Dampfbad nicht mit seinem Helm betreten konnte. Zum Glück war der Raum recht groß und derzeit leer, sodass er sich in die hinterste Ecke verziehen konnte. Sobald die Jungs sich mit den Sklavinnen handelseinig wären, würden sie sich sicher in lauschige Eckchen zurückziehen, sodass Walter das Etablissement ungesehen verlassen könnte.

Die Tür zum Dampfbad wurde aufgerissen, die beiden jungen Männer schoben sich lachend herein und setzten sich auf die gegenüberliegende Seite, nicht weit von der Tür. Walter konnte hier bleiben, bis die beiden verschwunden waren, oder er müsste sich unauffällig an ihnen vorbeischieben. Walter hoffte, Jason würde ihn dabei nicht erkennen, weil er die Leute um sich herum gar nicht so genau ansehen würde, weil er sowieso nicht damit rechnete, jemanden zu kennen. Dass Walter Michael zuletzt gesehen hatte, war sicher schon zwölf Jahre her, bevor seine Tochter nach Amerika ausgewandert war. Michael würde ihn vielleicht nicht mehr erkennen, damals hatte er noch deutlich mehr Haare und weniger Bauch gehabt.

Sie saßen schon eine Weile, als die Tür sich abermals öffnete und drei Damen des Hauses das Dampfbad betraten. Walters Poren hatten sich bereits geöffnet und schütteten unentwegt giftigen Schweiß aus. Die Damen verteilten sich auf die drei Dampfbadbesucher und fingen an, ihre unverhüllte Männlichkeit zu reizen. Walter stieg das Blut in alle Körperteile. Er merkte, wie sein Herz zu rasen begann. Er hatte bei Gertrude schon lange keine Gelegenheit mehr gehabt. Und diese Frau wusste ganz genau, worauf er reagieren würde. Aber im Beisein seines Enkels war das ein Ding der Unmöglichkeit. Walter entwand sich widerstrebend ihren Berührungen und versuchte, so unauffällig wie möglich an den anderen vorbei zur Tür zu schleichen, als er mitten in der Bewegung innehielt. Das war doch unmöglich. Draußen vor der Glastür sah er seinen Kegelbruder Heinz. Der wollte hoffentlich nicht auch noch ins Dampfbad. Das würde ein Gerede werden in der Kegelgruppe. Gerade Heinz, der nichts für sich behalten konnte. Der durfte ihn auf gar keinen Fall sehen. Also zog sich Walter wieder ein wenig zurück, landete damit aber direkt in den Fängen der langfingrigen Römerin. Er fühlte sich in der Zwickmühle. Ein Blick zu den Jungs sagte ihm, dass diese beschäftigt waren. Er hatte die Wahl zwischen Pest oder Cholera, Enkel oder Kegelbruder. Sein Herz hämmerte wild, er musste dringend hier raus. Er fühlte sich, als müsste er seine Krawatte lösen und den obersten Knopf öffnen, aber ihm war bewusst, dass er barfuß bis zum Hals war. Er schnappte nach Luft, merkte, wie sein Blick undeutlich wurde. Alles begann, um ihn herum zu verschwimmen. Er sah, wie sich die Konturen von Nero vor der Glastür auflösten, riss die Tür auf und stürzte nach draußen. Dort versuchte er, tief einzuatmen, aber seine Brust war wie zugeschnürt. Er glaubte sich zu erinnern, dass links die Kleiderkammer war, wo seine Sachen in einem Schließfach liegen müssten. Als er sich dorthin wandte, sah er allerdings Heinz auf sich zukommen. Er glaubte, es müsse eine Halluzination sein, denn um Heinz' Hals schlang sich ein Stachelhalsband. Heinz kroch auf allen Vieren genau in Walters Richtung, der sich umwenden und flüchten wollte. Dann stockte er in der Bewegung. Das, was er zu sehen glaubte, konnte einfach nicht sein. Das andere Ende der Hundeleine lag in einer faltigen Hand, eine kleine Frau in XXL-Lackkorsage und hohen, schwarzen Stiefeln schwang eine Peitsche über Heinz' nacktem Hinterteil. Walter wandte sich ab, sein Kopf drohte zu explodieren, und er sank zu Boden. Während seine Sinne schwanden, spürte er hinter sich einen Luftzug. Die jungen Männer stürzten auf ihn zu und wollten ihm helfen, aber Walters Blick flackerte nur noch. Sein Enkel beugte sich zu ihm hinunter und schrie auf, als er erkannte, wen er vor sich hatte.

»Sag nichts, mein Junge. Dreh mich nur um, damit sie mich nicht erkennen«, flüsterte Walter, bevor sein Blick brach. Nero und die Herrin blickten gleichzeitig in die Richtung des verscheidenden Seniors, den sie nur von hinten sehen konnten. Nero wissend, dass dies nicht zum ersten Mal passierte, dass sich jemand im Bordell im gehobenen Alter überschätzte. Die Frau in Lackkorsage schrie auf und ließ die Leine ihres Liebhabers zu Boden fallen, der sich rasch aufrappelte und hinter dem breitschultrigen Sicherheitsmann versteckte. Jason traute seinen Augen kaum. Sein Blick und der Blick der Domina trafen sich über dem Rücken des sterbenden Walters, der unbeachtet seinen letzten Atem aushauchte. Jason schnappte sich seinen Helm und bedeckte damit seine Blöße. Ungläubig hauchte er nur: »Oma?«

Welch ein Künstler stirbt mit mir!

Paul Walz

Rufus Mildenberger legte den Kopf in den Nacken und zog Tobias sanft zu sich herunter. Erst fühlte Rufus das Kratzen der Stoppeln, doch dann weiche Lippen, die sich zögernd öffneten und sich schließlich dem Kuss hingaben.

Rufus' Erregung stieg. Ein leises Stöhnen entwand sich seiner Kehle, als ein Schauer seinen Körper überlief. Schön war es, endlich wieder jemandem so nahe zu sein, seine Wärme zu spüren und ihn anzufassen. Glück durchströmte ihn, denn seine letzte Beziehung lag schon lange zurück.

Nach langen Sekunden lösten sie sich voneinander, und Tobias murmelte. »Paris, sei mein Paris.«

»Was?« Rufus sah in das hübsche Gesicht.

»Nichts«, seine neue Liebe beugte sich vor und küsste ihn wieder. Hände gingen auf die Reise, zogen hier an Kleidung und streichelten dort über nackte Haut.

Sie hatten sich am Abend in einer Schwulenkneipe kennengelernt und angeregt unterhalten. Tobias war bei ihm eingeschlagen wie eine Bombe, und er hatte kaum zu hoffen gewagt, diesen Jungen für sich zu gewinnen. Doch dann ging es auf einmal ganz schnell, und Rufus wollte jetzt alles, wollte eine tolle Nacht und morgen früh neben diesem Adonis aufwachen. Nackt und befriedigt. Zunächst aber galt es, das Hier und Jetzt zu genießen. Er öffnete seinen Gürtel.

Eine Weile später hielten sie sich in den Armen und sahen nach unten ins Tal, wo im Stadtteil Olewig das alljährliche Weinfest feuchtfröhlich über die Bühne ging. Aus den hell erleuchteten Straßen drangen Stimmengewirr und Musik den Petrisberg hinauf und schmolzen zu einer undefinierbaren Geräuschkulisse, aus der nur ab und zu das schrille Lachen einer Frau oder das dumpfe Grölen eines Mannes herausstachen.

Rufus schmiegte sich an den festen Körper seines Liebhabers.

»Gehen wir zu mir?«

Tobias reagierte nicht, sondern sah stumm ins Tal hinunter.

Rufus stieß ihn an. »Heh, was ist mit dir?«

»Nichts, willst du etwas trinken?«

»Wir können bei mir ...«

Ein Lächeln strahlte über Tobias' junges Gesicht, als er sich umdrehte und so sanft in Rufus' Ohr flüsterte, dass ihn der leise Hauch des Atems am Ohr kitzelte. »Du wirst auf deine Kosten kommen, versprochen. Ich habe zwei Bier im Auto. Lass uns die noch trinken, es ist so schön hier.«

Ein leichter Kuss, dann ging Tobias mit entspanntem Schritt zum Kofferraum und kehrte mit Bierdosen zurück, die er bereits geöffnet hatte. »Prost.«

Wie auch immer Tobias das hinbekommen hatte, das Pils war wunderbar kalt und rann angenehm Rufus' Kehle hinunter.

Er rülpse leise und grinste. »Herrlich. Hast du einen Kühlschrank in der Karre?«

»Kühlbox.« Die dunklen Augen musterte ihn eindringlich. Dann saßen sie eine Weile nebeneinander, tranken ihr Bier und lauschten dem Trubel des Fests.

»Geht es dir gut?« Tobias sah zu ihm hinüber.

»Klar, ich bin voller Energie und so geil auf deinen knackigen, ... verdammt«, Rufus sprang auf. »Meine Füße sind eingeschlafen. So was aber auch.« Er lachte und trat fest auf, ging dann vor der Bank hin und her, doch das taube Gefühl wollte nicht weichen.

»Mist, verdammt, was ist das denn?«

Ihm wurde plötzlich übel, und er übergab sich. Er schwankte. »Mann, soviel habe ich gar nicht getrunken.«

Tobias war nun an seiner Seite und zog ihn sanft auf die Bank. »Komm.«

Rufus ließ es geschehen, dankbar für die Hilfe, denn mit einem Mal wurde ihm schwarz vor Augen. Tobias hielt seine Hände und sah ihn forschend an.

»Was ist los? Wird es besser?«

»Ich...«

Rufus sprach nicht weiter, denn ein heftiger Schmerz durchzuckte seine Handgelenke, als Tobias sie ruckartig mit einem Kabelbinder zusammenband.

Er fuhr hoch und jähe Angst durchströmte ihn. »Was soll das?« Nun schrie er, doch augenblicklich verschloss ein Klebestreifen seinen Mund. In Panik warf er sich zur Seite, stolperte jedoch über seine gefühllosen Füße und schlug der Länge nach hin. Wieder wurde ihm schlecht, doch er unterdrückte den Brechreiz. Warum kam denn niemand und half ihm?

Tobias agierte schnell und band auch die Fußgelenke zusammen, noch bevor Rufus sich gesammelt hatte. Kalte Augen blickten nun auf Rufus herab, der heftig atmend zurückstarrte. Sein Mut sank, denn da war keine Freundlichkeit, kein Lächeln, das ihn hätte beruhigen können. Nur Härte sprach aus einer versteinerten Miene.

»Ich habe dir doch versprochen, dass du auf deine Kosten kommst, Paris.«

*

Lichthaus sah ins Tal hinab, wo das Weinfest seinem Höhepunkt zustrebte. Siran stand neben ihm und sah ebenfalls hinunter.

»Da unten wird gefeiert und hier oben gestorben. Irgendwie paradox.«

Er sah Lichthaus an, der die Schultern hob. »Ist eigentlich immer so. Irgendwo auf der Welt wird gelitten, woanders genießt man das Leben. Hier wird der ganze Wahnsinn nur einmal deutlich. Denk doch nur an deine Familie.«

Siran seufzte und nickte. Er hatte Familienmitglieder, die vor dem Krieg in Syrien geflohen waren und bei seinen Eltern Unterschlupf gefunden hatten. Sie waren wie er aramäische Christen, eine Religionsgemeinschaft, deren Fortbestehen im Nahen Osten praktisch unmöglich geworden war. Monatlich überwies er einen Teil seines Gehalts, um die Verwandten zu unterstützen.

»Habt ihr den Toten schon identifiziert?«

»Rufus Mildenberger. 46 Jahre, unverheiratet. Er hatte sein Portemonnaie bei sich. Gut gefüllt übrigens. Steinrausch und ich gehen daher nicht von einem Raubmord aus.«

»Das wäre auch ein Ding, so wie wir ihn gefunden haben.« Ein Paar hatte sich am Abend auf eine Bank gesetzt, um den Sonnenuntergang zu genießen, und dem Mann, der am anderen Ende saß, kaum Beachtung geschenkt. Sie wunderten sich nur, warum er nicht auf ihren Gruß reagierte. Dem ersten Anschein nach schien er zu schlafen. Als die beiden jedoch aufstanden, kippte der Oberkörper des Mannes zur Seite, Mütze und Brille fielen herunter und offenbarten ein totes Gesicht. Leichenblass, die Augen, rot unterlaufen, schauten starr ins Nichts.

Steinrausch kam zu ihnen herüber. »Was machst du denn hier, Herr Kriminaldirektor?« Er grinste. »Müller war nie so eifrig.«

Lichthaus lächelte. Seit zwei Monaten war sein alter, abgrundtief verhasster Chef in Pension, und er war ihm auf die Stelle des Leiters der Zentralen Kriminalinspektion Trier gefolgt. Seitdem leitete Steinrausch die Mordkommission.

»Ich kann es eben nicht lassen und werde wohl auch in Zukunft dabei sein. Außerdem seid ihr ein wenig schwach besetzt.«

Siran nickte. Für Lichthaus war bisher kein Ersatz gekommen, erschwerend war, dass Sophie Erdmann nach der Geburt ihres Sohnes nur Teilzeit ins Kommissariat zurückgekehrt war. Jetzt allerdings war es wie früher.

Steinrausch begann, unaufgefordert zu berichten. »Spleeth sichert immer noch die Spuren. Neben dem Toten wurden Bierdosen gefunden, die schon unterwegs ins Labor sind.«

»Was noch?«

»Der Mann war mit Klebeband an der Bank fixiert.«

Lichthaus verstand. »Man hat ihn also regelrecht drapiert. Todesursache?«

»Wissen wir noch nicht. Die KTU hat ihn bereits entkleidet und nur an den Handgelenken äußere Verletzungen, wohl von Fesseln, festgestellt. Das Opfer hat sich jedoch erbrochen und Durchfall gehabt. Eine Vergiftung ist laut Spleeth recht wahrscheinlich.«

»Okay, dann wollen wir mal Güttler aus den Federn holen.«
Er wählte eine gespeicherte Nummer und wartete, bis eine schläfrige Stimme abnahm.

»Ich will heute keinen Torso aufschneiden. Es ist Wochenende.«
Lichthaus grinste. »Null Chance. Außerdem ist es erst früh am Abend.«

»Dein Kind liegt auch nicht mit Fieber im Bett und nölt den ganzen Tag.«

»Tut mir leid, Bernd, es muss sein. Wir vermuten ein Vergiftungsopfer.«

»Super. Was machst du überhaupt da draußen. Das ist doch nicht mehr dein Job.«

»Du hast gut reden. Immerhin habe ich es dir zu verdanken, dass Sophie nicht voll zur Verfügung steht.«

Er konnte Güttlers Grinsen geradezu spüren. Der Gerichtsmediziner und Sophie hatten vor einiger Zeit geheiratet.

»Wenn ich ehrlich bin, tut das mir nicht die Bohne leid. Bringt mir den Toten, dann sehe ich ihn mir an. Kommst du hin?«

»Nein, schließlich bin ich hier der Obermotz, das kann ein anderer übernehmen.«

»Kaum im Amt und schon Chefallüren!«

Sie verabschiedeten sich und legten auf. Lichthaus ging zu der Bank, neben der er den Körper auf dem Boden sah. Er trat hinzu, doch noch ehe er etwas sagen oder fragen konnte, ließ ein Donnern die Luft erzittern. Jeder zuckte zusammen und starrte zum Nachthimmel, der prasselnd von einer Feuerwerksrakete beleuchtet wurde.

»Wieso denn heute, sonst ballern die doch freitags?«
Doch niemand gab Steinrausch eine Antwort.

Sie hielten inne und sahen zu, wie eine Rakete nach der anderen gezündet wurde. Nur Lichthaus sah auf den Toten, der auf der schmutzigen Erde lag, während bunter Schein flackernd über die weiße, nackte Haut huschte.

Endlich war es vorbei, und noch bevor der Applaus und alle Ahs und Ohs, die aus dem Tal heraufbrandeten, verklungen waren, schaltete Spleeth die Scheinwerfer wieder an.

Auch er wurde alt, stellte Lichthaus fest. Haare besaß der alte Griesgram kaum noch. Zudem bog sich sein Rücken zu einem Buckel. Lichthaus fixierte Steinrausch, der die Ermittlungen leiten würde.

»Ich habe Ihnen bereits das Meiste gesagt. Das Band war doppelseitiges Klebeband. Gute Qualität. Kleidung, Erbrochenes und die Bierdosen, die neben ihm auf der Bank standen, sind unterwegs ins Labor. Die Totenstarre ist vollständig ausgebildet, löst sich an einigen Muskelpartien. Von der Umgebungstemperatur ausgehend schätze ich, dass er seit circa vierundzwanzig Stunden tot ist.«

Siran war überrascht. »Und niemand hat ihn entdeckt?«

Steinrausch hob die Schultern. »Eine lange Zeit, allerdings ist der Weg vorne durch eine Schranke gesperrt, da drüben eine Baustelle ist.«

»Was sagt das Melderegister?«

»Gemeldet ist er nicht in Trier, am Schlüssel hängt aber ein Adressenanhänger. Kloschinskystraße.«

Lichthaus sah auf die Uhr. »Haben wir die Wohnungsschlüssel?«

Spleeth nickte. »Papiere, Geld und Schlüssel waren allesamt in den Taschen.«

Steinrausch seufzte. »Nun, wenn wir hier fertig sind, fahren wir in die Wohnung.«

Lichthaus nahm sich zurück und wartete noch, bis der Tross abgezogen war. Er würde nicht mitfahren, hatte sein Kommen aber für die Besprechungsrunde am folgenden Morgen angekündigt. Es war der erste größere Fall, der auf sie zukam, seit er die Stelle gewechselt hatte, und es fiel ihm außerordentlich schwer, nicht laufend dabei zu sein und ins Geschehen einzugreifen, doch wollte er Steinrauschs Autorität nicht untergraben.

Als er allein war, setzte er sich auf eine Mauer, die den Weg von den Weinbergen abgrenzte, denn vor der Bank ekelte es ihn. Müde sah er ins Tal hinunter, wo das Fest seinem Ende zuging. Wenige, meist schwankende Gestalten zogen durch die Straßen, während in einem Stand nach dem anderen die Lichter gelöscht wurden.

Wieso klebte jemand sein Opfer an eine Parkbank und zwang die Leiche symbolisch zu praktisch unentwegter Aufmerksamkeit? Eine persönliche Tat, da gab es keinen Zweifel, denn nichts wurde gestohlen, doch was sollte das Schauspiel bedeuten?

Er erhob sich müde und ging zu seinem Wagen. Es würde nicht leicht sein, doch das war es nie.

*

Steinrausch und die anderen wirkten erschöpft, als sie sich an dem sommerlich warmen Sonntag im Besprechungszimmer versammelten. Lichthaus wartete gespannt auf die Ergebnisse der Untersuchungen, die die vergangene Nacht hervorgebracht hatten. Er selbst war nach Hause gefahren und hatte entspannt geschlafen. Die direkte Verantwortung und den Druck nicht mehr zu haben, hatte auch seine Vorteile.

Sophie Erdmann setzte sich neben ihn. »Stefan kümmert sich um den Kleinen. Er ist von der Nacht völlig kaputt und hofft, dass Yanni viel schläft.«

»Hat die Obduktion lange gedauert?«

»Um vier war er wieder da.«

»Und?«

Sie konnte nicht mehr antworten, denn Steinrausch ergriff das Wort, während Lichthaus an dem unvermeidlichen Cay nippte, den Siran ihnen zu jeder Besprechung servierte. Türkisches Gebäck fehlte heute allerdings.

»Fangen wir an. Dr. Güttler hat dankenswerterweise noch in der Nacht die Obduktion vorgenommen, ist aber leider zu keinem eindeutigen Ergebnis gekommen, was die Todesursache angeht. Ein Gift hat das Opfer zwar mit an Sicherheit grenzender Wahrscheinlichkeit getötet, um welches Gift es sich jedoch handelt, ist bisher unbekannt. Wir werden uns bis morgen gedulden müssen. Todeszeitpunkt: Freitagabend zwischen dreiundzwanzig und zwei

Uhr in der Früh. Er hat also einen kompletten Tag dort gesessen, ohne dass ihn jemand gefunden hat. Mildenberger war homosexuell, was auch Videos und Magazine aus seinem Appartement belegen. Außerdem«, er zögerte einen Augenblick, »hat die Obduktion Fremdsperma in seinem Magen entdeckt. Abschürfungen am Penis lassen darauf schließen, dass er kurz vor seinem Tod Analverkehr hatte. Zudem wiesen die Hände und Knöchel Verletzungen auf. Er war demnach gefesselt.«

Sophie Erdmann hob die Hand. »DNA-Vergleich?«

»Läuft bereits.« Steinrausch wandte sich an Spleeth. »Was konnten Sie herausbringen?«

Der Chef der Spurensicherung hüstelte und zog dann die Nase hoch. Niemand im Präsidium mochte den Mann. Ein unverheirateter Einzelgänger ohne soziale Kontakte. Als Spurensicherer allerdings ein Ass. »Augenfällig war die verschmutzte Kleidung des Opfers. Ein Abgleich mit dem Boden rings um die Bank hat ergeben, dass er dort gelegen haben musste. Ob die Kleidungsstücke alle dem Opfer gehören, ist unklar. Insbesondere die Sonnenbrille wirkt in der Nacht unangebracht. Wir vermuten, dass er das Gift mit dem Bier zu sich genommen hat. Morgen haben wir das Ergebnis aus dem Labor. Seine persönlichen Dinge waren vermutlich vorhanden. Interessant war nur eine römische Münze oder deren Kopie, die er in seiner Hosentasche hatte.«

Spleeth reichte ein durchsichtiges Tütchen mit einer silbriggrauen Münze herum. Lichthaus nahm sie genauer in Augenschein.

»Was steht drauf?«

»NERO CLAVD CAESAR AVG GER P M TR P IMP P P auf der Seite mit dem Kopf, das ist die Vorderseite, POR OST / S - AVGVSTI - C auf der Rückseite.«

»Kaiser Nero, aus dem ersten Jahrhundert nach Christus.« Alle sahen Lichthaus groß an, der nur lächelte. »Humanistisches Gymnasium. Können wir feststellen, ob die Münze ihm gehörte?«

»Nein«, Siran sah auf seinen Tablet-PC, »es gab in der Wohnung nichts, was darauf hindeuten würde. Mildenberger hatte nur ein möbliertes Zimmer, wir waren schnell durch. Er hat ein vorübergehendes Engagement am Theater Trier, wo er die Regie zu einer Oper führt. Relativ unbekannt. Wir haben Aufzeichnungen über seine bisherigen Tätigkeiten gefunden. Mäßig erfolgreich, immer nur befristet, mal als Schauspieler, mal als Regisseur.«

»Wo ist er gemeldet?«

»In Bochum, wo er bislang am längsten war. Moment ... von 2004 bis 2009. Danach kamen kurze Engagements in Berlin, Dortmund, Hannover, Koblenz und nun Trier.«

Steinrausch übernahm. »Der Computer ist in der Auswertung. Das Passwort haben wir schon, er hatte es auf einem Zettel in der Schublade. Auf den ersten Blick nichts von Interesse. Massenhaft Rollentexte und Unterlagen für die Regie, seine Steuerangelegenheiten, Briefe und eben die Pornos.«

»Soziale Medien?«

»Steht noch aus, da wir nicht genug Leute haben. Zudem müssen wir auch die vielen Adressen seines Notizbuchs sichten.«

»Hilfe bekommt ihr. Ich werde morgen für Unterstützung sorgen. Ob wir offiziell eine Soko einrichten, machen wir von den Ergebnissen der kommenden Tage abhängig«, sagte Lichthaus.

Spleeth räusperte sich. »Dürfte ich noch fertig berichten?«

Steinrausch wirkte verlegen, da er den Spurensicherer vergessen hatte. »Natürlich.«

»In seiner Jackentasche steckte ein zerknüllter Bon aus einer Kneipe namens ›BLB‹. Gedruckt am Freitagabend um zweiundzwanzig Uhr dreiundvierzig.« Wieder machte ein Spurentütchen die Runde. »Die Mikrospuren dauern wiederum ein bisschen, ich denke, das drängt nicht so sehr, da ihr ja schon das Sperma habt. Eine Identifikation des Mörders geht also auch ohne.« Er lehnte sich in seinem Stuhl zurück.

»Gut«, Steinrausch sah in die Runde, »folgendes Vorgehen: Siran und ich besuchen heute Abend mal das BLB. Sophie und ...«

Lichthaus deutete das Zögern als Aufforderung. »... ich gehen morgen ins Theater.«

Steinrausch nickte. »Was noch?«

»Sobald wir wissen, woran er gestorben ist, sollten wir nach Fällen suchen, die Parallelen aufweisen. Vergiftung, römische Münze, auffällige Positionierung der Leiche.«

Siran hob die Hand. »Da häng' ich mich mal rein.«

Lichthaus sah auf die Uhr. »Gut. Ich informiere den Präsidenten und die Pressesprecherin. Wir halten alles unter der Decke und geben nur bekannt, dass wir einen Toten gefunden haben. Eure Berichte brauche ich morgen früh um acht, da um neun schon die Morgenkonferenz beim Chef ist. Sollte etwas Besonderes im Laufe des Tages herauskommen, sagt mir bitte Bescheid.«

*

Steinrausch und Siran trafen sich vor dem Eingang des BLB. Siran stieß unwillig die Tür der Kneipe auf. Es war elf Uhr am Abend und eigentlich wäre er lieber bei Anne gewesen, anstatt in ein Lokal zu gehen, das so versteckt in einer Seitenstraße lag, dass er wusste, was kam.

Für einen Sonntagabend mit warmen Temperaturen war der Laden gut besucht. Nur Männer saßen an den Tischen oder unterhielten sich vor dem Tresen. Es war angenehm kühl, da alle Fenster zu einem Hinterhof aufstanden, der mit Tischen und Stühlen vollgestellt war. Das Motto der Bar, das anscheinend für die Abkürzung BLB Pate gestanden hatte, war quer über einen Spiegel gemalt. Boys Love Boys. Viele Augen richteten sich auf Siran, dessen schlanke Gestalt und dunkler Teint einigen anscheinend gefielen.

Als sie sich bis zur Theke durchgekämpft hatten, schlenderte ein langer, dünner Typ mit kurzen Haaren herbei. »Na ihr Süßen, was kann ich euch bringen.«

Steinrausch grinste Siran an. »Willst du ein Bier, Schatz?«

Der lachte und nickte, dann zogen beide gleichzeitig den Dienstausweis und legten ihn auf den Tresen.

Der Mann hinter dem Tresen sah Siran an und zog eine bedauernde Miene. »Doch nicht schwul. Schade.« Dann wurde seine Stimme ernst. »Was wollen Sie?«

Steinrausch zeigte ein Foto Mildenbergers. »Kennen Sie den Mann?«

»Das ist Rufus. Der ist oft hier. Ist was mit ihm?«

»Waren Sie am Freitagabend auch im Dienst, Herr ...?«

Verunsicherung schlich sich in das glattrasierte, schmale Gesicht, und die braunen Augen hüpften zwischen den Beamten hin und her. »Aschmann, Eric Aschmann. Also ...«

»Waren Sie hinter der Theke?« Siran wurde nachdrücklich.

»Ja.«

»War Rufus Mildenberger hier?«

»Ja.«

»War er allein?«

»Ja und nein.«

Steinrausch wartete auf eine Erklärung, als diese ausblieb, atmete er tief ein. »So, nun passen Sie mal auf. Wir wollen Ihnen ein paar Fragen zu diesem Freitag stellen und würden dabei gerne unser Bier trinken. Der verdammte Tag war lange genug. Sie zapfen uns jetzt zwei und denken darüber nach, ob Sie lieber innerhalb von fünf Minuten unsere Fragen beantworten oder ob Sie uns den Abend restlos versauen wollen, weil wir Sie mit aufs Präsidium nehmen müssen, damit sich Ihr Gedächtnis aufhellt.«

Aschmann sah ihn betroffen an, trabte dann davon und war blitzschnell mit dem Bier zurück. »Kommen Sie mit.«

Er ging in einen Seitenraum, der an diesem Abend nicht genutzt wurde, knipste das Licht an, stellte die Biere auf einen der Tische und setzte sich ans Kopfende.

»Okay, was wollen Sie wissen? Und machen Sie bitte nicht so viel Wind, sonst bleiben die Gäste weg.«

Er zündete sich eine Zigarette an. »Hier sind wir ja privat.«

Siran nahm neben Steinrausch Platz, der ihm zuprostete. »Ab jetzt sind wir außer Dienst.« Sie tranken.

Siran wischte sich die Lippen. »Uns interessiert, um welche Uhrzeit Mildenberger im Lokal aufgetaucht und wann er gegangen ist. Außerdem müssen wir wissen, mit wem er zusammen war und ob er alleine weg ist.«

Aschmann blies Rauchkringel gen Decke. »Er war früh da, so gegen neun. Alleine.«

»Sicher?«

»Absolut. Rufus war einer der vielen Suchenden und daher laufend unterwegs.«

»Wie können wir das verstehen?«

»Für uns Schwule ist das eben anders als für euch Heteros. Es gibt weniger Angebote, wenn Sie wissen, was ich meine. Unser Lokal ist regional praktisch ein Hotspot, wo man sich kennenlernt. Die Männer kommen sich näher, ziehen sich in eine der Ecken zurück, und irgendwann verschwinden sie dann gemeinsam oder marschieren frustriert jeder für sich davon.«

»Mildenberger also auch?«

»Er hatte keine feste Beziehung und hat sich eines Abends mal darüber ausgeheult. In Bochum, wo er einige Jahre am Theater ein Engagement hatte, war er mit einem Mann liiert, seitdem waren aber anscheinend nur noch kurze Affären drin.«

»So wie am Freitag?«

»Vermutlich ja. Er saß mit einem Typ am hintersten Tisch auf der Terrasse und strahlte mit den Lampen um die Wette. Bevor Sie mich fragen, wie der Kerl aussah, mit dem er zusammen war, kann ich Ihnen gleich sagen, dass der mit dem Rücken zu mir saß. Außerdem trug er die ganze Zeit eine Kappe.«

»Wie groß?«

»Er saß, als mir Rufus'ufregung auffiel. Ich denke allenfalls mittelgroß. Dunkles T-Shirt, Jeans, Sneakers. Völlig unauffällig. Rufus hat dann irgendwann gezahlt, als es knüppelvoll war, sodass ich nicht auf den anderen achtete.«

»War vielleicht ein weiterer Mann mit am Tisch?«

»Keine Ahnung. Wenn er mit Leuten hier war, kamen die meistens vom Theater. Fragen Sie dort nach, die kennen ihn besser.«

»Fällt Ihnen sonst noch etwas ein?«

»Nein, tut mir leid. Was ist denn mit Rufus los?«

»Er ist tot.«

Aschmann riss erschrocken die Augen auf, doch noch ehe er Fragen stellen konnte, würgte Siran ihn ab.

»Das bleibt unter uns. Weitere Informationen können wir Ihnen aktuell nicht geben.«

Wenig später waren die Gläser leer, und so zahlten sie gegen Aschmanns Widerstand und gingen.

*

Das Theater Trier war ein Bau aus den Sechzigern, um dessen Sanierung oder Abriss seit Jahren eine heftige Diskussion tobte, ein Witz angesichts der maroden Kassenlage der Stadt, so jedenfalls Lichthaus' Meinung. Da der Haupteingang zum Augustinerhof geschlossen war, ging er mit Sophie einmal halb um das Gebäude herum und klingelte am Bühneneingang. Aus einem der unteren Proberäume ertönte laute Musik. Das Orchester schien zu proben, was nicht überraschend war, da die neue Spielzeit kurz vor dem Start stand. Nach längerem Warten erschien in dem engen Raum mit Pförtnerloge ein griesgrämig dreinschauender älterer Mann in blauem Kittel. Umständlich schloss er die Tür auf und streckte den Kopf hinaus.

»Was wollen Sie?«

Sein unrasiertes Gesicht mit nikotingelben Zähnen wirkte ärgerlich.

»Polizei.« Lichthaus hielt dem Mann den Dienstausweis so dicht vor die Nase, dass der seinen Kopf zurückziehen musste, um etwas lesen zu können. »Wir wollen den Intendanten sprechen.«

»Ich ...«

»Ich habe nicht vor, hier länger zu warten. Machen Sie sich bitte auf den Weg.«

Wortlos verschwand der Mann, wobei er nicht vergaß, wieder sorgfältig abzuschließen.

»Geht doch.« Lichthaus grinste Sophie an, die schmunzelte.

»So Kerle haben bei dir wohl nie eine Chance.«

119

»Nein, es geht doch auch freundlich, oder?«

Sophie sah gut aus wie immer, wirkte aber etwas abgespannt. Offensichtlich setzte ihr die Doppelbelastung zwischen Kind und Beruf mehr zu, als sie sich eingestehen wollte. Seitdem Yannick in einer Kinderkrippe war, ging es etwas besser. Außerdem nahmen die Kollegen Rücksicht, froh darüber, sie wiederzuhaben. Mittlerweile trug sie die Haare etwas kürzer und jetzt, im hellen Licht der Sommersonne, bemerkte Lichthaus die ersten grauen Fäden darin.

Wieder erschien der Griesgram, diesmal allerdings in Begleitung eines großen Mannes mit wallenden, bis auf die Schulter fallenden, schwarzen Haaren. Die Tür flog auf und schon wurde ihnen eine Hand hingehalten.

»Heribert Pfingst. Ich bin der Intendant«, er zögerte einen Augenblick und fixierte Lichthaus. »Wir kennen uns, nicht wahr?«

Ehrlich überrascht darüber, erkannt worden zu sein, lächelte dieser den Hünen an. »In der Tat. Meine Frau hatte vor einiger Zeit eine Ausstellung im Foyer.«

»Richtig. Wie geht es ihr? Was macht das künstlerische Schaffen?«

»Gut, das Atelier steht voll mit Skulpturen und Bildern, von denen immer welche verkauft werden. Sie kann zufrieden sein.«

»Schön«, ein offenes Lächeln breitete sich auf seinem Gesicht aus, »ich vermute aber, dass Sie nicht deswegen hier sind? Kommen Sie, wir gehen in mein Büro, da haben wir Ruhe.«

Sie wanderten durch graue Gänge, denen man das Alter ansah. Es roch muffig nach Abflussrohren.

Pfingst bemerkte Sophies Blick. »Renovierungsstau, wo auch immer Sie hinschauen. Die Stadt hat jahrelang auf der Bremse gestanden, und nun fabuliert man von einem Neubau. Uns würde es schon reichen, wenn man hier gründlich saniert. Der Standort ist toll, das Gebäude hat Stil, was will man mehr?«

Sie erreichten das Büro, in dem Papierstapel überall dort lagen, wo es ein Fleckchen Platz gab. Pfingst räumte einen Stuhl frei und stellte ihn neben den einzigen Besucherplatz, den er üblicherweise leer zu halten schien.

»Stören Sie sich nicht an der Unordnung, alles Wichtige haben wir im Rechner. Was ist los?«

»Rufus Mildenberger ist tot. Wir vermuten ein Gewaltverbrechen.«

Lichthaus direkte Ansage verfehlte ihre Wirkung nicht. Der Intendant verlor seine Selbstsicherheit und starrte die Beamten mit aufgerissenen Augen an. Es dauerte Sekunden, bis er sich gefangen hatte.

»Mein Gott! Die Sänger haben vorhin schon gefragt, wo er denn bleibt. Im Allgemeinen ist er pünktlich.«

Er sah betroffen aus dem Fenster auf die Bäume des Augustinerhofs.

»Hat das Folgen für das Theater?«

»Wie bitte?«, Pfingst konzentrierte sich auf Sophie. »Äh, nein, die Produktion ist praktisch abgeschlossen. Was noch fehlt, werden wir auch ohne Rufus hinbekommen. Das Stück atmet ja bereits seinen Geist, doch was für ein Schock.«

»Seit wann arbeitet er hier?«

»Eigentlich überhaupt nicht, also nicht als Festangestellter. Er hat in der vergangenen Spielzeit in Koblenz sehr erfolgreich eine unbekannte Donizetti-Oper inszeniert. Wir haben die Produktion gekauft und ihn gleich als Regisseur verpflichtet.«

»Was war er für ein Mensch?«

»Auf den ersten Blick hielt man ihn für einen Loser. Tut mir leid, wenn ich das so sage, doch sein Erscheinungsbild drängte jedem diesen Eindruck auf. Privat wird das wohl auch so gewesen sein, wie man mir berichtete. Nicht seine Homosexualität, das spielt ja keine Rolle, sondern insgesamt. Mit der Familie verkracht, kaum Freunde und die Wenigen, die ihm geblieben waren, hat er immer wieder in einer Aufwallung von Überheblichkeit verletzt und letztendlich vergrault. Im Job als Schauspieler und als Regisseur hingegen überdurchschnittlich gut. Seine durchwachsenen Erfolge sind aus meiner Sicht der Dinge unmittelbare Konsequenz seiner mangelnden Empathie.«

»Wie lief es in Trier?«

»Sehr gut. Das Ensemble war äußerst zufrieden.«

»Neider oder Konkurrenten?«

»Nein, beziehungsweise nicht so, dass ich mir vorstellen könnte, hier einen Anlass für eine Gewalttat zu finden?«

»Hatte er ein Büro?«

»Nein. Er hatte seine Unterlagen alle zu Hause.«

»Können wir die Schauspieler sprechen?«

»Sie proben gerade.«

»Wie viele Rollen werden besetzt?«

»Nur vier.«

»Was wird einstudiert?«

»Pia de Tolomei.«

Lichthaus erhob sich. »Besten Dank für Ihre Zeit. Wir müssen die Sänger befragen. Sie möchten sich bitte heute noch bei uns melden.«

Pfingst versprach ihnen, sich darum zu kümmern.

Bereits in der Tür fiel Lichthaus ein Punkt ein, den er vergessen hatte. »Er hatte eine römische Münze von Nero in der Tasche. Haben Sie die einmal bei ihm gesehen?«

»Nein, aber vielleicht war sie ein Andenken. An Rom, oder an ein Stück, in dem der Kaiser aufkreuzt.«

Sie sahen sich ratlos an, dann verabschiedeten sie sich. Jetzt herrschte im Theater Chaos. Es wurde herumgebrüllt, und lautes Fluchen dröhnte durch die Gänge.

Pfingst lächelte verlegen. Durch eine Tür sahen sie Bühnenarbeiter die eine Kulisse abbauten, die beschädigt war. Gerade, als Lichthaus und Sophie vorbeikamen, sahen sie einen muskulösen Mann an einem Seil ziehen. Schweiß glänzte auf seinem nackten Rücken, auf dem ein Adler tätowiert war, unter dem eine Fahne wehte.

Er brüllte. »Quod idiota.«

Sophie drehte sich um. »Was hat er gerufen?«

Pfingst zuckte nur mit den Schultern.

Der Mann wandte sich mit funkelnden Augen zu ihnen um. Ein schönes Gesicht.

Wieder im Auto sah Sophie zu Lichthaus. »Was denkst du?«

»Hier ist nichts zu holen. Wenn wir nicht diese Münze hätten, würde ich fest auf eine Zufallstat tippen. Gibt es übrigens Kameras, die Mildenberger und seinen Begleiter aufgezeichnet haben könnten?«

»Ich weiß es nicht, kümmere mich nachher darum. Lass uns ins Museum fahren, damit wir etwas zur Neromünze erfahren.«

Ihre Ermittlungen konzentrierten sich im Augenblick stark auf das kleine Stück Metall, seit Spleeth am Morgen an Steinrauschs Tür geklopft und mit guten Neuigkeiten aufwartet hatte. Die Münze war nicht vom Opfer selbst in die Tasche gesteckt worden. Seine Fingerabdrücke waren nicht festzustellen, dafür aber die einer weiteren Person. Zu ihrem Bedauern fanden sich diese jedoch nicht in der Datenbank.

Steinrausch hatte im Landesmuseum angerufen und einen Münzspezialisten ausfindig gemacht, zu dem Lichthaus und Sophie nun unterwegs waren.

Das Museum befand sich seit Ende des neunzehnten Jahrhunderts in einem klassizistischen Gebäude an der Ostallee, mit dem Rücken an der mittelalterlichen Stadtmauer, von wo die römischen Sehenswürdigkeiten der Stadt in wenigen Schritten zu erreichen waren.

Sie parkten den Dienstwagen vor dem Neubau, der mittlerweile die beschränkte Ausstellungsfläche des Altbaus vergrößerte. Keine zwei Minuten später folgten sie Dr. Simon vorbei an der Ausstellung des goldenen Münzschatzes durch eine kleine Tür in einen schmalen Gang. Sein Büro war ein winziger Raum von nicht einmal zehn Quadratmetern, doch das schien den Wissenschaftler nicht zu stören.

Lichthaus erklärte ihr Anliegen und reichte Simon die Münze, der sie aus der Tüte nahm und mit einer Lupe genau betrachtete.

»Das ist die Kopie einer der für mich schönsten Münzen Neros. Das Original wurde 64 n. Chr. in Rom geprägt. Auf der Vorderseite sehen sie ein typisches Porträt Neros. Es ist nicht mehr der Siebzehnjährige, der 54 n. Chr. die Macht übernommen hat, sondern bereits der fette, degenerierte Kaiser der späten Regentschaft. Die Legende NERO CLAVD CAESAR AVG GER P M

TR P IMP P P ist eine Abkürzung, die auf den Caesar Nero Claudius hinweist. Auf der Rückseite ist ein Hafen aus der Vogelperspektive zu erkennen. Auf einem aus dem Wasser herausragenden Postament an der Hafeneinfahrt steht eine Statue. Unten lehnt sich Neptun mit einem Delphin im Arm zurück, die rechte Hand auf ein Steuerruder gestützt. Die Legende dieser Seite lautet POR OST / S - AVGVSTI - C. Der Hafen ist also Ostia vor den Toren Roms. Ein Sesterz übrigens.«

»Ein was?«

»Das ist eine römische Geldeinheit, so wie bei uns der Euro.«

»Danke. Woher kann man eine solche Kopie bekommen?«

»Wo immer Sie wollen, wenn Sie ein bisschen im Internet suchen. Da dieses Exemplar im Original so wundervoll ist, gehe ich davon aus, dass es einige Replikate unterschiedlicher Herkunft geben wird.«

»Ist es möglich festzustellen, wo die Münze geprägt wurde?«

»Kommt drauf an. Die Prägung erfolgt durch einen Hammer, der in die relativ weiche Kupfer-Messing-Legierung Vorder- und Rückseite hereinschlägt. Sollten Sie den Münzhammer finden, könnten Sie das herausfinden, doch wozu?«

»Wir haben die Münze in der Hosentasche eines Ermordeten gefunden und vermuten, dass diese vom Täter dorthin gesteckt wurde.«

»Du lieber Himmel. Wenn Sie den Täter suchen, ist der Weg über den Prägehammer aus meiner Sicht kaum erfolgversprechend. Die Herstellung ist nicht ganz billig, weshalb man große Mengen maschinell herstellt. Wohin die Münzen über möglicherweise viele Zwischenhändler gegangen sind, lässt sich in etwa so gut nachvollziehen, wie der Weg einer Euromünze quer durch Europa.«

Sophie dachte einen Augenblick nach. »Was macht Nero so besonders, dass ein Täter sein Opfer mit einer solchen Münze kennzeichnet?«

Der Numismatiker lächelte. »Ich hoffe es hat nichts mit der Ausstellung zu tun, die wir für das kommende Jahr planen?« Lichthaus grinste. »Nein, das halte ich für ausgeschlossen.«

»Also, in der Bewertung der Historiker kommt Nero relativ gut weg, immer verglichen mit seinen Vorgängern und Nachfolgern. Er war der letzte Kaiser der julisch-claudischen Dynastie, die mit Augustus begann, mit Caligula und Claudius fortgesetzt wurde und mit Nero endete. Dazwischen gab es die lange Herrschaft des Tiberius, der aber nur Stiefsohn von Augustus war, also nicht dieser Dynastie zugerechnet wird. Wenn Sie sich in die Zeit des ersten Jahrhunderts zurückversetzen wollen, sollten Sie all unsere Moralvorstellungen begraben. Sexuelle Promiskuität war normal. Prostitution allgemein anerkannt. Darüber hinaus führte die Gier nach Herrschaft in gehobenen Kreisen dazu, dass verleumdet, gemordet und vergiftet wurde, was das Zeug hielt.«

»Gift?«

»Sehr in Mode. Nehmen wir Lucusta, die eine bekannte Giftmischerin war, und Agrippina, der Mutter Neros, das Gemisch lieferte, um ihren Mann, Kaiser Claudius, umzubringen und Nero auf den Thron zu hieven. Dieser wiederum bediente sich der Dienste Lucustas, um seinerseits Agrippina zu beseitigen.«

»Die eigene Mutter?«

»Ja. Sie hatte ihn stark unter der Fuchtel, und als Nero sich von ihr lösen wollte, kam es zu großen Spannungen, die er beendete, indem er sie umbrachte. Erst sollte sie bei einem fingierten Seeunglück ertrinken, wurde jedoch gerettet. Daraufhin bekam sie das Gift und wurde als vermeintliche Verschwörerin gegen ihren eigenen Sohn bezeichnet. Nero kam in diesem Umfeld schon mit siebzehn im Jahre 54 an die Macht. Die ersten fünf Jahre seiner Herrschaft gelten als quinquennium Neronis, als glückliches Jahrfünft. Unter dem Einfluss des Philosophen Seneca und des Prätorianerpräfekten Burrus richtete er in dieser Zeit fair, kümmerte sich ums Volk und machte sich durch die Ausrichtung von Spielen beliebt. 62 n. Chr. brach die bis dahin bereits bröckelnde Sympathie endgültig weg. Seneca zog sich zurück und Burrus starb. Er ernannte Tigellinus zum Präfekten der Prätorianer, seiner Leibgarde, der ein verhasster Mann war. Als schließlich Rom brannte und er sich von seiner Frau Octavia scheiden ließ, um Poppaea zu

125

heiraten, war er beim Volk unten durch.«

Sophie lachte auf. »Was für ein netter Kerl. Ich dachte, er war noch einer der Harmlosen.«

»Bei seinem Vorgänger Tiberius waren willkürliche Hinrichtungen an der Tagesordnung. Dieser hatte sich nach Capri zurückgezogen, wo er angeblich rauschende Sexorgien mit Frauen und Lustknaben feierte. Seine paranoide Angst vor Intrigen ließ ihn jeden beseitigen, der auch nur im Entferntesten ein Problem darstellen konnte. Die Familie Agrippinas, der Mutter Neros, war alter römischer Adel und wurde trotzdem verbannt. Ein Onkel Neros verhungerte sogar, während der andere Tiberius auf den Thron folgte. Verrückt oder?«

»Allerdings. Sie sprachen von Lustknaben, also Homosexuellen?«

»Bisexuell. Man imitierte die griechische Lebensart, bei der Sex mit beiden Geschlechtern an der Tagesordnung war. Auch Nero hatte einen Lustknaben namens Paris, dazu übrigens drei Ehefrauen und als eine Geliebte die freigelassene Skalvin Claudia Acte, in die er sich mit fünfzehn verliebte und der er bis zu seinem Lebensende die Treue hielt. Übrigens nur dieser Frau, die er so beschenkte, dass sie steinreich war, als er starb. Sie hat ihn dann beerdigt und hierzu zweihunderttausend Sesterzen aufgewendet.«

Sophie war immer noch nicht zufrieden. »Was macht Nero denn so besonders?«

»Er hat ja angeblich Rom abgebrannt, um sein Domus Aurea, seinen Palast, zu bauen. Das ist bis heute umstritten, doch die Römer hatten schnell diesen Verdacht, den er nie wieder los wurde. Um aus der Falle zu kommen, hat er die Christen als Brandstifter bezichtigt und viele von ihnen verbrennen lassen. Das war die übliche Strafe für diese Tat. Andere wurden in Tierfelle gehüllt in der Arena den Raubtieren vorgeworfen. Die christlichen Geschichtsschreiber haben ihm das nie verziehen und Nero daher als Monster unter den Kaisern beschrieben.«

Sophie nickte verstehend.

»Kommen wir auf unser Problem zurück. Wenn wir davon ausgehen, dass der Mörder uns etwas mitteilen will, stellt sich die

Frage, nach welchen Charaktereigenschaften wir suchen müssen.«

»Ach herrjeh, ich bin Numismatiker.«

»Versuchen Sie es trotzdem, Sie scheinen die Zeit ja recht gut zu kennen.«

»Wie gesehen, ehemaliges Muttersöhnchen, vielleicht bisexuell, skrupellos, selbstverliebt und unfähig zur Kritik.«

»Wieso Letzteres?«

»Nero hielt sich für einen großen Künstler und Schauspieler, zudem einen begnadeten Wagenlenker. All das war der Aristokratie zuwider, da es sich für einen Mann dieses Standes nicht schickte. Er aber trat zuerst in Neapel und irgendwann auch in Rom öffentlich auf, was das Volk mochte, die Mächtigen jedoch zutiefst beschämte. Gehen durfte aber niemand, wenn der Kaiser spielte und natürlich jeden Wettbewerb gewann. Der spätere Kaiser Vespasian ist einmal eingeschlafen und nur knapp dem Tode entgangen, denn Spitzel überwachten laufend das Publikum. Im Jahr vor seinem Tod war er fast ununterbrochen in Griechenland und nahm an den vier griechischen Wettbewerben teil, die man ihm zu Ehren im Jahr 66 veranstaltete. Er errang als Sänger, Lyraspieler und so weiter über achtzehnhundert Lorbeerkränze und glaubte an sein Talent.«

Lichthaus spürte, nun waren sie auf dem richtigen Weg. »Das Opfer war Schauspieler und Regisseur.«

Simon klatschte in die Hände. »Auch wenn ich von Ihrer Arbeit keine Ahnung habe, würde ich in dieser Richtung suchen.«

*

Der Nachmittag bestärkte sie in dieser Hinsicht.

Steinrausch kam zu Lichthaus ins Büro und setzte sich wie immer ungefragt auf den Besucherstuhl.

»Wir wissen nun, womit er vergiftet wurde: Schierling!«

»Sokrates lässt grüßen.«

»Bitte?«

»Der Schierlingsbecher war eine Hinrichtungsmethode im Altertum. Der Philosoph Sokrates wurde so getötet.«

»Das hat Spleeth auch gesagt, also das mit der Hinrichtung. Güttler geht davon aus, dass Mildenberger bei vollem Bewusstsein gestorben ist, da er kein Betäubungsmittel nachweisen konnte. Stell dir das einmal vor. Da sitzt er da oben, sieht im Tal das Fest und hört die Menschen lachen, während die Lähmung immer weitergeht und er schließlich erstickt.«

»Was hat dieser Mann bloß verbrochen, dass man ihn so hinrichtet?« Lichthaus ließ seine kleine Bronzefigur Claudias zwischen seinen Händen hin und her wandern. »Habt ihr die Sänger befragt?«

»Ja, aber Fehlanzeige. Alle haben ein Alibi, denn der ganze Tross hat zum Saisonbeginn eins draufgemacht. Wir überprüfen das, doch ich denke, sie lügen nicht.«

»Was noch?«

»Nichts. Der Tote galt als umgänglich, hier und da aber auch launisch, doch hat er die Schauspieler nur im gewöhnlichen Rahmen korrigiert. Streit gab es nicht.«

»Mist, so kommen wir nicht weiter. Was nun?«

»Wir graben die Vergangenheit aus. Irgendeine Besonderheit werden wir finden, schließlich war der Mord sehr persönlich.«

»Stimmt. Denkt an diese Nero-Geschichte. Sucht aber auch nach Fällen, die Parallelen aufweisen. Der Mord ist ja ziemlich spezifisch abgelaufen.«

Steinrausch machte Notizen und nickte. »Was ist mit morgen? Ich habe gesehen, dass du nicht da bist.«

»Ja, Henriette wird eingeschult. Wir gehen danach mit meinen Schwiegereltern zum Essen, ich denke aber, später werde ich ins Büro kommen. Ich melde mich.«

Steinrausch ging wieder an die Arbeit und Lichthaus verbrachte den Rest des Nachmittags damit, seine Büroarbeiten zu erledigen. Als er gegen sechs nach Hause fuhr, musste er sich eingestehen, dass es ganz praktisch war, aus der ersten Reihe verschwunden zu sein. Die Mordkommission würde auch heute wieder Überstunden bis tief in die Nacht machen müssen, worauf er gut verzichten konnte.

*

Katrin wollte mit ihm gemeinsam kommen, wollte den Sex bis zum letzten Moment genießen, den Höhepunkt lange hinausschieben und dann zusammen erleben, doch die Wellen, die von ihrem Unterleib ausgingen und ihren ganzen Körper durchdrangen waren zu stark und so wusste sie, dass es wohl nicht gelingen würde. Sie öffnete den Mund und stöhnte lauter werdend auf, während Neal fortwährend in sie hineinstieß. Gefühlvoll, aber mit Kraft. Sie schwang ihre Beine nach oben und umklammerten seinen Rücken, die Arme legte sie um seinen muskulösen Oberkörper. Schweiß rann ihr aus allen Poren. Eine Zeit hielt sie noch hin, dann jedoch explodierte die Lust. Sie verlor die Beherrschung, schrie laut und anhaltend, trieb sekundenlang in Ekstase dahin, bis es vorbei war. Kurz darauf kam auch er zum Orgasmus und lag heftig atmend still.

Sie küsste ihn und lächelte in sein schweißnasses Gesicht. »Wundervoll.«

Zärtlich strichen seine Hände über ihr Gesicht, wischten eine Strähne aus der Stirn und liebkosten ihren Hals.

»Möchtest du etwas trinken? Ich jedenfalls habe irren Durst.«

»Gerne.«

Er stand auf und lief unbekleidet in die Küche. Sie folgte ihm mit den Augen, bewunderte seinen muskulösen Rücken und den straffen Hintern, als ihr Handy schrillte.

»Verdammt.« Sie reckte sich zu ihrer Tasche, die zwischen den verstreuten Kleidungsstücken lag, und zog das vibrierende Ding hervor.

»Ja?«

Ihre unfreundliche Frage schien den Anrufer zu überraschen, denn es herrschte sekundenlanges Schweigen am anderen Ende der Leitung.

»Frau Zibowsky?«

Katrin nahm sich zurück. »Ja, das bin ich. Worum geht es?«

Ihr Blick wanderte auf ihre Armbanduhr. Ihr schwante Böses.

»Mein Name ist Müller, vom Pflegeheim St. Ursula. Ihre Mutter hatte einen Schaganfall, kommen Sie bitte, so schnell es geht.«

Sie war schon auf den Beinen, als sie das Gespräch beendete und in ihren Slip fuhr.

Neal stand in der Tür, ein Tablett mit zwei gefüllten Gläsern in der Hand.

»Ich muss los, meine Mutter hat einen Schlaganfall.«

Ein Bedauern huschte über sein Gesicht. »Das tut mir leid.«

Sie sprang in die Hose und zog den Pulli über den Kopf, den BH stopfte sie in die Handtasche neben die Strümpfe. Dann ging es los. Sie küsste ihn flüchtig auf die Lippen, griff eins der Gläser und stürzte es hinunter. Das kurze Entsetzen, das in seinen Augen aufflackerte, entging ihr in der Eile.

»Sehen wir uns morgen?«

»Ich denke schon, ja. Ich finde dich.«

*

Henriette flitzte samt Ranzen und Schultüte mit ihrer besten Freundin Paula über den Schulhof und schrie vor Vergnügen. Sie hatten am Morgen den Gottesdienst zur Einschulung besucht und warteten nun darauf, dass die Kinder der Klassenlehrerin übergeben wurden, die eine erste Stunde halten wollte, während die Eltern in der Pausenhalle Kaffee und Kuchen bekamen.

Die Schulleiterin, eine kleine stämmige Frau mit roten Haaren, rief alle zusammen, woraufhin die Erstklässler mit ihrer Lehrerin, Frau Siebner, in den Klassenraum gingen, während sein kleiner Sohn Jakob mit anderen Geschwisterkindern auf der Schaukel saß.

Claudia und ihre Eltern warteten mit ihm an einem der Tische auf die Rückkehr der Kinder. Es war ein warmer Tag, ohne heiß zu sein, und es herrschte eine gelöste Stimmung. Er genoss den Frieden und umarmte seine Frau, als sein Handy vibrierte.

»Entschuldigung.« Bedauernd stand er auf und ging über den Pausenhof an eine ruhige Stelle, wohl wissend, dass ihm Claudias Blick folgte. Sie war froh gewesen, als er auf Müllers Platz gewechselt war, da nun viele Dienste und Überstunden entfielen. Dass ausgerechnet zu Henriettes Einschulung ein prekärer Fall zu bearbeiten war, glich einem bösen Zufall.

Es war Siran. »Stör ich?«

Der junge Türke war wie immer höflich und zurückhaltend.

»Geht so. Die Kinder sind in der Klasse, und wir warten bei Kaffee und Kuchen.«

»Hört sich nach richtigem Stress an.«

Lichthaus lachte. »Was gibt es?«

»Holger meinte, ich sollte dir kurz weitergeben, dass wir drei weitere Morde haben, in denen die Toten eine römische Münze in der Tasche hatten.«

»Was?« Er sah über die Schulter, um festzustellen, ob sein Aufschrei Aufmerksamkeit erregt hatte, doch nur ein kleines Mädchen von etwa vier Jahren sah zu ihm auf. Etwas weiter hinten hopste Jakob von einer Bank und landete im Sand. »Wo war das?«

»Gelsenkirchen, Berlin und Regensburg.«

»Und wann?«

»Alle drei innerhalb der letzten neun Monate, wobei die beiden jüngsten Taten nur eine Woche auseinanderliegen.«

»Verdammt, der hat es aber eilig. Habt ihr die Akten angefordert?«

»Natürlich. Sind allesamt digitalisiert und müssten in der nächsten Stunde hier eintrudeln.«

Lichthaus sah auf seine Uhr, es war kurz nach elf. »Ich denke, spätestens um drei bin ich im Präsidium.«

Er ging zurück. Claudia sah ihn fragend an. »Um drei muss ich im Büro sein.«

Ein zufriedenes Lächeln huschte über ihre Züge. »Das werden wir schaffen.«

*

Taten sie auch. Nur den Kaffee zu Hause konnte er nicht mehr mittrinken. Steinrausch hatte den Ventilator auf Vollbetrieb gestellt. Er saß nun in Lichthaus' altem Büro und brütete über den

Akten. Es war ein komisches Gefühl, hierher, wo er Jahre seinen Arbeitsplatz gehabt hatte, als Besucher zu kommen, doch mittlerweile gewöhnte er sich daran.

Der Kollege drehte den Bildschirm so, dass sie beide draufschauen konnten. »Siri hat uns eine Tabelle angelegt, die alle wichtigen Punkte zusammenfasst. Keine Festlegung aufs Geschlecht. Zwei Frauen und ein Mann. Allesamt Sänger unter fünfzig. Sollte also hier eine Gemeinsamkeit liegen, dürfte das auslösende Ereignis nicht länger als fünfzehn, eventuell zwanzig Jahre zurückliegen.«

»Waren sie zusammen auf der ...«

Die Tür flog auf und Siran stürmte herein, ohne darauf zu achten, dass er das Gespräch unterbrach. »Die Krönung der Poppea. Vor zwei Jahren in Hannover.«

»Was ist denn das?«

»Eine Oper von Claudio Monteverdi. Alle Opfer waren als Sänger oder Regisseur dabei. Wisst ihr, wer Poppea war?« Beide schüttelten den Kopf. »Die zweite Frau Neros.«

Steinrausch hieb auf den Tisch. »Das müsste es sein.«

»Welche Rollen haben die Toten besetzt?«

»Kann ich dir nicht sagen. Wieso?«

»Vielleicht ist er nicht fertig.«

Siran war bereits wieder halb draußen. »Ich rufe in Hannover an.«

Steinrausch sah Lichthaus besorgt an. »Wie kommst du darauf?«

»Hast du schon mal eine Oper mit nur drei Sängern gesehen?«

»Verdammt.«

Steinrausch rief im Internet einen Opernführer auf und las laut vor. »Nerone, Mezzosopran, also eine Frau, Ottavia, ebenfalls Mezzosopran, Poppea, Sopran, Ottone, wieder Mezzosopran und Seneca Bass. Mensch, das geht noch weiter. Es sind siebzehn Rollen.«

»Ich denke nicht, dass er es auf alle abgesehen hat. Lass uns abwarten, was Siri rausfindet.«

Lichthaus musste nicht einmal eine halbe Stunde warten, als Siran ihn anrief.

Er ging ins Besprechungszimmer, wo dieser bereits den Beamer aufgebaut hatte. Cornelia Otten, die Staatsanwältin, war zu ihnen gestoßen.

Sie lächelte ihn freundlich an. »Geht es gut in der neuen Funktion?«

»Ja, danke der Nachfrage.«

»Aber?«

»Kein aber, nur fällt es mir schwer, der operativen Ermittlungsarbeit ein wenig ferner zu sein, als zuvor.«

Sie beugte sich vor und murmelte hinter vorgehaltener Hand. »Sie sind der Chef und können den Grad der Mitarbeit festlegen. Also, ganz wie Sie wollen. Sie werden es zu schätzen lernen.«

Steinrausch und Sophie Erdmann kamen herein. Der Fall wurde für Cornelia Otten kurz zusammengefasst, dann legte Siran los.

»Bei den drei vermutlichen Opfern unseres Täters handelt es sich um Justine Cermant, achtunddreißig. Geboren in Reims, absolvierte ein Gesangstudium in Hamburg. Von da an war sie an einigen Bühnen aktiv. Zuletzt sang sie in Berlin an einem der Theater. Tot aufgefunden haben sie zwei Jungs an der Spree. Lag neben einer Bank, die Pulsadern aufgeschnitten. Man ging zunächst von einem Selbstmord aus, bis man die Münze entdeckte und herausfand, dass sie darüber hinaus glücklich verheiratet gewesen sein soll. Die Obduktion zeigte dann, dass Cermant betäubt worden war, bevor man ihr die Schnitte beibrachte. Weiter sind die Berliner nicht gekommen.

Das zweite Opfer ist Gesine Schwarz, einundvierzig. Ledig und wie Cermant laufend an anderen Theatern, zuletzt in Regensburg. Hier hat man sie festgeklebt an einer Bank gefunden. Das ist jetzt keine zwei Wochen her. Schierling und Sesterz.«

»Wieso haben wir nichts davon mitbekommen?«

Siran zuckte die Schultern. »Das hat der Kollege mich auch gefragt. Nun, es war Urlaubszeit.«

»Aber die Presse!«

»Die hat zwar berichtet, da die Kripo aus Regensburg die Journalisten mit Infos kurz gehalten hat, wurde der Fall nicht groß aufgeblasen. Überregional hat kaum jemand davon Kenntnis genommen.«

Steinrausch schüttelte den Kopf. »Was für ein Dilettantismus.«

Siran zeigte das nächste Bild, und das hagere Gesicht Mildenbergers erschien. »Den kennen wir ja bereits. Die drei haben bislang nur in der Krönung der Poppea in Hannover zusammengearbeitet, wie wir ja alle wissen. Cermant sang die Ottavia, Gesine Schwarz die Poppea und Rufus Mildenberger führte Regie.«

Steinrausch fiel ihm ins Wort. »Wer war Nero?«

Siri klickte und eine weitere Person flimmerte auf der Leinwand. Katrin Zibowsky. Sie ist die Jüngste der Vier. Dreiunddreißig. Der Nero war ihre erste größere Rolle. Sie ging von Hannover nach München, dann Wien und zuletzt Saarbrücken.«

Cornelia Otten sah erstaunt auf. »Nach München und Wien Saarbrücken?«

»Sie hat sich von ihrem Mann, einem Wiener Tenor getrennt, vielleicht ist das der Grund. Wir sind dabei, sie zu finden, da es nahe liegt, dass sie das vierte Opfer sein könnte.«

»Wo ist das Problem?«

Steinrausch wirkte zerknirscht. »Sie ist nach wie vor in Österreich gemeldet.« Er sah zu Cornelia Otten hinüber. »Wenn wir über den Exmann die Adresse nicht bekommen, brauchen wir die Daten ihres Kontos, eines Handy-Vertrags oder was auch immer.«

Die Staatsanwältin zögerte keine Sekunde. »Den Beschluss haben Sie in einer Stunde. Legen Sie los. Ich will nicht noch eine Tote.«

»Einen letzten Punkt«, kam Siran auf seine Ergebnisse zurück. »Gesine Schwarz wurde kurz vor ihrem Tod mit einem Mann an einem Schwimmsee gesehen. Der Zeuge, ein Nachbar von ihr, erinnert sich an eine Tätowierung auf dessen Rücken. Ein Adler mit einer Fahne.«

»Scheiße!«, entfuhr es Sophie Erdmann. »Wie der Kulissenschieber aus dem Theater.«

»Eine Streife soll hinfahren und sehen, ob der Mann noch da ist. Pfingst wird sich erinnern.«

*

Katrin verließ missmutig das Krankenhaus. Ihre Mutter würde überleben, doch zu welchem Preis? Es war ihrer Mutter schon vorher nicht gut gegangen, und Katrin war nur nach Saarbrücken gekommen, um in der Nähe zu sein. Zukünftig würde die Mutter aber ein reiner Pflegefall sein. Halbseitig gelähmt lief die Chance auf das Zurückerlangen ihrer Selbstständigkeit gegen null.

Katrin sah auf die Uhr. Gleich sechs. Im Theater hatte sie sich entschuldigt und überlegte gerade, ob sie auf dem St.-Johanner-Markt eine Kleinigkeit essen sollte, als zwei Hände ihre Augen bedeckten. Sie zuckte zusammen, doch dann roch sie sein Parfum. Ein Schauer überlief sie. Er schien es ernst mit ihr zu meinen, denn was um alles in der Welt sollte ihn sonst hierhertreiben?

»Holger?«

Er lachte. »Nein.«

»Ben?«

»Nein.«

»Neal?«

Die Hände lösten sich und Katrin drehte sich zu ihm um.

»So viele Männer?«

Sie küsste ihn auf den Mund. »Alles nur gelogen.«

»Wie geht es deiner Mutter?«

Sie berichtete kurz von den Grauen des Tages, während sie zum Parkplatz schlenderten.

Am Auto legte er seine Arme um sie. »Sollen wir zu mir fahren?«

Sie schüttelte den Kopf. »Nein, heute nicht. Ich setz mich auf den Markt und trinke ein Glas Wein und dann muss ich nach Hause, um zu duschen. Ich brauche meine eigene Umgebung. Komm doch mit.«

Ein Glimmen trat in seine Augen, als ein Lächeln auf seinem Gesicht erschien, das sie nicht zu deuten wusste. »Klar.«

Sie öffnete die Autotür. Vielleicht fand dieser grauenhafte Tag doch noch ein versöhnliches Ende.

*

»Zibowsky.« Die Stimme des Mannes war unfreundlich.

»Gott sei Dank. Mein Name ist Lichthaus, wir versuchen, sie schon seit Stunden zu erreichen.«

»Sie zerren mich aus einer Probe, die immens wichtig ist und überhaupt nicht läuft. Nächste Woche ist Premiere und jetzt maulen Sie noch rum. Was ist denn so wichtig, dass die deutsche Polizei hinter mir her telefoniert.«

»Es geht um Ihre Frau«

»Ich habe keine Frau.«

Nun war es an Lichthaus, grob zu werden. »Jetzt hören Sie mir mal zu. Ich telefoniere nicht aus Jux und Dollerei durch die Gegend und lasse mich von Ihnen und anderen Rüpeln anmeckern. Ihre Exfrau schwebt unserer Ansicht nach in Lebensgefahr, und wir müssen sie unbedingt finden. Kapiert? Haben Sie ihre Adresse in Saarbrücken? Sie hat sich bislang nicht umgemeldet.«

Die Stimmung kippte und nur noch Angst schwang in der Stimme Zibowskys mit. »Was ist denn mit Katrin?«

»Es gibt die Vermutung, dass jemand Mitglieder des Ensembles einer Aufführung der Krönung der Poppea aus Hannover umzubringen versucht.«

»Sie war Nero.«

»Eben.«

»Warten Sie.« Der Hörer knallte auf den Tisch und schon nach wenigen Sekunden war er zurück. »Sie wohnt in der Philippinenstraße in einer Dachgeschosswohnung, das ist gleich oberhalb des Landtages. Von da aus sind es nur fünf Minuten zum Staatstheater.« Er gab Lichthaus auch die Telefonnummern. »Ihr Handy ist immer an, es sei denn, sie hat Proben, dann erreichen Sie Katrin über die Pforte des Theaters.«

Bei beiden Nummern ließ er es lange klingeln, doch niemand hob ab. Im Theater hatte sie sich heute abgemeldet. Er fluchte und lief los.

Steinrausch sah auf, als er hereinkam. »Nestor Roth. Unter dem

Namen wurde er jedenfalls geführt. Seit gestern früh ist er verschwunden. Wohnt seit zwei Monaten in Saarbrücken. Die Kollegen sind zu seiner Adresse unterwegs.«

»Sehr gut. Hier ist die Adresse von Katrin Zibowsky. Beeil dich, ich konnte die Frau nicht am Handy erreichen.«

»Okay. Da können die Saarländer noch ein bisschen Amtshilfe leisten.«

»Die sollen einen Notarzt bereit halten.«

»Gute Idee. Ich versuche es nochmal mit den Nummern.«

»Wir brauchen eine Ortung.«

*

Das Handy klingelte unzählige Male, da sie die Mailbox abgeschaltet hatte, doch sie kam nicht dran. Auch ohne die Fesseln hätte sie sich nur taumelnd fortbewegen können. Die Füße waren taub, und auch die Beine nahm sie kaum noch wahr. Außerdem raste ihr Herz und Übelkeit wogte durch ihren Magen, wie sie sie nur einmal auf der Fähre nach Kreta erlebt hatte.

Sie sah Neal an, der ihr gegenüber auf dem Sofa saß und sie irr lächelnd beobachtete. Wenigstens hielt er endlich seinen Mund. Wie gerne hätte sie ihn gefragt, warum er ihr das antat, doch ihre Lippen waren zugeklebt, und er hatte sich in Hasstiraden auf sie und irgendwelche Kollegen ergangen, mit denen sie einst zusammen gesungen hatte. Sie verstand nichts, obwohl ihr Geist völlig klar war. Nur die Angst zu sterben lähmte ihr Denken, denn daran ließ Neal keinen Zweifel. Er war gekommen, um sich zu rächen.

Rache? Wofür? Was trieb ihn an, ihn, den Mann, der vor kaum zwei Stunden noch so laut gelacht hatte und ihr später in die Dusche gefolgt war? Es konnte einfach nicht sein, dass er sich dafür rächte, dass sie den Nero gesungen hatte? Das war Irrsinn.

Sie weinte plötzlich, obwohl sie es sich verboten hatte, denn sie wusste um die Genugtuung in seinen Augen, deren Blick sie auswich.

Wieder klingelte das Telefon, schrillte durch die stille Wohnung, in der nicht mehr gesprochen wurde, in der man auf das Sterben wartete.

Ihre Beine waren tot. Von irgendwo schlug eine Uhr halb zehn.

*

Lichthaus holperte gerade im Auto zwischen Ruwer und Eitelsbach die Straße entlang, die in einem beklagenswerten Zustand war, als Steinrausch anrief.

»Das Handy konnte in ihrer Wohnung geortet werden. Ihr Auto steht ebenfalls vor der Tür. Die Saarbrücker wollen wissen, ob sie reingehen sollen? Gefahr in Verzug?«

»Auf alle Fälle. Wir können kein Risiko eingehen.«

Zehn vor zehn zeigte die Uhr am Armaturenbrett.

*

Das Atmen fiel schwer, während ihr Puls raste. Neal kniete neben ihr und sah ihr in die Augen. Eine Hand wischte über ihre schweißnassen Haare.

»Du hältst lange aus, meine Schöne. Ich danke dir dafür, denn nur so wird meine Bestrafung vollkommen ...«

Ein Krachen dröhnte durch die Wohnung, und schwarz gekleidete Männer mit vorgehaltenen Waffen stürmten herein. Neal sprang auf und griff nach einer Schere, die er zum Abtrennen des Klebebands benutzt hatte. Noch bevor er damit zustoßen konnte, schlug ihm einer der Polizisten den Kolben des Gewehrs hart gegen den Kopf. Er verdrehte die Augen und sank zu Boden. Katrin hätte sich freuen können, wäre nicht genau in diesem Augenblick die Atemlähmung gekommen. Sie schrie ihrem Körper zu, Luft in die Lungen zu saugen, doch er tat es nicht.

Blut rauschte in ihren Ohren, als kräftige Hände sie losbanden. Ein Gesicht erschien in ihrem Blickfeld und begann zu schreien. Sie verstand nichts mehr und driftete bewusstlos weg. In der Gewissheit, nun zu sterben, versank sie in der Dunkelheit.

*

Nestor Roth saß auf dem Stuhl des Verhörraums und schwieg seinen Anwalt an, der unentwegt auf ihn einredete. Die Mikrofone waren ausgeschaltet, und so sah Lichthaus nur, wie dessen Adamsapfel auf- und abhüpfte.

Steinrausch und Siran würden gleich mit dem Verhör beginnen. Sie warteten nur noch auf Cornelia Otten, die Roths Überstellung nach Trier erwirkt hatte, wo man ihn wegen Mordes anklagen würde.

Katrin Zibowsky hatte überlebt und lag in einem künstlichen Koma. Über Langzeitfolgen, wie Nierenversagen oder zurückbleibende Lähmungen, trauten sich die Ärzte zu diesem Zeitpunkt keine Prognose zu.

Eine Stunde hatte gefehlt, um sie unversehrt in Sicherheit zu bringen. Es war zum verrückt werden.

Cornelia Otten rauschte durch die Tür. »Gute Arbeit.«

»Sagen Sie das zu Steinrausch und den anderen. Ich war nur Assistent.«

Sie lachte ihr raues Raucherlachen. »Witzbold.«

Sophie kam herein und stellte sich zu ihnen, um durch das einseitig verspiegelte Fenster zuzusehen, wie die Kollegen hineingingen, die Formalia erledigten und begannen.

»Herr Roth, Sie werden verdächtigt, Rufus Mildenberger ...«

Der Beschuldigte fiel ihm ins Wort. »Gesine Schwarz, Justine Cermant und dieser Rufus Mildenberger wurden von mir ermordet. Ich verabreichte Schwarz und Mildenberger ein Getränk, das ich mit Schierling versetzt hatte, Cermant öffnete ich die Pulsadern mit einem Messer, so wie es diesen Schändern des Andenkens an den größten Kaiser Roms gebührt.«

Der Anwalt griff ein. »Sie sollten besser ...«

»Schweig, Defensor, und rede nur, wenn ich es dir erlaube.«

Alle sahen sich betroffen an.

»Der ist völlig irre«, murmelte Cornelia Otten. »Wir brauchen einen Psychologen, der den Kerl untersucht.«

Siran blieb unbeeindruckt. »Nun, wenn Sie uns so bereitwillig die Morde gestehen, sagen Sie auch, warum sie sterben mussten?«

»Armseliger Custos, muss ich mich wiederholen?«

»Wie wurde denn das Andenken Neros geschändet?«

»Nero Claudius Caesar Augustus Germanicus bitte.«

»Ich denke, Kaiser Nero soll hier reichen. Also inwiefern wurde sein Andenken beschmutzt?«

Wie aus dem Nichts schrie Roth los. »Diffamiert in ihrem Spiel. Seine Größe wurde ins Lächerliche gezogen. Das ganze Stück so gespielt, dass man hätte glauben können, Nero Claudius Caesar Augustus Germanicus wäre ein dümmlicher Einfaltspinsel gewesen, ein Mann ohne Talente. Wenn er sang, stolperte er tollpatschig über herumliegende Dinge, er, der größte Künstler seiner Zeit. Das geht nicht, das konnte ich nicht auf mir sitzen lassen.«

»Auf mir?«, Steinrausch blickte kurz zum Spiegel.

»Kapieren Sie es nicht? Ich bin sein Nachfolger. NEstor ROth, Nero. Ich bin quasi seine Wiedergeburt. Geboren auf den Tag neunzehnhundert Jahre nach seinem Tod. Ich muss und werde alles daran setzen, sein Bild für die Geschichtsbücher der Zukunft ins rechte Licht zu rücken.«

»Indem Sie töten?«

»Was verstehen Sie denn schon von Strafen, Custos? Geldstrafen für eine Kaiserbeleidigung? Nein, darauf steht der Tod.«

Cornelia Otten drehte sich zu Lichthaus um. »Wir brechen ab, das hat ja keinen Sinn.«

Im Verhörzimmer proklamierte Roth seine Nachfolge Neros. Das hübsche Gesicht glühte vor Stolz, nun endlich der Welt mitteilen zu können, wer er war. »Wie er war ich auch Werkzeug in Händen meiner Mutter, bis ich mich davon befreite.«

»Sie haben sie getötet?«

»Sie ertrank im Fluss. Mir unterlief nicht der Fehler Neros unfähiger Helfer. Mein Unfallplan funktionierte. Als ich dann frei war, nahm ich mir Frauen und Männer, wie ich wollte, schauspielerte und sang, doch man wollte meinen Vortrag nicht hören, genau, wie damals die römische Aristokratie meinen Vorgänger verschmähte, machten sich diese arroganten Büttel über meine Kunst lustig.«

»Schluss jetzt.« Der Anwalt unterbrach Roth mit einer unmissverständlichen Geste. »Wir sollten die Befragung ein …«

Roth stieß seinen Stuhl nach hinten und schlug dem Mann die gefesselten Fäuste ins Gesicht. Ein dumpfes Klatschen drang aus den Lautsprechern, als der überraschte Mann aus der Nase blutend gegen die Wand taumelte, während Siran und Steinrausch den Tobenden auf den Boden drückten und ruhigstellten.

Lichthaus verließ den Beobachtungsraum und trat auf den Flur, als der Anwalt mit Taschentuch vor der Nase und Blutflecken auf dem Hemd an ihm vorbeilief, die Augen starr nach vorne gerichtet. Er wartete, und kurz darauf schleppten zwei Uniformierte Roth an ihm vorbei, der nun ruhig zu sein schien. Doch dann bäumte er sich auf und riss sich los.

»Qualis artifex pereo«, brüllte er mit hochrotem Gesicht und steckte etwas in den Mund, bevor er von kräftigen Armen zu Boden gedrückt wurde.

»Haltet ihn fest!«

Lichthaus sprang vor und zwang mit Hilfe eines der überraschten Vollzugsbeamten Roths Lippen auseinander. Sie brachten ihn dazu, eine kleine Kapsel auszuspucken, die schließlich, sich vom Speichel bereits auflösend, auf dem Boden landete. Lichthaus beugte sich über den fluchenden Mann. »So einfach kommst du hier nicht davon.«

»Was hat er denn gesagt?«, wollte Sophie wissen.

»Welch ein Künstler stirbt mit mir.«

Bis in den Tod

Carsten Neß

Während seines mühsamen Aufstiegs den langen, steilen Pfad mit den unzähligen, ausgetretenen Stufen hinauf hatte er den traurigen Blick von Tamara nicht vor seinem inneren Auge verbannen können. Er hatte kurze Zeit sogar befürchtet, dass sie ihn nicht gehen lassen wollte. Ob sie es tatsächlich geahnt hatte? Ob sein Entschluss so leicht in seinem Gesicht zu lesen war? Die anderen hatten nichts bemerkt, würden sich erst morgen oder die nächsten Tage fragen, wo er bliebe. Tamara würde es schon wissen, sich diese Frage nicht mehr stellen.

Die letzten Meter bis zur Mariensäule fielen ihm an diesem Tag besonders schwer. Lag es daran, dass ihn die Kraft nun endgültig verließ? Dass er nun, auf den letzten Schritten seines Weges, kaum noch die Energie aufbrachte, um zu seinem Lieblingsplatz hoch über Trier zu gelangen? Unzählige Male war er hier oben gewesen, hatte die seit eineinhalb Jahrhunderten über der alten Römer-Stadt thronende Säule als Anlaufpunkt genommen, um nachzudenken, zu hadern, um sich aufzubauen. Oder einfach nur, um auf das grandiose Bild der Moselstadt zu blicken, aus dem Porta Nigra, Basilika und Dom mit der Liebfrauenkirche eindrucksvoll hervorstachen.

Doch heute war es anders. Heute wollte er die Gottesmutter Maria noch ein letztes Mal um Verzeihung bitten; für die Sünden in seiner Jugend und für die letzte Sünde, der er nun nicht mehr ausweichen konnte.

Er hatte sich mit der Frau nur ein einziges Mal getroffen. Wie hatte sie es nach all der Zeit erfahren können? Er wusste es nicht. Sie hatte es nicht gesagt und beide wussten, dass es ohnehin gleichgültig war. Stattdessen hatte die so souverän wirkende Frau ihm ganz sachlich dargelegt, was passieren würde, wenn jeder von seinem sündhaften Geheimnis erfahren würde. Er brauchte nicht lange darüber nachzudenken. All sein Wirken der letzten zwanzig Jahre wäre vergebens gewesen, wenn die Kinder und Jugendlichen von dem erfahren würden, was er angerichtet hatte; damals, als er selbst jung war. Es wäre furchtbar, es würde ihn zerstören, und er würde sie alle in seinem Sog mit sich ziehen.

Sie hatte Recht, und er wusste es. Als sie ihm den Weg aufzeigte, war er zunächst erschrocken. Aber auch da gelang es ihr schnell, ihn zu überzeugen, dass seine Angst vor dem, was sonst geschehen würde, viel größer sein musste. Sie hatte alles genau geplant und ihm keine Alternative gelassen.

»Entschuldigung, Herr Pfarrer Remmel, könnten Sie vielleicht ein Foto von uns beiden machen?«

Er blickte erschrocken auf. Er war so in Gedanken gewesen, dass er die Menschen um sich herum vergessen hatte. Vor ihm stand Leon, der vor fünf Jahren der große Star in der zur Soccerhalle umgebauten alten Reithalle gewesen war. Es hatte keinen Nachmittag gegeben, an denen Leon nicht mit den anderen Jungs im Viertel gekickt und zumeist gewonnen hatte. Es war nicht leicht gewesen, ihn dazu zu bewegen, die Schule abzuschließen. Doch Leon hatte es geschafft. Danach hatte er den Jungen bei der Suche nach einem Ausbildungsplatz unterstützt, und beide waren stolz gewesen, als der Junge ihn drei Jahre später mit seinem Gesellenbrief in der Hand besucht hatte. Jetzt stand Leon da, mit einem hübschen, langhaarigen Mädchen im Arm, und hielt ihm sein Smartphone hin.

»Ich hab Sie doch nicht beim Meditieren gestört, oder?«, fragte Leon etwas unsicher.

»Nein, Leon, ich war nur in Gedanken versunken, entschuldige. Wer ist denn die junge Dame, die mit dir aufs Foto möchte?«

Leon schaute grinsend zur Seite und es war deutlich zu spüren, wie verliebt er war.

»Das ist Julia. Julia, das ist Pfarrer Remmel. Ich habe dir schon von ihm erzählt. Ohne ihn hätte ich wohl nie die Schule geschafft. Und den guten Job hätte ich auch nicht.«

Marius Remmel nickte kaum wahrnehmbar, und ein Lächeln huschte über sein Gesicht.

»Naja, das war wahrscheinlich nicht so schwierig, wie das, was ich jetzt für dich machen soll. Mit dem Telefon da soll ich fotografieren?«

»Ja, klar, das ist ganz einfach. Sehen Sie: Sie können uns hier auf dem Display sehen, so mit der Stadt im Hintergrund und dann brauchen Sie nur auf das Display drücken. Das ist schon alles.«

»Na dann gib mal her.«

Er machte sicherheitshalber drei Fotos und freute sich mit Leon und Julia, dass eins davon gut gelungen war. Dann verabschiedete sich das junge Paar.

Jungs wie Leon hatten ihm vertraut. Nur deshalb hatte er den Zugang zu ihnen bekommen und ihnen zur Seite stehen können. Doch dieses Vertrauen würde sich sofort in Nichts auflösen, wenn sie von seinem Geheimnis erfahren würden. Eine weitere bittere Enttäuschung, die einige vielleicht nicht verkraften würden.

Die Begegnung mit Leon hatte das letzte Zaudern vertrieben. Es war fast, als ob ihm jetzt leichter um Herz und Seele war. In der aufkommenden Dämmerung verließen nun auch die letzten Besucher den Platz über dem steil herabfallenden felsigen Abhang, auf dem die Mariensäule thronte. Pfarrer Remmel stützte sich mit den Unterarmen auf das Geländer, blickte auf das einsetzende Funkeln der Stadt und wartete, bis sich die Schatten der Nacht über die Talweite gelegt hatten. Es gab nun keinen Grund mehr zu zögern.

*

Der erste Kriminalhauptkommissar und Leiter der Trierer Mordkommission Christian Buhle hatte es an diesem Freitagabend nicht eilig. Seine Freundin Hannah besuchte für eine Reportage über den Niedergang des Profisports in der Region Trier ein Fußballspiel der in der vierten Liga überraschend wiedererstarkten Eintracht. An den vergangenen Wochenenden hatte sie sich schon Handball, Basketball, Gewichtheben, Baseball, Volleyball und Kegeln angesehen oder während der Woche in den Vereinen recherchiert. In all diesen Sportarten war Trier lange Jahre in den höchsten Spielklassen vertreten und hatte sogar nationale Meisterschaften und Pokalsiege errungen. Nun waren als Leuchttürme nur noch die Rioler Kegler und die Basketball Rollis verblieben. Die Sportstadt Trier war ansonsten in der Bedeutungslosigkeit verschwunden.

Doch Sport interessierte Buhle nicht. Dafür aber drei aktuelle Fälle, die nach Aussage seines Chefs Herbert Großmann gar keine waren. Eine Selbstmordwelle hatte innerhalb von einer Woche die Moselstadt heimgesucht. Etwas Vergleichbares hatte es vor seiner Zeit in Trier schon einmal gegeben. Auch damals wurde viel spekuliert, zumal die meisten Opfer aus einem Stadtteil kamen und sich zum Teil kannten. Diesmal war es anders. Die drei Männer lebten in unterschiedlichen Bereichen der Moselstadt, hatten unterschiedliche Berufe und sich auf unterschiedliche Art und Weise das Leben genommen.

Anno Clemenz war Sohn reicher Eltern. Er hatte eine genauso wohlhabende und zudem außerordentlich gut aussehende Unternehmerstochter geheiratet, war Vater von drei Kindern und hatte somit eigentlich alles, was das Leben lebenswert macht. Doch offenbar hatte das nicht gereicht. Er hatte sich in einer Lagerhalle seines Schwiegervaters erhängt.

Marius Remmel kam aus bescheidenen Verhältnissen, hatte sein Abitur geschafft und Theologie studiert. Seitdem arbeitete er in einer Jugendhilfeeinrichtung. Nach der großen Anzahl berührender Nachrufe in der Tageszeitung zu urteilen, hatte er dies erfolgreich getan. Der kirchliche Arbeitgeber hatte den tödlichen Sturz des Seelsorgers als Unfall angesehen. Buhle schien dies eher eine Schutzbehauptung, um die Sünde des Suizids zu verschleiern. Er musste allerdings eingestehen, dass es andere Orte gab, um seinem Leben sicherer und schmerzloser ein Ende zu setzen.

Dominik Pälzer stand kurz vor seinem ganz großen Wurf als Kommunalpolitiker. Der Vorsitzende der Trierer Bürger-Partei hatte schon bei der letzten Wahl überrascht, als er mit seiner neu gegründeten Partei direkt drei Stadtratssitze errungen hatte. Nun hatte sich die regierende Koalition heillos über die aktuelle Flüchtlingsproblematik zerstrittenen. Es wurde allgemein erwartet, dass Pälzers Partei nun Teil eines neuen rechtkonservativen Bündnisses werden würde. Es war nicht nur für Buhle wenig nachvollziehbar, warum der erfolgreiche Betriebswirt, Metzgermeister und Inhaber eines Dutzend lukrativer Metzgereien sich gerade jetzt hätte umbringen und dann auch noch sein Haus anzünden sollen. Der zweiseitige Abschiedsbrief erschien Buhle als Beweis für den Freitod zu dünn, auch wenn er mit Pälzers Unterschrift authentisch war.

Auf den ersten Blick verband die drei Männer nichts. Nichts, außer ihrem Geburtsjahr: Alle waren 1971 in Trier zur Welt gekommen.

Auch ohne offiziellen Auftrag hatte Buhle schnell herausgefunden, dass sie in unterschiedliche Schulen gegangen waren und an verschiedenen Universitäten studiert hatten. Auf gemeinsame Aktivitäten, Interessen oder Kontakte war er nicht gestoßen. Mehr konnte er gegenwärtig nicht tun. Vielleicht war es doch nur Zufall gewesen.

Die Betonwüste des Bahnhofsvorplatzes war von der späten Maisonne in ein stimmungsvolles Abendlicht getaucht. Von seinem Bürofenster beobachtete der Kommissar die letzten Pendler und Einkäufer, die nach Hause wollten. Er beschloss, den freien Frühlingsabend für einen ausgedehnten Lauf hinauf zum Wolfsberg zu nutzen. Danach würde er sich beim Italiener etwas zu essen holen und sich seit langem einmal wieder einen guten Film gönnen. Buhle hatte bereits sein Jackett angezogen und nach seinem Schlüsselbund getastet, als sein Telefon klingelte. Er schaute auf das Display und erkannte die Durchwahl der Zentrale. Mit einem Seufzer nahm er den Hörer ab.

»Ja, Buhle.«

»Hier ist ein Hans Kräwer für sie. Er wollte noch unbedingt jemanden sprechen, der Tötungsdelikte bearbeitet.«

Die junge Frau aus der Zentrale wartete die Reaktion von Buhle nicht ab und legte auf. Buhle wusste, dass er damit automatisch mit dem Anrufer verbunden war.

»Kriminalhauptkommissar Christian Buhle.« Weitere Begrüßungsfloskeln hatte er sich mit den Jahren bei der Mordkommission abgewöhnt. Die Anrufer wussten, weshalb sie bei ihm anriefen.

»Hans Kräwer«, die Stimme des Mannes klang heiser und ein wenig brüchig. »Sie bearbeiten Todesfälle?«

»Ich bin der Leiter der Mordkommission«, antwortete Buhle knapp.

»Ja«, der offensichtlich ältere Mann schien nun zögerlich. Auch das kannte Buhle bereits: Die Bezeichnung *Mordkommission* verunsicherte die meisten Anrufer, auch wenn sie sich vorher noch sicher wähnten. Der Mann fuhr fort: »Ich weiß jetzt natürlich nicht, ob ich bei Ihnen wirklich richtig bin, aber …«

»Um was geht es denn?«, fragte Buhle dazwischen, und er spürte eine erste Ungeduld in sich aufsteigen.

»Ich habe die Traueranzeigen in dieser Woche angesehen«, antwortete Kräwer langsam.

»Jaa«, Buhle war sich sicher, dass viele ältere Leute die Zeitung von hinten anfingen zu lesen, »und da haben Sie was entdeckt?«

»Es waren drei recht junge Männer dabei. Ich habe sie vor Jahren trainiert, beim LV Trier. Das hat mich natürlich schockiert, wissen Sie. Aber ich habe mich auch gefragt, ob …« Kräwer verstummte, als ob er sich nicht traute, seinen Gedanken auszusprechen.

Buhle hingegen war nun hellwach. Er setzte sich auf seinen Stuhl und nahm Stift und Papier.

»Herr Kräwer, sprechen Sie von Anno Clemenz, Dominik Pälzer und Marius Remmel?«

»Aber ja, wie kommen Sie …? Ermitteln Sie etwa schon …?« Kräwer war hörbar überrascht, und abgebrochene Fragen schienen zu seiner Eigenart zu gehören.

»Nein, aber es fällt uns natürlich auch auf, wenn …«, jetzt musste Buhle selbst unterbrechen. Natürlich konnte er dem Mann gegenüber nichts von den Suiziden erzählen. »Haben Sie denn weitere Informationen zu den drei Männern?«, fragte er stattdessen nach.

»Naja, ich habe sie beim LV Trier trainiert, als sie Jugendliche waren.«

»LV, der Leichtathletikverein?«

»Ja.«

»Und, ist damals etwas Besonderes vorgefallen?«

Es schien, als ob er überlegte, was er sagen konnte.

»Wissen Sie, es ist hier etwas schwierig mit dem Telefonieren. Könnten wir uns … ich meine, es ist Freitagabend und Sie haben sicher schon Feierabend?«

»Wo wohnen Sie denn, Herr Kräwer?«

»Seniorenheim Härenwies«, antwortete er und es schien ihm peinlich zu sein. »Das ist unterhalb des Wolfsbergs beim Südbad. Kennen Sie das?«

»Ja, das kenne ich.« Beinahe hätte Buhle noch angefügt, dass er bereits auf dem Weg dorthin war.

»Wir könnten ein wenig zusammen spazieren gehen, und ich erzähle Ihnen von früher«, schlug Kräwer vor.

»Gut, Herr Kräwer. Es ist jetzt zwanzig nach sechs. Passt Ihnen sieben Uhr? Ich komme dann zum Haupteingang. Soll ich nach Ihnen fragen?«

»Nein, besser nicht. Die Leute hier reden so viel. Ich stehe davor. Sie erkennen mich an meinem blauen Trainingsanzug.«

»Gut, dann bis gleich, Herr Kräwer.«

Nachdem Buhle aufgelegt hatte, verschränkte er seine Hände hinter dem Kopf und lehnte sich weit zurück in den Stuhl. Was hatte das jetzt zu bedeuten? An einen Zufall glaubte er nicht. Solche Zufälle gab es nicht, das wusste er aus seiner langjährigen Erfahrung bei der Kriminalpolizei.

Die Sonne gönnte den oberen Hangbereichen des Wolfsbergs für diesen Tag noch einige letzte Strahlen, als Buhle vom Parkplatz auf das Senioren- und Pflegeheim zuschritt. Kräwer kam ihm in einem Trainingsanzug mit Steghosen bereits entgegen, obwohl Buhle beinahe zehn Minuten zu früh war.

»Herr Buhle?«, fragte der alte Mann, der Buhle dünn und fast ausgemergelt erschien. Die passend sitzende Kleidung deutete darauf hin, dass Kräwer schon länger diese Figur hatte.

»Herr Kräwer«, bejahte der Kommissar und streckte seine Hand zur Begrüßung aus. Der Mann mit dem kurzen, grauen Haar und dem weißen Stoppelbart erwiderte den Händedruck erstaunlich fest.

»Lassen Sie uns ein wenig den Hang hinauf gehen. Auch wenn ich nicht mehr schnell genug bin, um dem Abendlicht hinterher zu jagen.«

Kräwer wirkte deutlich sicherer, als er jetzt zusammen mit Buhle den Weg hinaufschritt. Erst als sie den nahen Waldrand fast erreicht hatten, ergriff er wieder das Wort.

»Ich war erschrocken, die große Anzeige von Anno letzten Samstag in der Zeitung zu sehen«, begann er ohne Umschweife. »Es war dann auch nicht so schwer herauszufinden, dass er sich erhängt hat.«

»Woher kennen Sie die Todesursache?, fragte Buhle.

»Ja, Trier ist ein Dorf. Hier erfährt man alles, wenn man sich nur ein wenig umhört«, wich Kräwer der Frage aus. »Dann am Mittwoch die Anzeigen zu Marius' Tod. Sie haben mich sehr berührt. Es ist wohl nicht normal, dass ein Kirchenvertreter einen Nachruf erhält, den so viele offenbar junge Menschen unterzeichnet haben, nicht wahr?«

»Nein, das ist es nicht. Kennen Sie den Grund?«

»Er war ja bei dem katholischen Jugendhilfswerk tätig. Ich nehme an, er hat dort vielen Kindern geholfen.«

»Mehr wissen Sie nicht?«, hakte Buhle nach. Kräwer schüttelte den Kopf.

»Ja, und dann stand da noch der Artikel in der Zeitung, dass Dominik in seinem Haus verbrannt ist. Schrecklich.«

Kräwer schien plötzlich in seine Gedanken abzutauchen. Doch Buhle wollte jetzt wissen, ob sein Treffen sich wirklich lohnte.

»Herr Kräwer, Sie haben am Telefon erwähnt, dass Sie der Trainer der drei Verstorbenen waren.«

Der alte Mann richtete seine Aufmerksamkeit wieder auf den Kommissar.

»Ja, das war Mitte der Achtziger. Ich war Trainer beim LV Trier. Damals hatte die Leichtathletik noch einen größeren Stellenwert als heute, wissen Sie. Wir hatten eine recht große Jugendabteilung.« Seine Augen schienen nun lebhafter, und auch seine Sätze kamen flüssig und vollständig über die schmalen, zerfurchten Lippen. »Dominik, Marius und Anno liefen damals alle Kurz- und Mittelstrecken. Sie gehörten zum goldenen Jahrgang des LV.«

»Das heißt, sie waren recht erfolgreich?«

»Ja, das kann man wohl sagen. Unsere 4 x 400 m Staffel war das Aushängeschild der ganzen Region. Sie haben«, und jetzt sah Buhle, wie der Stolz den kleinen, schmächtigen Mann richtig wachsen ließ, »sogar die westdeutsche Meisterschaft gewonnen.«

»Und die drei sind damals in der Staffel gelaufen?«

»Ja, zusammen mit Thomas und …«, nun unterbrach sich Kräwer doch wieder.

»Welcher Thomas und wer noch?«

»Thomas Stazio.«

Buhle hob die Augenbrauen. »Der bekannte Chirurg?«.

»Ja, genau der.«

»Und wen hatten Sie noch erwähnen wollen?«

Kräwer schwieg. So lebendig ihn die Erfolge seiner ehemaligen Zöglinge gemacht hatten, so sehr schien der Gedanke an diese weitere Person seinen Elan zu bremsen.

»Herr Kräwer, welchen Namen wollten Sie mir eben noch mitteilen?«

»Klaus, Klaus Barbus« entwich es ihm tonlos.

»Aha, und was ist aus ihm geworden?«

»Er … er ist … tot. Er hat sich … umgebracht.«

Sie blieben stehen. Der alte Mann schien wie in sich selbst zusammen gefallen zu sein. Buhle schaute sich um und erblickte nur fünfzig Meter entfernt eine Bank. Dort angelangt erzählte Kräwer von den Jahrhundert-Talenten der Trierer Leichtathletik.

Der beste der fünf Läufer war Thomas oder Stazi, wie er damals genannt wurde. Er lief allen davon. Marius, Anno und Klaus waren auf den kurzen Strecken gleich stark. Während Klaus gerade bei 800 m ganz vorne mithalten konnte, waren die anderen beiden auf den Sprintstrecken stärker. Der einzige, der etwas hinterher lief, war Anno Clemenz. Er war ohne Frage ein guter Läufer, aber eben nicht so gut wie die restlichen vier. Dennoch war Anno im Verein beliebt: bei seinen Teamkameraden wegen seiner Großzügigkeit, beim Verein wegen der erheblichen Gelder, die sein Vater dem LV hin und wieder zukommen ließ. Die fünf Jungen trainierten über Jahre hinweg zusammen, doch während Anno, Stazi, Marius und Dominik auch sonst viel gemeinsam unternahmen, blieb Klaus meist außen vor. Kräwer war damals schon klar gewesen, dass Klaus Barbus nur in der Staffel geduldet wurde, weil er sich im Laufe der Jahre auf den 400 m deutlich besser entwickelt hatte. Aufgrund seines Durchhaltevermögens hatte er fast schon zu Thomas Stazio aufgeschlossen und war mit ihm zusammen der Garant für die stetig besseren Laufzeiten.

Das eigentliche Drama begann mit der Qualifikation für die westdeutschen Meisterschaften 1988. Kräwer hatte immer nach dem Leistungsprinzip gehandelt und Anno Clemenz somit als Ersatzläufer der Staffel aufstellen wollen. Dessen Vater hatte das nicht gepasst, doch das war dem Trainer egal gewesen. Drei Tage vor der Meisterschaft war Klaus Barbus dann nicht zum Training erschienen. Kräwer hatte bei ihm zu Hause angerufen und von seiner Mutter erfahren, dass Klaus sich schon den ganzen Tag in seinem Zimmer eingeschlossen hatte. Schließlich hatte sie ihren Sohn doch ans Telefon geholt, und der hatte Kräwer mit deutlich belegter Stimme mitgeteilt, dass er sich am Fuß verletzt habe und am Wochenende nicht mitlaufen könne.

An dieser Stelle bekam der alte Trainer feuchte Augen. Buhle ahnte bereits, worauf der Bericht hinauslaufen würde. Kräwer war sofort zur Familie Barbus gefahren. Die Verletzungen stellten sich als Schnitte an Klaus' Fußsohlen heraus. Er behauptete zwar, sich die Wunden zugezogen zu haben, als er barfuß über Glas gelaufen sei, doch Kräwer hatte ihm kein Wort geglaubt. Dennoch war die Meisterschaft für Klaus Barbus gelaufen.

Wie sich dann drei Tage später herausstellte, hatte der Junge damit nicht nur die Chance auf die erste ganz große Ehrung verloren. Während seine Staffel trotz einer mäßigen Leistung von Anno Clemenz und dank eines überragenden Laufs von Thomas Stazio erstmalig den Titel für den LV Trier errang, sprang Klaus Barbus unweit des Trierer Waldstadions mit einem Strick um den Hals von dem untersten Ast einer alten Eiche.

Kräwer hatte kurz darauf sein Traineramt aufgegeben. Die 4 x 400 m Staffel hatte bei der deutschen Meisterschaft keine Chance mehr und schied im Vorlauf aus. Die vier jungen Männer verließen innerhalb kürzester Zeit den Verein. Keiner von ihnen lief jemals wieder ein Rennen.

*

Es war nicht leicht gewesen, Thomas Stazio dazu zu bewegen, sich an einem Samstagmorgen mit dem Leiter der Mordkommission zu treffen. Er versuchte, mit Verweis auf wichtige, nicht aufschiebbare Termine, Buhle abzuwimmeln. Doch der zeigte sich beharrlich, und der Chirurg gewährte ihm schließlich ein Gespräch in seiner Villa in der Ostallee.

Thomas Stazio bewohnte mit seiner Frau und den beiden jugendlichen Söhnen eine luxuriöse Wohnung über der Praxis, in der er zusammen mit zwei Kollegen eine bundesweit anerkannte Anlaufstelle für orthopädische Chirurgie geschaffen hatte. Stazios Spezialgebiet war die Behebung von Fehlbildungen im Bewegungsapparat bei Kindern. Er behandelte erfolgreich und teuer.

Als Buhle in das große, modern eingerichtete Wohnzimmer geführt wurde, war es im Haus still. Offenbar waren sie allein in der Wohnung.

»Kommen Sie, Herr Buhle«, Stazio führte den Kommissar zu einer weißen Ledersitzecke vor einem riesigen Panoramafenster.

Buhle hatte das Gefühl, direkt über dem parkähnlichen Garten hinter der Villa zu sitzen. »Darf ich Ihnen etwas zu trinken anbieten, einen Kaffee?«

»Nein, danke, Herr Stazio, ich habe nur ein paar Fragen und will Sie nicht lange aufhalten.«

»Na dann, um was geht es denn?«

Buhle hatte dem Mediziner vorab lediglich mitgeteilt, dass es um vorläufige Ermittlungen zu verschiedenen Personen gehen würde, zu denen er Hintergrundinformationen benötigte. Stazio hatte beim Telefonat merkwürdigerweise keine Rückfragen gestellt, um wen es sich handelte. Er hatte ihn stattdessen nur wegen Zeitproblemen abwimmeln wollen. Es kam Buhle aber nicht so vor, als ob der Arzt unter Zeitdruck litt. Stazio griff sich seine große Tasse mit dampfendem Milchkaffee und setzte sich entspannt in den Winkel eines Sofas.

»Sie haben es vielleicht mitbekommen: In den vergangenen zehn Tagen sind drei Menschen gestorben, mit denen Sie in der Jugend zusammen Sport gemacht haben.«

Buhle beobachtete die Reaktion von Stazio genau. Dessen Gesicht versuchte Trauer zu zeigen, doch seine Augen blieben mit erhöhter Wachsamkeit auf den Kommissar gerichtet.

»Ja, schrecklich. Ich … ich habe davon in der Zeitung gelesen, nachdem meine Frau mich darauf aufmerksam gemacht hatte.«

»Kannte ihre Frau die drei Verstorbenen auch?«

»Nein, nicht persönlich. Wir hatten schon seit langem keinen Kontakt mehr. Aber ich habe einige Fotos und Zeitungsausschnitte von damals aufgehoben. Daher kannte sie ihre Namen.«

»Ist ihre Frau nicht da?«, erkundigte sich Buhle.

»Nein, sie ist mit Daniel zum Fechten.«

»Fechten?«, fragte Buhle überrascht.

»Ja, ein Wettkampf irgendwo in Baden-Württemberg. Sie sind gestern Nachmittag schon losgefahren.«

Stazio sprach ruhig und ohne lange nachzudenken. Die obligatorische Frage, warum die Polizei sich für die Todesfälle interessierte und was er damit zu tun haben könnte, blieb hingegen aus.

Buhle konnte sich des Verdachts nicht erwehren, dass Stazio es bereits wusste.

»Fragen Sie sich nicht, warum ich Sie aufsuche?«, versuchte Buhle es auf direktem Weg.

»Nein«, erwiderte Stazio ohne Umschweife.

»Warum nicht?«

»Herr Kommissar, es ist doch sicher auffällig, wenn innerhalb einer Woche drei Personen eines Jahrgangs in unserem beschaulichen Trier sterben. Es wäre eher verwunderlich, wenn die Polizei sich nicht darum kümmern würde, oder?«

Stazio schien äußerlich weiterhin völlig ruhig. Buhle fiel auf, dass er die Tasse Kaffee die ganze Zeit in beiden Händen hielt, ohne davon zu trinken.

»Sie wissen, wie die drei Männer gestorben sind?«

»Ich bin gut vernetzt unter den Kollegen. Ja, ich weiß es.«

»Und es wundert Sie nicht?«

»Ich bin Arzt. Da ist der Tod ein Wegbegleiter, wissen Sie. Es ist ungewiss, wo der Tod einen erwartet. Man sollte ihn überall erwarten, gerade als Arzt.«

»Und dass können Sie einfach so akzeptieren, gerade als Arzt?«

»Ja. Schritt für Schritt nähern wir uns dem Tode, oder richtiger, gehen wir neben ihm her. Das müssten Sie doch bei Ihrem Beruf auch so empfinden, oder nicht? An jedem Tag verlieren wir dabei ein Stück von unserem Leben, und der Tod hat mehr Anteil daran.«

Buhle irritierten die philosophisch anmutenden Ansichten Stazios. Als er noch überlegte, wie er darauf reagieren sollte, fuhr der Mediziner schon fort.

»Wer den Tod ablehnt, lehnt das Leben ab. Und leben wollen wir doch alle. Aber uns muss bewusst sein, dass Leben uns nur mit der Auflage des Todes geschenkt ist, es sozusagen der Weg dahin ist. «

»Das hört sich so an, als ob Sie vor dem Tod keine Angst hätten?« Buhle wurde es zunehmend unbehaglicher. Stazio hingegen wirkte ruhig und überzeugt von dem, was er sagte.

»Den Tod zu fürchten ist falsch, denn man fürchtet ja nur das Ungewisse«, betonte er. »Mich wundert es nicht, dass viele Menschen den Tod als Erlösung sehen. Der Tod kann die Befreiung und das Ende von allen Übeln sein. Wer weiß, vielleicht versetzt er uns in jene Ruhe zurück, in der wir lagen, ehe wir geboren wurden. Das könnte doch durchaus erstrebenswert sein.«

»Das hört sich ja fast so an, als ob Sie den *Tod* erstrebenswert finden«, mutmaßte Buhle.

»Nein,« zum ersten Mal schien Stazio nachzudenken. »Nein, nicht erstrebenswert. Aber fürchten wir wirklich den Tod oder vielmehr nur unsere Vorstellung von dem, was wir von ihm erwarten? Der Tod hat einen schlechten Ruf. Doch niemand von denen, die gegen ihn Klage erheben, hat ihn erfahren. Da stimmen Sie mir doch zu, Herr Buhle. Und gerade Sie als Kommissar müssten doch wissen, dass es leichtfertig ist, etwas zu verurteilen, das man nicht kennt.«

Stazio beugte sich ein wenig nach vorne, als ob er Buhle etwas Vertrauliches mitteilen wollte.

»Was wir hingegen wissen oder zumindest erahnen können ist, für wie viele er nützlich ist, wie viele er von Qualen befreit, von Not, Klagen, Martern und ... Lebensekel. Ich bin nicht religiös. Doch sehen Sie es einmal von der Seite: Jener Todestag, den die Menschen fürchten, als sei er das absolute Ende, könnte ihr Geburtstag zum ewigen Leben sein. Wie sonst ist es zu erklären, dass die Menschen so vieler Kulturen oder Religionen und zu allen Zeiten an das Leben nach dem Tod glauben?«

»Meinen Sie, dass Ihre drei Freunde sich deshalb umgebracht haben?«

»Haben Sie das?«

Stazios Gegenfrage verwirrte Buhle.

»Haben Sie andere Informationen, Herr Stazio?«

Der Chirurg lächelte schmallippig, und er erschien Buhle irgendwie überlegen zu wirken. Wusste er bereits mehr?

»Nein. Bei Anno ist es sicherlich unstrittig. Und er hatte auch alle Gründe…«

»Von welchen Gründen reden Sie?«

»Wenn Sie ständig von Ihrem Schwiegervater in Frage gestellt, öffentlich gedemütigt und bloßgestellt würden, würden Sie sicher auch irgendwann kapitulieren. Man hört da so einiges in den entsprechenden Kreisen.« Buhle ahnte, dass damit die Prominenten der Region gemeint waren. »Außerdem hatte der Alte wahrscheinlich sogar recht: Anno war einfach ein Verlierertyp.«

»Aber dank Ihnen zählte er einmal zu den Gewinnern - als Sie westdeutscher Meister wurden.«

»Jaaa«, antwortete der Chirurg gedehnt, »einmal war das Glück an Annos Seite gewesen.«

»Haben Sie mit ihm in letzter Zeit gesprochen?«

»Ab und zu haben wir uns bei verschiedenen Anlässen getroffen. Darüber hinaus hatten wir seit unserer Jugendzeit keinen Kontakt mehr.«

»Warum?«

»Nun, Studium, Familie, Karriere. Jeder hat einen anderen Weg eingeschlagen.«

»Könnte es auch mit dem Suizid von Klaus Barbus im Zusammenhang stehen, dass Sie sich aus dem Weg gingen?« Buhle ließ nicht locker. Doch auch durch diese Frage schien sich Stazio nicht aus der Reserve locken zu lassen.

»Wissen Sie, es gibt nicht nur einen Tod. Der uns letztendlich dahinrafft, ist nur der letzte. Genauso war es bei Klaus. Er gehörte nie dazu. Weder bei uns im Verein, noch in der Schule, noch irgendwo sonst. Heute würde man solche Leute wohl *Opfer* nennen. Ich meine, es war nur eine Frage der Zeit, wann er den letzten Schritt machen würde.«

»Sie meinen, wann er sich umbringen würde?«

»Wir sind in niemandes Gewalt, wenn der Tod in der unsrigen ist. Die freie Wahl des Todes kann erlösen. Ich sagte es bereits.«

»Und da haben Sie nicht nachgeholfen? Sie und die anderen Staffelläufer. Es war doch sicher kein Zufall, dass Klaus Barbus sich das Leben nahm, nachdem ihm sein größter Erfolg verwehrt blieb.« Buhle fand es unglaublich, dass auch jetzt keine Gegenreaktion des Arztes folgte. Stattdessen nickte er nur.

»Nein, das war es sicher nicht. Es war vielleicht sein Schicksal, dass er sich zuvor verletzt hatte.«

»Hatte er das? Oder hatte da jemand nachgeholfen?«

Jetzt hob Stazio seine Augenbrauen.

»Wer hätte das tun sollen? Klaus war nach mir der Zweitbeste und gut in Form. Sie glauben doch wohl nicht, dass einer unserer Gegner das getan hätte?«

»Nein, aber vielleicht der eine, der es sonst nicht in die Staffel geschafft hätte, der Verlierer unter Ihnen.«

»Anno?« Stazio lachte amüsiert, doch genau diese Regung erschien Buhle verräterisch. »Glauben Sie mir, Anno hätte noch nicht einmal das gekonnt.« Doch dann wurde er überraschend ernst. »Das eigentlich Tragische ist, dass Klaus nur hätte warten müssen. Bis zu den Deutschen Meisterschaften wäre er wieder fit gewesen, und mit ihm hätten wir sogar eine gute Chance auf das Finale gehabt. Er hätte nur warten müssen«, wiederholte Stazio und das erste Mal wich die Wachsamkeit in seinen Augen einem Anflug von Traurigkeit.

*

Es war Hannahs Idee gewesen, und sie hatte ihn zum Besuch der Nero-Ausstellung im Landesmuseum überredet. Wie es ihr überhaupt fast immer gelang, Christian Buhle für eines ihrer Vorhaben zu gewinnen. Bislang hatte er es noch nie bereut. Seit sie im Spätsommer des letzten Jahres zusammengekommen waren, hatte die deutlich jüngere, deutlich lebendigere und deutlich verliebte Journalistin das Leben des in sich gekehrten Kommissars durcheinander gewirbelt.

Für 13.00 Uhr hatten sie zwei Karten für eine Führung durch die Ausstellung ergattert. Anfänglich konnte sich Buhle noch auf die Ausführungen der Museumsführerin konzentrieren. Doch irgendwann hatte er genug von römischen Münzen, verrosteten Speerspitzen, Büsten, Statuen und mittelalterlichen Gemälden, auch wenn sie einzigartig und sonst nur im Louvre zu sehen waren, den jungen Nero oder, extra aus Kopenhagen ausgeliehen, seine Mutter Agrippina zeigten. Durch die umfangreiche Berichterstattung im Vorfeld hatte er schon einiges über das facettenreiche Leben des römischen Herrschers erfahren. Trotz der anschaulichen und informativen Führung drifteten seine Gedanken immer wieder zu den drei Selbstmordfällen ab. Auch Nero hatte den Freitod gewählt, als ihm keine Wahl mehr blieb. Das wusste Buhle. Aber was sollte die drei so unterschiedlichen und erfolgreichen Männer dazu gedrängt haben, in den Tod zu gehen? Und schließlich war da noch diese enge zeitliche Abfolge. Es widerstrebte ihm immer mehr, von einem zufälligen Zusammentreffen der Suizide auszugehen.

Buhle war vor einem Gemälde stehen geblieben, das Neros Selbstmord mit einem langen Dolch dramatisch in Szene setzte. Um den Kaiser herum herrschte Chaos. Buhle betrachtete einen Mann, der Nero auf dem Bild in den Armen hielt. Es schien, als ob er darauf wartete, dass Nero mit der Waffe endlich zustieße. Buhle empfand einen Widerspruch in der stützenden Geste und dem erwartungsvollen Blick des Mannes. Auch schien er als einziger nicht in Furcht, Panik und Flucht zu verfallen, wie die anderen Figuren auf dem Gemälde. Wer war dieser Mann? Hatte dieser Jemand den verzweifelten Kaiser dazu angestiftet oder wollte er ihm als treuer Untergebener oder als Freund nur zur Seite stehen? Buhle wollte es fragen, doch die Gruppe war schon weiter gegangen. Jemand hatte darauf gewartet, dass Nero sich umbrachte.

Das Gemurmel der Führung wurde leiser, und Buhle beeilte sich, wieder den Anschluss zu finden. Auch hier schien der Freitod Thema zu sein. Der frühere Lehrer und Vertraute Neros, Luzius Seneca, hatte ebenfalls diesen Weg beschritten.

»Seneca war nicht nur ein wichtiger Politiker und der Lehrer Neros, den wir bereits zu Beginn der Ausstellung kennengelernt haben. Er war auch ein bis in die heutige Zeit hinein beachteter Philosoph«, dozierte die Museumsführerin. »Er war einer der wichtigsten Vertreter des Stoizismus. Und eine Besonderheit dieser Stoiker, die eng mit dem Begriff der Freiheit verbunden waren, ist ihr Verhältnis zum Tod.«

Buhles Gedanken machten sich auf den Weg aus seiner eigenen Welt in die der Frau, die mit geradezu stoischer Ruhe vor der Gruppe stand.

»Sie sahen nämlich die Tatsache, dass der Mensch ein Wesen der Freiheit ist und eine Eigenständigkeit erlangen kann, nicht mit seiner Vernunft, seinem Verstand oder seinem Bewusstsein begründet. Für sie befand sich der Beleg für die Freiheit des Menschen in der Tatsache, dass es ihm möglich ist, sein Leben jederzeit zu verlassen. Zum Beispiel, wenn ihm das Schicksal übel mitgespielt oder ihn jemand der Freiheit beraubt hatte, und damit das Leben nicht mehr lebenswert wurde. Damit besteht aber auch ein Widerspruch ...«

»Wir sind in niemandes Gewalt, wenn der Tod in der unsrigen ist.« Buhle hatte den Satz mehr zu sich gesagt, aber damit dennoch die Museumsführerin unterbrochen.

»Ja, einer der Sätze, die uns von Seneca überliefert sind.«

Buhle versuchte sich zu erinnern, was Stazio ihm noch über den Tod mitgeteilt hatte. Doch so plötzlich, wie ihm sein Gedächtnis diesen einen Satz geliefert hatte, so schwer tat er sich mit weiteren Zitaten. Er versuchte es in eigenen Worten: »Es ist nicht sicher, wo der Tod wartet, darum solltest du ihn überall erwarten.«

»Ja, auch das ist sinngemäß einer von Senecas Ansichten zum Tod«, bestätigte die Frau. »Haben Sie sich näher mit Seneca beschäftigt?«

»Nein, noch nicht«, antwortet Buhle wahrheitsgemäß. »Ich wusste bislang nichts ... nicht viel von ihm.« Er machte eine kleine Pause. Doch bevor die Frau mit ihrem Vortrag weitermachen konnte, fragte Buhle: »Wie ist Seneca gestorben?«

»Ich wollte es gerade erzählen.« Die Museumsführerin schaute wieder in die Gruppe. »Seneca war vorgeworfen worden, er habe sich an der Verschwörung gegen Nero beteiligt. Nero, der, um seine Macht zu stützen, schon häufig Selbstmordbefehle ausgerufen hatte, tat dies nun auch bei seinem alten Lehrer und ehemaligem

Vertrauten. Seneca ist diesem Befehl ohne Zögern gefolgt, zumal er sich ja schon vorher dem Tod sowohl auf philosophischer, als wohl auch auf persönlicher Ebene genähert hatte.«

»Schritt für Schritt nähern wir uns dem Tode.« Buhle blickte die Frau vor ihm nun direkt an. »Entschuldigen Sie, wenn ich Sie noch einmal unterbreche, aber warum hat sich Seneca einfach so umgebracht? Warum ist er beispielsweise nicht geflohen oder hat sich zumindest gewehrt.«

Die Museumsführerin schaute ihn an, und er ahnte, dass sie über die Intention seiner Zwischenrufe nachdachte. Offenbar entschied sie sich dazu, sie als Interesse zu werten und erklärte allen: »Ich habe Ihnen bereits erklärt, dass die Stoiker ein besonderes, nicht von Angst geprägtes Verhältnis zum Tod hatten. Das könnte Seneca den Weg in den Freitod erleichtert haben. Aber das trifft sicher nicht auf alle zu, die Selbstmordbefehlen gefolgt sind.« Sie machte eine kurze Pause. »Wir glauben, etwas anderes ist wichtiger gewesen: Die Herrschaftsstrukturen, aber auch das gesellschaftliche Gefüge waren im alten Rom anders als wir es uns heute vorstellen können. Wer in Ungnade fiel, hatte verloren und mit ihm häufig die ganze Familie, Freunde, politische Weggefährten und so weiter. Wir können es uns auch nur so vorstellen, dass Seneca wusste, dass mit der Überbringung des Selbstmordbefehls sein Schicksal auf jeden Fall besiegelt war. Dadurch, dass er dem Befehl folgte, konnte er aber weiteren Schaden von seiner Familie abwenden, zum Beispiel deren Enteignung verhindern. Wahrscheinlich hat er so auch seinen Ruf und sein philosophisches Lebenswerk gerettet. Es gibt Historiker, die der Meinung sind, dass Seneca nur aufgrund seines Freitods heute noch diese Bedeutung hat.«

»Ja«, Buhle nickte, »da könnte etwas dran sein. Wenn man meint, sein Schicksal ohnehin nicht mehr abwenden zu können und man andere schützen will, kann man vielleicht tatsächlich die Angst vor dem Tod überwinden.«

»Das freut mich nun aber, dass Sie mir da folgen können.« Die Worte der Frau klangen nun doch sarkastisch. »Dann darf ich jetzt sicher mit der Führung fortfahren.«

161

Sie wandte sich wieder ihrer Gruppe zu. Nach und nach ließen die Besucher ihre Blicke von Buhle ab. Nur Hannah schaute ihn weiterhin verstohlen von der Seite an.

»Was sollte das Ganze jetzt?«, flüsterte sie leise.

»Erzähle ich dir gleich draußen. Es war sehr gut, dass wir heute hier hergegangen sind«, schob er noch hinterher und widmete dann seine ganze Aufmerksamkeit der weiteren Führung.

Kaum schritten Christian Buhle und Hannah Sobothy die breiten Sandsteinstufen vor dem zur Gründerzeit errichteten Landesmuseum hinab, fragte sie sofort nach.

»So, was hatte deine Fragerei während der Führung jetzt zu bedeuten? Ich bin es ja gewohnt, dass die Leute komisch gucken, wenn ich den Mund aufmache, aber bei dir ist mir das neu.«

»Ich habe dir gestern kurz von den drei Suizidfällen erzählt. Irgendwie bin ich mir sicher, dass die zusammenhängen. Ich habe mich nur gefragt: Wie? Ich finde das mit den Selbstmordbefehlen ja immer noch nicht nachvollziehbar. Andererseits wäre das eine Möglichkeit, dieses enge Zeitfenster zu begründen. Und dann wäre wiederum die logische Konsequenz, dass jemand diese Selbstmordbefehle ausgesprochen haben muss. Jemand, der eine Verbindung zu den drei Opfern hat, und, da bin ich mir mittlerweile ziemlich sicher, auch zu den anderen beiden Läufern aus dieser Staffel.«

»Du glaubst ernsthaft, dass sich drei Männer auf Anweisung von irgendjemandem das Leben genommen haben?«

»Nicht von irgendjemandem. Bis heute hätte ich das auch nicht für möglich gehalten. Aber aus religiösem Fanatismus oder falschem Ehrgefühl oder Vaterlandstreue bringen sich die Menschen seit jeher auf Befehl um. Ich muss nur die losen Fäden zusammenführen, und da bin ich schnell bei Klaus Barbus. Er hat sich auch umgebracht und zwar wegen einer Intrige seiner angeblichen Laufkameraden. Vielleicht gibt es noch jemanden …«

Sie wurden von den lauten Sirenen eines Rettungswagens unterbrochen. Der orange-weiße Kastenwagen raste die Ostallee entlang.

Vor der großen Villa schräg gegenüber dem Museum fuhr er auf die davorliegenden Parkplätze.

Buhle brauchte einige Sekunden, um die Situation zu verstehen. »Thomas Stazio«, entfuhr es ihm. Dann ließ er Hannah einfach stehen und rannte zwischen den bremsenden Autos hindurch über die vierspurige Straße.

*

Die Frau auf dem Sandsteinquader, der neben den alten Sarkophagen vor dem Landesmuseum aufgestellt war, hatte interessiert von ihrem Buch aufgeschaut, als das Paar diskutierend die Treppe heruntergekommen und dann in Hörweite stehen geblieben war. Anscheinend hatte sie ihnen nur kurz Aufmerksamkeit geschenkt und dann weitergelesen. In Wirklichkeit hatte sie aber sehr wohl mitgehört, welche Thesen der Mann über den Suizid der drei Trierer Bürger formuliert hatte. Er schien irgendwie mit den Ereignissen beschäftigt zu sein und über mehr Wissen zu verfügen, als sie es zu diesem Zeitpunkt erwartet hätte. Doch bislang schien er von drei Selbstmorden auszugehen. Das wusste sie allerdings besser: Dominik Pälzer hatte ihre Anweisung ignoriert. Es hatte ihm nichts genützt. Stazio hatte erfolgreich nachgeholfen.

Ihr Plan war aufgegangen. Sie wusste es spätestens in dem Moment, als sie in der Ferne die Sirenen gehört hatte. Aber sie wartete noch ab. Tatsächlich erkannte dieser Mann, der eben noch aufgebracht geredet hatte, die Zusammenhänge. Wenn er Polizist war, war er schnell - und dennoch zu spät. Denn sie hatte Stazio sterben sehen. Kurz bevor seine Frau mit ihrem Sohn nach Hause kam. Er hatte bis zuletzt gewartet, gehadert, er abzuwenden versucht, es dann aber doch getan. Er, der ihrem Bruder die Fußsohlen zerschnitten hatte, hatte auch sich selbst gerichtet.

Nora Barbus schlug ihr Buch zu. Noch einmal betrachtete sie den in grellen Rot- und Gelbtönen gehaltenen Einband. *Der Tod des Seneca* von *Beat Schönegg* stand darauf. Sie behielt das Buch in der Hand als sie aufstand und langsam auf die immer noch fassungslos ihrem Mann hinterher schauende Frau zuging.

»Was Schrecklicheres als den Tod könntest du deinem Feind wünschen? Beruhige dich: Er wird sterben, ohne dass du deinen kleinen Finger bewegst.« Sie hielt Hannah das Buch hin, die es verblüfft und wortlos entgegennahm. »Ist nicht von mir, ist von Seneca. Lohnt sich wirklich zu lesen«, sagte sie noch mit einem freundlichen Lächeln. Dann drehte sich Nora Barbus um, nahm den Fußweg in Richtung Palastgarten und war kurz darauf in einem kleinen Torbogen in der alten Stadtmauer verschwunden.

Der Petrusstab

Moni Reinsch

Kein schöner Anblick, Frau Hauptkommissarin«, sagte der Streifenpolizist und hob das Absperrband hoch, um Vanessa Müller-Laskowski passieren zu lassen.

»Nur Vermutungen bislang oder erste Erkenntnisse?«

»Keine Vermisstenmeldung, aber der Junge ist schon einige Stunden tot. Dr. Breuer ist drüben«, sagte der Polizist und wies am Waldspielplatz vorbei zu einer Baumgruppe, in der die Kommissarin ein stattliches Baumhaus erkennen konnte.

»Guten Morgen«, grüßte Vanessa den Mediziner, der nur knurrte:

»Was kann gut sein an einem Samstagmorgen, der um sieben Uhr früh mit einem toten Zehnjährigen beginnt?«

Die Kommissarin sah ein, dass es müßig war, sich mit Höflichkeitsfloskeln aufzuhalten und ging gleich zum Dienstlichen über.

»Der Junge war auf den ersten Blick gesund. Markenkleidung, vermutlich stammt er hier oben vom Petrisberg. In seiner Hosentasche war ein Handy, aber der Akku ist leer. Frau Schubert wird sich gleich darum kümmern. Aber warum, verdammt noch mal, vermisst niemand so ein Kind? Er ist jetzt seit rund neun Stunden tot, zweiundzwanzig bis dreiundzwanzig Uhr gestern Abend.«

Vanessa besah sich den Jungen und schüttelte sich. Die Toten, die sie als Ermittlerin der Mordkommission zu sehen bekam, waren nie ein schöner Anblick, aber tote Kinder brannten sich ins Gedächtnis. Sie versuchte, das Kind ganz isoliert zu betrachten, stellte es sich auf dem Seziertisch vor, um nichts aus der Umgebung mit dem Kind in Verbindung zu bringen, damit sie nicht künftig bei jedem Baumhaus ein totes Kind vor Augen hätte.

»Todesursache?«

Dr. Breuer schnaubte. »Genickbruch, aber das hat nicht gereicht. Er wurde post mortem noch mehrfach mit einem stumpfen Gegenstand geschlagen. Näheres sage ich Ihnen schnellstmöglich. Ich will, dass dieser Kindermörder verurteilt wird, verdammt noch mal.«

Vanessa wandte sich von dem ungewohnt aufgebrachten Mediziner ab und ging zu dem Polizei-Bus, in dem eine junge Frau mit kurzer Jogginghose und Bustier saß, eine Wolldecke um die Schultern gelegt. Sie stellte sich kurz vor und setzte sich der Frau gegenüber, die von dem toten Jungen abgewandt ins Leere starrte.

»Joggen Sie häufig hier?«

Die junge Frau erklärte, dass sie am Wochenende immer früh joggte und dann irgendeine Strecke auf dem Plateau wählte.

»Kannten Sie den Jungen?«

Die Frau schüttelte vehement den Kopf, aber Vanessa vermutete, dass sie ihn sich gar nicht so genau angesehen hatte. Das Handy der Kommissarin klingelte. Die Kriminaltechnikerin berichtete, das gefundene Handy sei auf einen Daniel Kreutzer, zweiundvierzig Jahre, wohnhaft in Karlsruhe, angemeldet. Auf dem Petrisberg gäbe es eine Melanie Kreutzer, achtunddreißig Jahre, Mutter von Leon, zehn Jahre. Der Vater sei erst seit vier Monaten nicht mehr unter dieser Adresse gemeldet, der Handyvertrag sei ebenso alt.

»Frisch getrennt, Vertrag auf den Papa. Und was, wenn das gar nicht stimmt und Leon in süßen Träumen in seinem Zimmer liegt?«

Bernadette Schubert schalt sie eine Träumerin und gab ihr die Adresse. Es war nicht einmal acht Uhr, als die Kommissarin an der Haustür des Neubaus klingelte. Eine wehrhafte Eingangstür mit Kamera, Loungemöbel auf einer allzu einsichtigen Terrasse, eine rote Warnlampe einer Alarmanlage. Beim dritten Klingeln wurde ein Rollladen im ersten Stock hochgezogen, eine verschlafene Frau mit zerzausten, braunen Haaren riss das Fenster auf und warf einen Haustürschlüssel nach unten.

»Mensch, Leon, wann wirst du das endlich lernen?«, konnte Vanessa gerade noch verstehen, während sich das Fenster wieder schloss. Vanessa hob den Schlüssel auf und klingelte erneut. Wenig später wurde die Haustür aufgerissen, der Kommentar blieb Leons Mutter aber im Halse stecken.

Die Kommissarin stellte sich vor, ohne dabei zu erwähnen, dass sie von der Mordkommission war. »Ist Leon zu Hause?«

»Der schläft bei Noah, Noah Engler, wieso?«

Vanessa schielte an der Frau vorbei in den Flur und sah an der gegenüberliegenden Wand eine Fotocollage, die eindeutig den Jungen zeigte, den sie unter dem Baumhaus gefunden hatten.

Die Ermittlerin fragte nach Noahs Adresse. Die Mutter zeigte auf die Rückseite eines gegenüberliegenden Hauses. Vanessa atmete tief durch.

»Würden Sie bitte anrufen, ob die beiden Jungs zu Hause sind?«

Die Frau schimpfte mit Verweis auf die Uhrzeit, griff aber schlaftrunken zum Telefon und drückte eine Kurzwahltaste. Dabei fragte sie, was die Jungs denn angestellt hätten. Die Antwort blieb Vanessa erspart, als eine verärgerte Männerstimme aus dem Telefon ertönte. Frau Kreutzer entschuldigte sich und fragte, ob die Jungs noch schliefen. Die Antwort war so laut, dass die Kommissarin nicht nachfragen musste.

»Sag mal, Melanie, geht's noch? Die sind doch bei dir!«

Melanie Kreutzer lief mit dem Telefon die Treppe hoch, und Vanessa folgte ihr ungefragt. Das Kinderzimmer war leer. Frau Kreutzer stammelte ins Telefon, und Vanessa ergriff den Hörer.

»Vanessa Müller-Laskowski, ich bin von der Polizei. Würden Sie bitte nachsehen, ob Noah und Leon zu Hause sind?« Sie wartete die Schimpftirade ab. »Ich erkläre es Ihnen gleich, bitte.«

»Noah?«, hörte sie den Vater rufen, »Noah, wieso bist du denn doch zu Hause? Wo ist Leon?«

Die Kommissarin zog ihr Handy aus der Hosentasche und tippte die Nummer ihres Kollegen. »Herr Engler, mein Kollege Gunter Hermesdorf kommt gleich zu Ihnen«, sagte sie ohne weitere Erklärungen und legte auf.

Dann erklärte sie Melanie Kreutzer endlich, warum sie zu ihr gekommen war und dass sie vermuteten, der tote Junge sei Leon. Gerade, als die Frau aufschrie und auf das Bett ihres Sohnes sank, als habe man ihr den Boden unter den Füßen weggezogen, klingelte es an der Tür. Vanessa fluchte, konnte sie die Mutter, die einem körperlichen Zusammenbruch nahe war, doch gerade keinesfalls alleine lassen. Wenige Augenblicke später hämmerte jemand an die Terrassentür, die von Leons Zimmertüre aus durch die Geländerstäbe zu sehen war, eine zierliche Frau in Melanies Alter, hinter sich einen schlacksigen, etwa zehnjährigen Jungen. Die beiden Frauen fixierten einander, dann warf Vanessa einen Blick auf die schluchzende Mutter und lief rasch die Treppe hinab zur Tür. Die Nachbarin stellte sich knapp als Annika Engler vor und lief an Vanessa vorbei nach oben. Als Vanessa dazukam, wiegte Annika Engler die junge Frau in ihren Armen und redete beruhigend auf sie ein. Erst nach einer Weile fragte sie, was eigentlich passiert sei.

Der Junge, der ohne Zweifel Noah sein musste, hatte sich im Wohnzimmer auf die Couch gekauert und tat so, als sei er in ein Handyspiel vertieft, als die Ermittlerin sich neben ihn setzte und sich sein Spiel zeigen ließ.

»Sag mal, wollte der Leon nicht bei dir schlafen?«, fragte sie beiläufig. Der Junge schwieg und spielte mit einem Pflaster an seiner Handfläche. »Und deinen Eltern habt ihr erzählt, ihr würdet hier schlafen, nicht wahr? Was hattet ihr denn wirklich vor?«

»Ich habe zu Hause geschlafen«, wich Noah einer Antwort aus und gähnte.

»Und wo war Leon?«

»Weiß ich nicht.« Die Antwort kam zu schnell, um glaubhaft zu sein.

»Ist das euer Baumhaus?«

Erst jetzt merkte die Ermittlerin, dass die beiden Frauen von oben herunter gekommen waren und hinter ihr standen.

»Ihr wart doch nicht schon wieder am Baumhaus?«, herrschte seine Mutter ihn an.

Noahs Blick sprach Bände.

»Habt ihr das gebaut?«

»Das gehört Sascha und Alex«, murmelte Noah.

Noahs Mutter erklärte, das seien zwei Jungen vom Weidengraben, mit denen sich Noah und Leon schon häufiger gestritten hätten.

»Der Sascha hat gesagt, sein großer Bruder schlägt uns zusammen, wenn wir nochmal zu seinem Baumhaus gehen«, sagte Noah.

Die Kommissarin wollte die Nachnamen wissen, aber Noah schüttelte nur den Kopf. Sie rief ihre Kollegen an und bat um eine Personenfeststellung.

»Habt ihr die beiden gestern am Baumhaus gesehen?«

Noah stritt vehement ab, auch nur in der Nähe des Baumhauses gewesen zu sein. Vanessa erkundigte sich, was sie nach der Schule gemacht hätten.

»Wir hatten gestern gar keine Schule«, erzählte der Junge. »Wir waren den ganzen Tag im Museum am Dom und haben uns die Nero-Ausstellung angesehen. Wir mussten zu Fuß bis hin laufen und sogar wieder zurück. Mittags haben wir dann Gladiatoren gespielt, also der Leon und ich.«

Vanessa nahm einen Anruf ihres Kollegen Gunter Hermesdorf an, der zu Noahs Elternhaus gefahren war. Der Vater hatte erzählt, dass diese beiden Jungen, Alex und Sascha, Noah und Leon schon häufiger bedroht hatten, schon früher, als sie noch die gleiche Grundschule besuchten. Der Kommissar hatte daraufhin die Schulleiterin der Grundschule aus dem Bett geklingelt und wollte nun die beiden Jungen zu Hause besuchen. Er hatte außerdem mit der Kriminaltechnikerin gesprochen, die aber zu einem Einbruch ins Museum am Dom gerufen worden war. Sie würde dort Spuren sichern müssen und sich anschließend wieder um die Spuren kümmern, die sie rund um Leons Leichnam gesichert hatte, weil es urlaubsbedingt niemanden gab, der sich außer ihr darum hätte kümmern können.

»Da beneide ich die Kriminaltechnik manchmal, deren Arbeit ist irgendwie abwechslungsreicher. Bernadette hat erzählt, es sei eine sehr kleine Öffnung nur, durch die der oder die Täter ins Museum eingedrungen sind. Sie haben scheinbar sehr gezielt ein Exponat gestohlen.«

Vanessa blickte sich um. Noah war zur Toilette gegangen, Leons Mutter saß jetzt weinend auf der Couch, ihre Freundin klapperte in der Küche mit Geschirr.

»Okay, ich hab einen Moment Zeit, erzähl«, forderte sie ihren Kollegen auf.

»Erinnerst du dich an eines dieser wertvollen Exponate, diesen Petrusstab? Der ist weg.«

Vanessa brach das Gespräch ab, als Annika Engler mit dem Kaffee zurückkam, teilte Gunter kurz mit, dass sie auf die Psychologin warten und beide danach zeitgleich die beiden Jungen befragen würden, damit diese sich nicht zwischenzeitlich abstimmen konnten.

Zwanzig Minuten später klingelten die beiden Ermittler an den Wohnungstüren des Hochhauses aus den siebziger Jahren. Sascha wohnte im vierten Stock, Alex im sechsten. Es war noch vor halb zehn, zu früh für einen Samstagmorgen. Hinter beiden Türen war es zunächst noch still, dann erklangen verärgerte Stimmen. Vanessa hörte durch das Treppenhaus, dass beide Türen im gleichen Moment aufgerissen wurden. Ihr gegenüber stand ein kleiner, muskulöser Mann in Boxershorts, der mit russischem Akzent fragte, ob sie verrückt sei. Die Kommissarin stellte sich vor und fragte nach Sascha. Dass dieser angeblich noch schlief, schreckte sie nicht ab, und sie drängte sich an dem Mann vorbei in die Wohnung. Sascha saß auf seinem Bett, Kopfhörer auf den Ohren und spielte auf einem Flachbildfernseher irgendein Ballerspiel, das die Kommissarin nicht kannte. Der Junge war etwa zwölf Jahre alt, kräftig und fast so groß wie sein Vater. Der Vater sagte aus, er und seine Frau seien erst nach Mitternacht nach Hause gekommen, Sascha gab an, mit Alex und seinem Bruder Vitali erst ein Computerspiel gespielt und anschließend zwei Filme gesehen zu haben, dazu hatten sie Chips gegessen und Energydrinks getrunken. Der Vater bestätigte das, wobei Vanessa nicht daran zweifelte, dass er alles bestätigt hätte, was Sascha aussagte.

»Wir haben Leon Kreutzer tot unter eurem Baumhaus gefunden.«

Sascha blickte gar nicht von seinem Computerspiel auf und tat so, als wisse er nicht, von wem die Polizistin sprach. Die stellte sich so vor den Bildschirm, dass Sascha erst einmal fluchte und sie wütend anfunkelte. Vanessa hielt dem Blick stand, Saschas Blick zuckte jedoch bald an ihr vorbei auf den Bildschirm.

»Sascha, hast du mir zugehört? Nimm die Kopfhörer bitte ab.«
Der Junge schob die Kopfhörer mit einer fahrigen Bewegung
in den Nacken und starrte weiter trotzig auf seine Hände.

»Wir haben Leon Kreutzer tot unter eurem Baumhaus gefunden«, wiederholte die Polizistin.

»Kenn ich nicht«, brummte Sascha trotzig.

»Ihr hattet schon häufiger Streit wegen eurem Baumhaus.«
Der Junge schnaubte verächtlich. »So ein Baumhaus ist doch
Kinderkram, ich war da seit Wochen schon nicht mehr. Und dann
auch nur, um zu sehen, dass kein anderer sich da einnistet.«

Die Ermittlerin suchte den Blick des Jungen, aber er wich ihr
aus, wobei er fest auf die Knöpfe seines Controllers drückte, als
könne er damit bewirken, dass sie endlich wegginge und ihn in
Ruhe ließe. »Sascha, du kennst Leon und seinen Freund Noah,
nicht wahr? Von der Grundschule schon.«

»Kann schon sein«, sagte Sascha nach einen raschen Blick zu
seinem Vater, dann hielt er den Blick wieder gesenkt.

Vanessa war sich fast sicher, dass Sascha etwas zu verbergen
hatte und vermutete, dass er bei einer Befragung auf dem Präsidium mit Eltern und Anwalt einknicken würde. Aber erst einmal
wartete sie Gunters Bericht von der Befragung des anderen Jungen ab.

Der Kollege kam kurz nach ihr zum Auto und schilderte Antworten, die sich so sehr mit Saschas Antworten deckten, dass man
sich fragen musste, ob die beiden sich im Vorfeld abgesprochen
hatten. Nur die Reaktion auf Leons Tod war unterschiedlich gewesen. Alex, zwölf Jahre alt, tat völlig unberührt vom Tod des
Jungen, den er als Honk und Spaten beschimpfte. Er hatte aufgebracht erzählt, wie Leon und Noah immer wieder in ihr Baumhaus
eingedrungen seien, hatte sogar das Wort ›Hausfriedensbruch‹ fallen lassen.

Wenig später waren die beiden Ermittler in der Rechtsmedi-
zin. Kinderleichen waren der Albtraum für jeden Polizisten und
Mediziner. Dr. Breuer arbeitete mit zusammengepressten Lippen.
Beide Kommissare starrten auf den Leichnam, und Vanessa war

sicher, dass ihr Kollege an seine beiden Kinder zu Hause dachte.

»Der Junge ist aus etwa drei Metern Höhe auf den Rücken gefallen und hat sich das Genick gebrochen. Frau Schubert muss die Spuren gleich auswerten, aber meines Wissens gab es einen Abrieb auf der vorletzten Leitersprosse zum Baumhaus, das würde passen. Ob er von dort ohne Fremdeinwirkung abgestürzt ist oder gestoßen wurde, können wir im Moment noch nicht sagen. Danach wurde seine Lage verändert, so, wie wir ihn aufgefunden haben, kann er nicht gefallen sein. Er hat Schlagmale, die auf eine Stange oder Ähnliches zurückzuführen sind. Der Täter scheint sich richtig in Rage hochgeschaukelt zu haben. Die ältesten Schläge waren eher leicht, da sehen Sie rote Striemen, dann kommt es zu heftigen Schlägen, die im lebenden Zustand zu massiven Einblutungen geführt hätten. Der Handrücken ist zertrümmert, die Schläge sind eindeutig am frischsten«, führte der Rechtsmediziner aus.

»Eine Metallstange oder ein Stock, ein Ast?«, hakte Vanessa nach.

Dr. Breuer schüttelte den Kopf. »Eine Metallstange, ein richtig dickes Ding, über acht Zentimeter Durchmesser. Wir haben winzige metallische Partikel gefunden. Nicht glatt außen, irgendeine Art von Relief oder Muster. Das rekonstruiere ich später. Die ersten Schläge wurden mit einem langen Hebel ausgeführt. Der vermutlich letzte Schlag, der den Handrücken zertrümmert hat, wurde möglicherweise von einem anderen Gegenstand ausgeführt. Aber im Moment habe ich noch keine Idee, was das war. Da bin ich auf Frau Schubert angewiesen, das gemeinsam auszuarbeiten.«

Sie vereinbarten, dass der Arzt sie anriefe, sobald die Kriminaltechnikerin käme, sie müssten jetzt ihrem Chef und dem Staatsanwalt Bericht erstatten und eine Ermittlungskommission zusammenstellen.

Eineinhalb Stunden später waren alle Kollegen über die ersten Erkenntnisse informiert und zu weiteren Ermittlungen eingeteilt. Die beiden Kommissare gingen in der Kriminaltechnik vorbei, bevor sie noch einmal zu Leons Freund Noah fahren wollten. An der Wand gegenüber der Tür hingen Fotos von Leon, seiner Kleidung und dem Baumhaus. Gunter besah sich interessiert die Fotos an der rechten Wand von einer Glasvitrine, einem Dachflächenfenster und einem goldenen, reich verzierten Reliquienstab aus der Nero-Sammlung.

»Willst du nicht erst einen Fall abarbeiten, bevor du dir einen zweiten an Land ziehst?«, zog er seine Kollegin auf.

»Du, das ist gar nicht komisch. Das Bistum Limburg muss seine Reichtümer zusammenhalten, die finden es gar nicht lustig, das ausgerechnet ihr Petrusstab gestohlen wurde. Sie sehen es als Angriff auf ihr sowieso schon angeschlagenes Bistum. Das halte ich zwar für ein ziemlich abwegiges Motiv, aber man fragt sich schon, warum ausgerechnet diese Reliquie vom heiligen Petrus gestohlen wurde. Das Ding ist 1,75 m groß, passt also nicht gerade in jeden Rucksack. Es ist auch nicht das wertvollste Stück der Nero-Ausstellung. Warum genau das?«, fragte die Kriminaltechnikerin.

Zu Leons Tod konnte sie bislang nur sagen, dass auf der Plattform des Baumhauses außer Leons noch andere, frische Abdrücke ähnlicher Größe waren. Teilweise hatten sie Leons Abdrücke überlagert, sodass derjenige nach ihm oder zeitgleich dort gewesen sein musste. Es gab ältere Fahrradspuren unterhalb des Baumes, aber frische Fußspuren nur von zweierlei Schuhpaaren.

»Okay, wir befragen Noah Engler noch einmal genauer«, versprach die Kommissarin.

Noahs Vater ließ die Ermittler ins Haus, die Mutter war noch bei Leons Mutter. Noah schliefe, aber er würde nach ihm sehen, sagte der Vater. Wenig später rief er sie ins obere Stockwerk, sie durften sich in seinem Beisein mit Noah unterhalten. Der Vater erklärte, der Schock über den Verlust seines besten Freundes sei Noah so an die Substanz gegangen, dass er dies mit Schlaf kompensiere, aber Vanessa vermutete eher, dass er, aus welchem Grund auch immer, die Nacht durchgemacht hatte.

Gunter kletterte zu Noah in dessen Hochbett, während sich Vanessa auf den Schreibtischstuhl setzte. Der Vater blieb lauernd im Türrahmen stehen. Sie konnte nicht einschätzen, ob er mehr wusste, als er mitzuteilen bereit war.

173

Noah bestand noch immer darauf, den Abend nicht mit Leon verbracht zu haben.

»Darf ich mal ein bisschen Sauerstoff reinlassen?«, fragte Vanessa. Ohne eine Antwort abzuwarten, schob sie den Vorhang beiseite und konnte im letzten Moment eine schwere Metallstange auffangen, die ihr entgegenkippte. Sie betrachtete das goldfarbene Stück in ihren Händen und wusste sofort, dass sie weitere Fingerabdrücke vermeiden musste. Also lehnte sie ihr Fundstück vorsichtig zurück. Die Stange war etwa so groß wie sie selbst, endete in einer dicken Kugel und war reich verziert. Die Kommissarin war sicher, eben erst ein Bild davon gesehen zu haben.

»Sag mal, Noah, was habt ihr euch denn gestern in der Nero-Ausstellung angesehen?«, fragte sie. Dabei tippte sie etwas in ihr Smartphone und rief einen Bericht über den Petrusstab auf.

Noah druckste herum, das hätte ihn alles gar nicht so interessiert, er könne sich gar nicht so recht daran erinnern. Sie gab Gunter ein Zeichen, sie nicht zu unterbrechen. »Haben sie euch die Geschichte vom Petrusstab erzählt?«

Noahs Augen verfinsterten sich und flatterten durch den Raum, wobei er verzweifelt versuchte, den Blick nicht auf sein Versteck hinter dem Vorhang zu richten, wohin seine Augen aber trotzdem immer wieder wanderten.

»Hast du davon gehört, dass Maternus gestorben war und seine Freunde Eucharius und Valerius nach Rom zu Petrus zurückgegangen sind und Petrus ihnen seinen Stab gegeben hat?«

Noah versuchte, unbeteiligt zu gucken, während sich Gunter kerzengerade hinsetzte, wobei sein Blick irritiert zwischen dem Jungen und seiner Kollegin hin und her zuckte. Vanessa rechnete damit, dass der Vater sie jeden Moment unterbrechen und auf einen anwaltlichen Beistand bestehen würde, aber er schien die Situation noch nicht erfasst zu haben. Stattdessen sagte er unbedarft: »Hast du nicht beim Essen davon erzählt?«

»War es nicht so, dass Petrus gesagt hatte, sie sollen den toten Freund mit dem Stab berühren, und er wurde wieder lebendig?«, hakte Vanessa nach.

Noah knetete das Ohr eines abgegriffenen Teddybären. »Das stimmt aber gar nicht«, flüsterte er kaum hörbar.

»Wie hast du die Stange denn bis zu Leon geschleppt?«

Noah verkroch sich in die hinterste Ecke seines Bettes, der Vater ging auf ihn zu, verharrte aber hilflos vor dem Bett, den Jungen über das Geländer anstarrend.

»Leon ist runtergefallen. Aber wir dürfen doch eigentlich gar nicht zum Baumhaus, darum konnte ich doch keine Hilfe holen«, schluchzte Noah. »Ich bin zu ihm runtergeklettert, aber er hat sich gar nicht mehr bewegt und hat auch nichts gesagt. Ich habe ihm versprochen, ich wäre bald wieder da. Dann bin ich den Kreuzweg runtergelaufen zum Museum. Da war ein Bürofenster nicht richtig zu, ich hatte morgens gehört, wie eine Angestellte erzählt hatte, dass es klemmt. Also kam ich ganz einfach rein. Na ja, ein bisschen eng war es schon«, erzählte Noah mit einem Anflug von Stolz. »Der Glaskasten war natürlich zu, aber da stand ein Feuerlöscher, mit dem konnte ich den Kasten einschlagen. Es ging sofort eine Alarmanlage los, aber ich war sehr schnell. Dann musste ich den ganzen Weg mit der schweren Stange wieder den Berg hoch zurück.« Er hielt inne und rieb sich in Gedanken erst über die vermutlich schmerzenden Oberschenkel, dann knetete er seine Arme.

»Aber die Stange taugt gar nix, Leon ist nicht wieder wach geworden. Egal, wie fest ich zugehauen habe. Dann bin ich nach Hause und wollte die Stange heute zurückbringen. Ich bin dann aber eingeschlafen.«

Alle schwiegen betreten, dann flüsterte Noah: »Petrus ist ja Schutzpatron von Trier. Aber Leon kam aus Karlsruhe, deshalb klappt das wohl nicht.«

El condor pasa

Stephan Brakensiek und Sabine Schneider

Er hatte mittags in Saarbrücken den Regionalexpress aus Mannheim genommen und stand nun um kurz vor vier Uhr fast allein auf Bahnsteig 11 Süd des Trierer Hauptbahnhofs. Um ihn herum war alles eine große Baustelle. Das Pflaster existierte quasi nicht mehr. Kabel wurden verlegt und ausgetretene Bretter ebneten den Reisenden den Weg von und zu den Bahnsteigen.

Er hatte kein Reisegepäck bei sich. Lediglich eine kleine, aus Wolle gestrickte Umhängetasche enthielt die wenigen, für eine Reise wie die seine notwendigen Dinge. Langsam machte er sich auf in Richtung Ausgang. Obwohl er noch nie in dieser Stadt gewesen war, schaute er sich nicht um, sondern hielt seinen Kopf gesenkt, ganz so, als ob er nicht erkannt werden wollte. Doch alle auf dem Bahnhof Wartenden oder dort Arbeitenden, ausnahmslos alle, blickten ihm nach. So eine Erscheinung sah man auch in einer Universitätsstadt mit knapp 23.000 Studierenden nicht alle Tage. Höchstens ähnlich bekleidet und in Gruppen musizierend in der Fußgängerzone. Aber einzeln am Bahnhof?

Der Mann durchschritt mit bedächtigem Gang die Bahnhofshalle, die schon bessere Tage gesehen hatte, und trat hinaus auf den Platz vor der Station. An den sechseckigen Pflanzkübeln aus Beton, aus denen krüppelige Gehölze ragten, saßen die stadtbekannten Trinker und Obdachlosen in trauter, bierseliger Gemütlichkeit und feixten miteinander. Der Mann zog seinen breitkrempigen schwarzen Filzhut tiefer ins Gesicht und bestieg das erste der wartenden Taxis vor der Bahnhofsbuchhandlung neben dem Eingang. Er setzte sich in den Fond und schloss leise die Tür. Dann reichte er dem Fahrer einen Zettel, auf dem in einer gut leserlichen Handschrift eine Adresse stand.

»Ah«, sagte der Fahrer und startete den Motor. »Alles klar, kein Problem.«

Das Taxi verließ mit hoher Geschwindigkeit den Bahnhofsvorplatz und fädelte sich in den Verkehr auf der Moltkestraße ein. Dann ging es über die Roonstraße auf die Weimarer Allee und weiter in Richtung Südstadt. Keiner der beiden sagte ein Wort. Der Fahrer hatte instinktiv erfasst, dass sein Fahrgast kein Gespräch wünschte. Nur der Sprechfunk der Taxizentrale mit den kurzen, in den Äther geknarzten Meldungen und Aufforderungen durchdrang die vom gleichmäßigen Brummen des Dieselmotors begleitete Stille.

Der Mann auf der Rückbank des Wagens hielt seinen Blick weiterhin gesenkt. Er interessierte sich nicht für den Roten Turm, einen Teil der barocken Anlage des ehemaligen kurfürstlichen Palais, der kurz an einer Kreuzung sichtbar wurde. Auch waren ihm die Ruinen der imposanten Kaiserthermen gleichgültig, vor denen das Taxi kurz darauf an einer roten Ampel halten musste.

Für die Durchquerung der Saar- und der Matthiasstraße brauchte der Wagen zu dieser Tageszeit knapp zehn Minuten. Als das Taxi die ehemalige Reichsabtei St. Matthias passierte, sprach der Mann im Fond zum ersten Mal.

»Bitte halten Sie hier und lassen Sie mich aussteigen.«

Der Taxifahrer war überrascht. Bei dem Aussehen und der exotischen Kleidung wäre er nie darauf gekommen, dass sein Fahrgast ein akzentfreies Hochdeutsch sprechen könnte.

»Ja, selbstverständlich«, entgegnete er und hielt das Auto an der nahen Bushaltestelle.

Der Mann reichte einen Zwanzigeuroschein nach vorn und stieg ohne einen weiteren Gruß aus. Kopfschüttelnd sah der Fahrer ihm nach, wie er die hohe Mauer der Klosteranlage, über die große, alte Kastanien ihre Äste reckten, entlangging. So einer war ihm in seiner zwanzigjährigen Karriere als Taxifahrer noch nie über den Weg gelaufen. Er hatte schon viele skurrile Kunden gefahren, aber so eine Erscheinung, daran hätte er sich erinnert. Jedenfalls kamen keine Touristen aus der Weltgegend an die Mosel, wo man solche Kleidung trug wie dieser Mann. Was der wohl in Trier wollte? Und dann noch im Schammatdorf?

*

Das sogenannte Schammatdorf war ein in den 1970er Jahren neu gegründeter Stadtteil im Süden der Stadt, in dem eine besondere Art von sozialem Wohnen realisiert werden sollte. Hier sollten, so der Grundgedanke, auf engem Raum behinderte und nicht behinderte Menschen, Alte und Junge sowie Singles und Familien mit Kindern gemeinschaftlich zusammenleben und sich in den Belangen des alltäglichen Lebens unterstützen. Zu diesem Zweck hatte die ortsansässige städtische Wohnungsbaugenossenschaft gemeinsam mit der Abtei St. Matthias und dem Sozialamt der Stadt ein Gelände mit 144 Wohneinheiten in enger Zeilen- und Hofbebauung entstehen lassen, auf dem heute annähernd dreihundert Menschen lebten, viele von ihnen körperlich behindert oder aus Altersgründen beeinträchtigt. Die Mieten waren relativ niedrig, dafür verlangte man von neuen Mietern allerdings, dass sie sich am Gemeinschaftsleben beteiligten und der Gemeinschaft wie den Einzelnen in verschiedenen Situationen beistanden. Solidarität war hier ein großgeschriebener Begriff.

Mittlerweile war das Schammatdorf aber, wie vieles, das einst in der Moselmetropole innovativ gewesen war, ein wenig in die Jahre gekommen. Der Putz bröckelte an manchen Stellen des so genannten *Kneipchens* am zentralen, von einer umlaufenden Pergola gesäumten Versammlungsplatzes, und auch am *Schammatdorf-Zentrum* mit dem für die Gemeinschaft so wichtigen Büro des sogenannten *Kleinen Bürgermeisters*, einem von den Bewohnern gewählten Ansprechpartner für ihre Vertretung nach Innen und Außen, blätterte der Lack sichtbar von den Fenstern. Die Bäume und Sträucher auf den Grünstreifen neben den Häusern und auf den Innenhöfen waren zu beachtlicher Größe herangewachsen und hätten einmal geschnitten werden müssen. Vieles wirkte wie aufgelassen, so, als ob die Natur dabei war, sich ihren Teil des Schammatdorfs zurückzuholen. Nur die alte, englisch-rot gestrichene Telefonzelle der Telekom, die erst kürzlich vor dem Eingang des *Zentrums* aufgestellt worden war, erstrahlte noch fast in frischem

Glanz. Sie diente als eine Art öffentliche Bibliothek; die Bewohner konnten ihre ausgelesenen Bücher hineinstellen und dafür andere kostenlos mitnehmen.

Der Mann bog zielstrebig durch die Einfahrt des ›Dorfes‹ und ging die Straße *Im Schammat* entlang auf die Nummer 24 zu. Es war eines der typisch zweigeschossigen Häuser, die die Mehrzahl der Gebäude bildeten. Dort angekommen blieb er stehen und betrachtete das Haus sehr lange. Es dämmerte, und die Straßenbeleuchtung sprang an. Im Obergeschoss des Hauses brannte Licht, das Erdgeschoss war dunkel. Alle Rollläden waren heruntergelassen. Und das wohl schon seit längerer Zeit. Moos hatte sich auf den hölzernen Lamellen angesiedelt.

Einige Bewohner, die auf dem Weg vom oder zum zentral gelegenen *Kneipchen* des Schammatdorfes waren, grüßten den Besucher freundlich. Alle wunderten sich über die Unfreundlichkeit des Mannes, der niemanden auch nur eines Blickes würdigte, genauso wie darüber, dass er dort überhaupt stand. Niemand konnte sich einen Reim darauf machen.

Nachdem der Mann drei Stunden wartend verharrt hatte, ging er zur Tür und läutete dreimal an der Wohnung im Erdgeschoss. Als nach knapp zwei Minuten das Summen des Türöffners ertönte, blickte er sich zum ersten und einzigen Mal um. Dann betrat er den Hausflur. Die Tür ließ er hinter sich offen.

*

Im Hausflur war es dunkel. Nur am Ende, stand die linke der beiden Wohnungstüren einen Spalt breit offen. Auch von dort drang kein Licht in den Flur. Der Mann nahm geräuschlos die Rampe, die den Hauseingang von der Wohnungstür trennte, und betrat das Appartement. Im Inneren schien alles dunkel. Niemand hatte für Licht gesorgt. Und auch derjenige, der den Türöffner betätigt hatte, war nicht so höflich gewesen, Licht im Wohnungsflur anzumachen. Der Mann tastete sich durch den Garderobenbereich der Wohnung. Erst nachdem sich seine Augen allmählich an die Dunkelheit gewöhnt hatten, sah er, dass unter einer Zimmertür ein dünner Lichtschein hervordrang. Leise ging er dort hin und öffnete einen Spalt breit die Tür.

»Ich habe dich erwartet«, sagte eine Stimme. »Komm herein.«

Nun öffnete der Mann die Tür ganz und betrat den Raum, der voller Bücherregale war. Reihum stapelten sich Zeitschriften und Aktendeckel. Im Zentrum saß in einem Rollstuhl ein Mann um die Achtzig vor einem alten, mit geschnitzten Ornamenten verzierten Schreibtisch und blickte aus eingefallenen Augen, die unter buschigen Augenbrauen fast verschwanden, auf seinen Besucher.

»Warum kommst du erst jetzt?«, entfuhr es ihm leise. »Ich erwarte dich seit Jahren.«

Der Besucher sprach kein Wort.

»Wo hast du die ganze Zeit gesteckt? Du willst mir doch nicht etwa weismachen, dass du nicht wusstest, wo ich geblieben bin?« Ein leichtes, ersticktes Kichern kam aus seiner Kehle.

Mit beiden Händen krallte er sich an die Armlehnen seines Rollstuhls und blickte in das Gesicht seines Gegenübers.

»Warum hast du dir so viel Zeit gelassen? Wolltest du mich leiden lassen?«

Dann musste er lachen. »Das hast du nicht. Ich hatte hier viel Spaß, das kannst du mir glauben. Sehr viel Spaß.«

Ohne darauf zu reagieren, was der Alte sprach, trat der Besucher auf den Rollstuhl zu und ging um ihn herum. Der Greis wurde unruhig. Schweiß trat auf seine Stirn.

»Ja, tu, weshalb du hier bist. Tu es. Ich habe es die ganze Zeit erwartet. Aber sei gewiss: Ich bereue nichts! Nichts!«

Mit beiden Händen packte der Besucher den Rollstuhl an seinen Griffen und kippte ihn nach vorn. Der Alte fiel mit einem lauten Schrei auf den Boden und rollte auf den Rücken.

Unter Ächzen brachte er noch hervor: »Ich würde es immer und immer wieder tun …«

Doch die Stiefel seines Besuchers brachten ihn zum Schweigen. Für immer.

*

Leopold Philippi hatte die Polizei gerufen. Wie immer hatte der *kleine Bürgermeister* des Schammatdorfs vor, seinen ausgelesenen regionalen Kriminalroman in die umgenutzte Telefonzelle zu bringen. Gerade wollte er deren Tür öffnen, als er auf dem Bordstein neben dem Eingang zum *Schammatdorf-Zentrum* den Mann im bunten Wollponcho mit blutbefleckten, schweren Militärstiefeln sitzen sah. Erschrocken wich Philippi zurück. So einen hatte er in all den Jahren, die er nun hier wohnte, noch nie gesehen. Sollte es ein Flüchtling sein, der sich hierher verirrt hatte? Doch woher stammte das ganze offenbar frische Blut an den Schuhen des Mannes, der in sich gekehrt da saß und den Kopf gesenkt hielt? Philippi war früher im Staatsdienst in Mainz gewesen, bevor er sich für ein Engagement auf lokalpolitischer Ebene entschieden hatte. Er hatte einiges erlebt in seinem Leben und würde sich selbst einen ›harten Burschen‹ nennen. Aber hier, in der Nähe seiner Wohnung, wurde ihm unheimlich beim Anblick dieses Mannes. Statt den Fremden willkommen zu heißen, rief er kurz entschlossen die Polizei an. Als er vom Telefonieren zurück kam, saß der Mann unverändert an derselben Stelle.

Philippi nahm seinen Mut zusammen und dachte an die Ideale des Schammatdorfs – Solidarität, Integration, gegenseitige Hilfe - und sprach den Mann nun an. Doch er erhielt keine Antwort. Auch als er es auf Englisch, Französisch oder Spanisch versuchte gab es keine Reaktion. Warum rührte der sich gar nicht? Nicht einmal ein Zucken war auf seinem Gesicht zu bemerken. Er wirkte so, als ob ihn irgendjemand innerlich abgeschaltet hätte. Philippi war ratlos. Nach einigen Minuten entschied er sich, auf die Beamten der Polizei zu warten.

Seine Geduld wurde nicht lange strapaziert. Man kannte ihn in Trier, den *kleinen Bürgermeister*, und schätzte seine Arbeit. Einige Mitglieder seiner Partei versuchten sogar, ihn dazu zu überreden, für das Amt des Oberbürgermeisters bei der kommenden Kommunalwahl zu kandidieren.

Der Streifenwagen bog mit eingeschaltetem Blaulicht, aber ohne Martinshorn, in die Straße ein und hielt neben dem *Schammatdorf-Zentrum*. Die beiden Beamten, eine junge Frau und ein älterer Kollege, stiegen bedächtig aus ihrem Wagen, setzten ihre Mützen auf und kamen zu Philippi.

»Guten Abend, Herr Philippi«, sagte die Polizistin. »Sie haben uns angefordert?«

Philippi wirkte erleichtert.

»Ja«, sagte er. »Danke, dass Sie so schnell gekommen sind. Sehen Sie den Mann dort neben unserer Telefonzelle sitzen? Er reagiert auf keine Ansprache und hat ganz blutverschmierte Schuhe. Da sehen Sie!«

Philippi wies mit ausgestreckter Hand auf den Fremden.

»Na, dann schauen wir mal«, sagte der Polizist und trat vor den Ponchoträger.

»Polizei, darf ich um Ihre Papiere bitten?«

»Der spricht kein Deutsch«, sagte Philippi. »Das habe ich auch schon probiert.«

Wider Erwarten stand der Fremde auf, griff in seine Tasche und reichte dem Polizisten eine Karte.

»Bitte«, sagte er in akzentfreiem Hochdeutsch. »Nehmen Sie. Darauf finden Sie alles, was Sie über mich wissen müssen. Und dann gehen Sie bitte in die Nummer 24, Erdgeschoss links, bei Sundhausen. Klingeln brauchen Sie nicht. Es ist niemand mehr zu Hause. Aber die Tür ist offen.«

Leopold Philippi stand die Überraschung ins Gesicht geschrieben. Auch die beiden Polizisten waren sichtlich erstaunt.

»Warum sollen wir denn in diese Wohnung gehen?«, wollte die Polizistin wissen. Doch der Fremde sprach nicht mehr. Still kauerte er sich wieder auf die Stufe.

»Na, dann gehen Sie schon und sehen Sie nach«, wandte sich Philippi, ganz daran gewöhnt, Anweisungen zu erteilen, an den Polizisten. Doch der zögerte etwas.

»Und wenn wir dort …? Vielleicht sollten wir Verstärkung anfordern?«

»Na los«, bekräftigte Philippi seine Aufforderung mit Nach-
druck. »Sie sind doch sogar bewaffnet.«

Nachdem auch seine Kollegin ihm aufmunternd und mit Nach-
druck zugenickt hatte, machte sich der Beamte auf den Weg zur
Nummer 24. Mittlerweile war es dunkel geworden. Nur drei Stra-
ßenlaternen spendeten etwas Licht.

Mit der Hand an der im Holster steckenden Waffe betrat der
Polizist den Hausflur. Der Blick seiner Kollegin wanderte zwischen dem Fremden und der Tür, hinter der ihr Kollege gerade
verschwunden war. Nervosität machte sich breit. Auch sie hatte
nun die Hand an der Waffe. Eine Zeit lang geschah nichts.

»Soll ich nicht lieber die Leitstelle anrufen?«, wandte sie sich
unsicher an Leopold Philippi, der selbst mit hängenden Schultern
und starrem Blick auf sein Nachbarhaus dastand.

»Ich weiß nicht«, sagte er. »Vielleicht ist es besser.«

Kreidebleich kam in diesem Moment der Beamte zurück. Er
hielt sich ein Taschentuch vor den Mund.

»Ruf die Leitstelle an, sie sollen auch die Kollegen von der Kripo informieren und die Spurensicherung schicken. Darin sieht es
aus wie in einem Folterkeller – unvorstellbar ...«

»Folterkeller«, wiederholte der Fremde leise, aber doch deutlich
vernehmbar. »Folterkeller.«

Dann war er wieder still.

*

Veronika Wagenbauers Tag war hektisch gewesen. Schon früh
am Morgen hatte sie sich mit Richard, ihrem Lebensgefährten,
gestritten. Er hatte kürzlich von der Brauerei eine Erhöhung der
Pacht für seine Gaststätte *Zum goldenen Ross* am Zurlaubener Ufer
erhalten, einem der Innenstadt vorgelagerten und ehemals haupt-
sächlich von Fischern bewohnten Viertel, das sich unmittelbar am
Moselufer entlang zog und bei Touristen hoch im Kurs stand. Richard war unsicher, ob er die Pachterhöhung akzeptieren sollte
oder nicht. Für Veronika stand fest, dass sich Richard nicht aus-

beuten lassen durfte. Zudem hielt sie seine regionale Küche für so gut, dass sie ihm einen Neuanfang auch anderswo in der Stadt zutraute. Aber Richard dachte anders. Für ihn war ein Neuanfang mit Anfang Fünfzig eine unmögliche Sache. Er wollte endlich Sicherheit, wollte ein gut laufendes Restaurant und nicht schon wieder einen Wechsel mit allen Risiken und Unwägbarkeiten.

Die Kommissarin saß seit etwa einer halben Stunde vor ihrer Lieblingsimbissbude an der Ecke Rindertanz- und Sichelstraße, beim sogenannten *Dreifinger-Joe*, und genoss eine große Curryrindswurst ›extra scharf‹. Gerne hätte sie das moselländische Schaschlik mit klein geschnittenen Nierchen genommen. Doch dieses Angebot war bei den Kunden des Imbisses so beliebt, dass es meistens kurz vor zwölf Uhr mittags bereits ausverkauft war. Genüsslich kaute die Hauptkommissarin der Trierer Mordkommission auf dem letzten Stück ihrer Currywurst, als ihr Mobiltelefon klingelte. Es war Paul Richter, Wagenbauers Assistent.

»Paul, was gibt es? Warum störst du mich nach Feierabend?«

»Veronika«, entgegnete ihr Mitarbeiter, »es gibt eine Leiche. Im Schammatdorf.«

»Im Schammatdorf?«, Wagenbauer musste husten. »Bei den Alternativen? Aber da ist doch in all den Jahren noch nie etwas passiert.«

»Na«, entgegnete ihr Kollege gut gelaunt und süffisant wie immer, »irgendwann ist immer das erste Mal, oder?«

»Okay, ich komme.«

Veronika Wagenbauer steckte ihr Mobiltelefon wieder in die Seitentasche ihrer schwarzen Lederjacke, überquerte die Rindertanzstraße und bestieg ihren schwarzen Ford Mustang, den sie im Parkverbot abgestellt hatte. Gleich würde es vorbei sein, mit dem schönen Feierabend, den sie sich herbeigesehnt hatte. Gleich würde sie wieder eine Leiche sehen müssen. Wagenbauer hatte keine Lust mehr. Sie fühlte sich leer und ausgebrannt. Wozu war das alles gut? Was brachte es ihr? Sollte sie nicht lieber über die Möglichkeit einer Frühpensionierung nachdenken und Richard dann in der Kneipe helfen?

In Gedanken versunken steuerte sie den Wagen in Richtung Schammatdorf.

*

Als Veronika Wagenbauer aus ihrem Wagen stieg, bemerkte sie, dass es sich hier um keinen normalen Tatort handelte. Zwar war das Schammatdorf mit seinen besonderen Strukturen für sie immer ein Buch mit sieben Siegeln gewesen, aber das war es nicht, was sie irritierte, es war die absolute Stille, die hier herrschte. Denn obwohl es einen kleinen Menschenauflauf gab, sprach keiner. Alle verhielten sich ruhig. Keiner fotografierte, keiner gestikulierte wild. Wagenbauer war verwundert. Woran lag dieses außergewöhnliche Verhalten?

Dann entdeckte sie Hans-Walter Lonien, den Kollegen der Spurensicherung, der hinter dem rot-weißen Absperrband stand und ihr zuwinkte. Wagenbauer ging zu ihm.

»Hallo Veronika«, sagte der Polizeimeister und reichte der Kommissarin seine behandschuhte Rechte. »Gut, dass du da bist. Es ist kaum zu fassen, was hier passiert ist. Aber mach dir selbst ein Bild.«

Paul Richter war auch schon da und begrüßte seine Vorgesetzte.

Wagenbauer grüßte still zurück und bückte sich unter der Absperrung durch, die ihr Richter anhob. Lonien sah merkwürdig blass aus. So kannte ihn Wagenbauer gar nicht. Was hatte ihn nur so mitgenommen? Er war doch ein alter Hase bei der Polizei. Wagenbauer ging langsam weiter. Neben der roten Telefonzelle stand Leopold Philippi, der ansonsten eher hemdsärmelig daherkam, aber heute wie neben sich stehend wirkte.

Wagenbauer ging weiter und näherte sich dem Haus mit der Nummer 24. Es gab keinen Zweifel, hier war der Tatort. Der Hausflur war hell beleuchtet, die Eingangstür weit offen, mehrere Polizisten schirmten sie ab. Wagenbauer gab den Kollegen, die sie kannte, die Hand. Richter folgte ihr. Keiner sprach ein Wort. Alle schienen um Fassung zu ringen. Wagenbauer merkte, wie sie selbst unsicher wurde. Doch sie ging weiter, nahm die Rollstuhlrampe bis zur Wohnungstür und trat in den hell erleuchteten Wohnbereich. Auf den ersten Blick konnte sie nichts Besonderes erkennen. Hier wohnte offensichtlich ein gehbehinderter Rentner, der sich sehr für Bücher interessierte. Alles war voll mit bedrucktem Material. Ein verstaubter Rollator voller Spinnweben stand in einer Ecke. Die Kollegen der Spurensicherung waren alle im angrenzenden Zimmer. Wagenbauer hörte Dr. Krames' tiefe Stimme. War die alte Rechtsmedizinerin denn überhaupt noch im Dienst? Sie hatte doch längst ihren Abschied genommen. Wagenbauer war neugierig und betrat den Nachbarraum. Ihr stockte der Atem.

»Ach, die Frau Hauptkommissarin«, Dr. Krames' Körper, einhundert Kilo auf 1,65 Meter, vibrierte beim Anblick von Wagenbauers Gesicht, aus dem schlagartig das Blut gewichen war, vor Lachen. »So zart besaitet heute Abend?«

Wagenbauer konnte nicht sofort antworten. Was sich ihren Augen bot, war ein Bild des Grauens. Überall auf den Teppichen und dem Fußboden waren Hirnmasse, Blut und Knochensplitter verteilt. Und in der Mitte des Raumes, vor einem übervollen Bücherregal, lag neben einem umgekippten Rollstuhl der bizarr verkrümmte Körper eines alten Mannes, dessen Kopf zertrümmert war.

Wagenbauer wurde übel. So etwas hatte sie noch nie gesehen – und gerochen. Der Gestank raubte ihr den Atem. Dr. Krames hingegen nahm es gelassen. Sie streifte sich in aller Ruhe ihre Gummihandschuhe ab und schaute Wagenbauer immer noch grinsend ins Gesicht.

»Na, Frau Wagenbauer«, setzte sie an. »Geht es wieder? Oder brauchst du einen Schnaps?«

Wagenbauer konnte nichts entgegnen. Sie hielt sich die Hand vor den Mund und verließ fluchtartig die Wohnung. Draußen beugte sie sich erst einmal nach vorne, stützte ihren Oberkörper mit ihren Armen auf den Knien ab und atmete tief durch, als Krames bereits wieder hinter ihr stand.

»Nein, im Ernst, Veronika. Das da drinnen ist wirklich nichts Alltägliches. Ich selbst habe so etwas in meinen dreißig Jahren in der Rechtsmedizin noch nie gesehen. So etwas liest man in Romanen über totalitäre Systeme und ihre menschenverachtenden Folterungen. Aber hier, in Trier? Nee ...« Angewidert wandte sie sich ab. Offensichtlich war auch sie nicht so hart gesotten, wie sie tat.

Wagenbauer fing sich allmählich wieder. Langsam richtete sie sich auf.

»Doc, was machst du denn eigentlich noch hier. Kann die Katze das Mausen nicht lassen?«

»Aber wo denkst du hin, meine Liebe.«

Wagenbauer und Elisabeth Krames kannten sich schon eine halbe Ewigkeit, waren durch dick und dünn gegangen und nicht nur einmal gemeinsam versackt.

»Ich vertrete mich selbst, bis der Neue seinen Posten antritt. Eigentlich wollte man in Mainz die Rechtsmedizin in unserem schönen Trier ja abwickeln, wie du weißt. Aber dann hat man sich da oben offensichtlich eines Besseren besonnen und meine Stelle erneut besetzt. Du bekommst einen Kollegen aus Bayern.«

Veronika musste immer noch schwer atmen.

»Aus Bayern?«, fragte sie nach. »Wieso bewirbt sich denn einer aus Bayern auf deinen alten Posten hier?«

»Keine Ahnung. Aber du wirst ihn kennenlernen«, Dr. Krames gab sich betont geheimnisvoll. »Bald schon. Er beginnt in zwei Tagen.«

»Aha«, Wagenbauer hatte sich nun wieder im Griff. »Und die Sauerei hier? Was ist das?«

»Tja«, Dr. Krames wurde ruhiger, so wie immer wenn es um die ernsten Dinge ging. »Hier hat offensichtlich jemand einem anderen mit schweren Stiefeln den Kopf eingetreten. Lange und ausdauernd. Ich kann dir sagen: so etwas erfordert Kraft, viel Kraft. Und einen eisernen Willen. Wenn man jemanden nur töten will, dann kann man das auch einfacher machen. Ich denke, hier ging es um mehr.«

Wagenbauer sah der Rechtsmedizinerin in die Augen.

»Wer tut denn so etwas? Und dann noch bei einem alten, schwachen und behinderten Mann?«

»Das kann ich dir sagen«, Dr. Krames hatte zu ihrer alten Unbekümmertheit zurückgefunden. »Er sitzt bereits bei euch auf dem Revier, vermutlich schon in deinem Büro. Ein Südamerikaner, wenn du mich fragst. Poncho, Filzhut, du weißt schon, einer wie die, die früher in der Fußgängerzone Panflöte spielten und ›El Condor pasa‹ sangen.«

Wagenbauer wurde ungehalten.

»Komm Doc, mach keinen Quatsch …«

»Das ist kein Quatsch!«, entgegnete ihr Gegenüber beleidigt. »Der Typ hat hier neben der Telefonzelle gesessen und die Kollegen auf den Tatort hingewiesen. Er hatte Militärstiefel an, die über und über mit Blut verkrustete waren, genau solche, mit denen hier vermutlich zugetreten wurde. Allerdings kann ich dazu noch nichts Abschließendes sagen. Dazu musst du bis morgen warten.«

Oh je, dachte Wagenbauer. Der Täter hatte also auf uns gewartet. Sie war gespannt, was er aussagen würde.

»Okay, Lizzy«, sagte sie zu ihrer Kollegin. »Dann mache ich mich mal auf den Weg und höre mir die Aussage des Südamerikaners an – hoffentlich spricht er nicht nur Spanisch.«

»Nein, soweit ich weiß sogar astreines Hochdeutsch. Aber mach' dir keine Hoffnungen, Veronika. Bisher hat er kein einziges Wort gesagt. Nichts.«

*

Paul Richter setzte sich auch in Wagenbauers Wagen. Den Weg aus der Südstadt zum Hauptbahnhof, in dessen Nachbarschaft sich die Büros der Trierer Mordkommission befanden, verbrachten die beiden Polizisten schweigend. Auch Richter hatte seine Schnodderigkeit und jugendliche Unbekümmertheit angesichts des brutalen und kaltblütigen Verbrechens verloren. Er saß in seinem Sitz und schaute starr nach vorne, beide Hände auf den Knien.

»Sag einmal, Paul«, versuchte Wagenbauer ein Gespräch zu beginnen. »Wie sollen wir bei dem Südamerikaner eigentlich vorgehen?«

Ihr Assistent antwortete mit einiger Verzögerung. »Ich habe keine Ahnung.«

»Sprichst du spanisch?«, wollte Wagenbauer wissen.

Wieder wollte Richter nicht reden. Nach langer Pause sagte er schließlich: »Ja, aber nur für den Hausgebrauch. Eine echte Unterhaltung über Inhaltliches kann ich nicht führen. Dazu müssten wir dann die hübsche dunkelhaarige Dolmetscherin anfordern, die uns vor einem Jahr schon einmal geholfen hat. Kannst du dich erinnern, Veronika?«

Richter schien bei dem Gedenken an die Frau ein wenig aufzutauen.

»Ja«, entgegnete Wagenbauer, »dunkel. Glücklicherweise benötigen wir aber wohl keinen Dolmetscher. Oder sollen wir für alle Fälle einen anfordern, vielleicht die von dir genannte Dame?«

»Gute Idee«, antwortete Richter, nun schon wieder guter Dinge. »Schaden kann's jedenfalls nicht, eher im Gegenteil.«

Wagenbauer nahm ihr Handy und führte das Telefonat.

»Die Staatsanwaltschaft schickt einen Übersetzer. Er sollte in einer knappen Stunde im Verhörraum sein.«

»Übersetzer?«, Richters Gesicht verfinsterte sich schlagartig wieder. »Wieso denn Übersetzer?«

»Ach Paul«, entgegnete Wagenbauer lächelnd. »Du weißt doch, dass wir im Deutschen traditionell alles männlich bezeichnen, oder? Also lass dich überraschen …«

Im Präsidium war es ruhig. Nur wenige Menschen standen in den Büros des Kriminaldauerdienstes, niemand war auf dem Flur, an dem das Büro der beiden Ermittler lag. Vor der Tür ihres Büros stand ein uniformierter Kollege und informierte sie, dass der Südamerikaner in einem der Vernehmungsräume sitzen würde. Wagenbauer und Richter legten ihre Jacken ab, nahmen einen Kaffee und gingen dann mit den bisherigen Untersuchungsergebnissen, die in einem schmalen Aktendeckel steckten, gemeinsam in das Verhörzimmer.

Dort war es schummrig, nur eine kleine Lampe an der Decke spendete Licht. Durch das große verspiegelte Fenster blickten Richter und Wagenbauer aus dem schmalen Flur in den Raum, wo der Verdächtige an einem bläulichen Resopaltisch saß. Man hatte ihm sowohl seine Tasche, als auch die Stiefel und den Poncho abgenommen. Er wirkte gefasst, keinesfalls verunsichert, wie Wagenbauer erwartet hatte. Sein Blick war starr geradeaus gerichtet.

»Der wirkt nicht wie einer, der uns gleich alles gestehen wird«, sagte sie und blickte den Mann konzentriert an.

»Nein, der wird uns die ganze Nacht kosten, da bin ich sicher. Aber vielleicht haben wir ja Glück.« Paul Richter wirkte unzufrieden.

»Er scheint ja Deutsch zu sprechen, sonst hätte er die Kollegen von der Streife nicht auf den Tatort hinweisen können.«

»Genau«, knurrte Richter schlechtgelaunt und öffnete die Tür zum Verhörraum. »Oder er kann gut auswendig lernen.«

Die beiden Polizisten betraten den knapp zwölf Quadratmeter großen Raum. Wagenbauer setzte sich an den Tisch, dem Mann genau gegenüber; Richter stellte sich an die Wand hinter seinen Rücken.

»Guten Tag, ich bin Hauptkommissarin Veronika Wagenbauer«, sagte sie und drückte die Start-Taste des Aufnahmegerätes. »Und das ist mein Kollege, Kommissar Paul Richter. Wollen Sie uns kurz über Ihre Personalien informieren?«

Schweigen erfüllte den Raum. Der Mann rührte sich nicht.

»Wir haben bei Ihnen einen bolivianischen Reisepass gefunden, ausgestellt auf den Namen Pedro da Silva, gebürtig in Sucre am 8. März 1973. Sind Sie das?«

Wieder zeigte der Mann keine Reaktion. Ob er sie überhaupt verstand?

Wagenbauer schaute zu Richter, so, als ob sie ihn auffordern wollte, das Gesagte noch einmal auf Spanisch zu wiederholen. Aber Richter schüttelte nur den Kopf.

Also begann Wagenbauer erneut: »Sind Sie Pedro da Silva? Stammen Sie aus Bolivien?«

Doch der Mann zeigte wieder keine Reaktion. Er schien sie nicht zu hören. Nichts, aber auch gar nichts verriet, ob er es tat. Es war zum Verzweifeln.

Wagenbauer unternahm zehn weitere Versuche, aus dem Mann auch nur einen Laut herauszubekommen. Dann bedeutete sie Richter, dass sie das Verhör für den Augenblick beendete.

Wieder auf dem Gang hinter der Spiegelglasscheibe sagte sie: »Er ist wie ausgeschaltet, völlig weg. Was machen wir nur mit ihm?«

Auch Richter dachte nach.

»Am besten, wir lassen ihn heute Nacht in einer Zelle schmoren, recherchieren über ihn. Vielleicht kommen wir ja so einen Schritt weiter. Soll ich die bolivianische Botschaft kontaktieren?«

»Ja«, entgegnete Wagenbauer. »Und lass morgen früh als erstes seinen Namen und die uns bekannten Daten einmal durch die Computer laufen. Vielleicht ist er ja ein alter Bekannter.«

Richter wollte gerade gehen, als Wagenbauer sagte: »Vergiss nicht den Toten aus dem Schammatdorf. Auch über ihn müssen wir alles in Erfahrung bringen, was möglich ist. Der Schlüssel zu diesem Fall liegt bestimmt bei ihm. Und sag der Dolmetscherin ab.«

Nachdem sie einen Kollegen damit beauftragt hatten, da Silva in eine Zelle im Untergeschoß zu bringen, gingen die beiden Polizisten zurück in ihr Büro. Richter klemmte sich hinter seinen Rechner und ans Telefon, Wagenbauer verließ nachdenklich und müde das Büro, um sich auf den Nachhauseweg zu machen.

*

Als Wagenbauer am nächsten Morgen gut gelaunt ihr Büro betrat, saß Richter hinter ihrem Schreibtisch und biss herzhaft in ein Brötchen, zwischen dessen Hälften eine fettige Scheibe Schwenkbraten hervorstand. In solchen Momenten hätte Veronika Vegetarierin werden können. Und warum saß der junge Kollege eigentlich nicht hinter seinem eigenen Tisch?

»Guten Morgen, Veronika«, sagte Richter mit vollem Mund.

»Es gibt Neuigkeiten zu unserem Fremden aus dem Schammatdorf.«

»Das ist gut, Paul«, entgegnete die Kommissarin und hängte
ihren Mantel an die Garderobe. »Auch ich habe Neuigkeiten. Aber
zuerst zu deinen Ergebnissen.«

»Ja, komm her. Hier, sieh«, Richter wies mit fettigen Fingern
auf Wagenbauers Bildschirm. Den Rest des Brötchens legte er auf
die Tischplatte neben die Tastatur.

»Nach Auskunft der Bundespolizei ist ein Pedro da Silva gestern Morgen aus New York kommend in Frankfurt gelandet. Er
war auf einem Lufthansaflug. Dort teilte man mir mit, dass da
Silva zuvor von La Paz aus nach New York geflogen war. Er kam
also direkt aus Bolivien.«

»Aha«, Wagenbauer konnte mit den Angaben noch nichts anfangen. »Und weiter? Und hast du schon etwas zu dem Opfer recherchieren können?«

»Ja, hab ich auch«, antworte Richter und wischte sich mit einem Taschentuch den Mund ab, ehe er fortfuhr. »Der Mann hieß
Gustav-Adolf Sundhausen. Er lebte seit knapp zehn Jahren im
Schammatdorf und war vorher als Vertreter eines großen, internationalen Textilunternehmens tätig gewesen. Zumindest sind
das die Angaben, die die Steuerbehörde mir auf die Schnelle zur
Verfügung stellen konnte. Er war übrigens seit einem Unfall vor
zehn Jahren gehbehindert. Um was es sich bei diesem Unfall aber
genau handelte, das konnten mir die Kollegen von der Kranken-
versicherung nicht sagen. Datenschutz, sagte die Dame. Aber an
die Daten kommen wir schon noch ran, wenn der Staatsanwalt uns
unterstützt.«

»Hatte er Verwandte oder Freunde?«

»Nicht, dass ich es hätte bisher in Erfahrung bringen können.
Seine Nachbarn beschreiben ihn als äußerst scheu und zurück-
gezogen. Sein einziger Kontakt bestand zu den Leuten, die ihm
Essen auf Rädern brachten. Da bin ich dran, habe aber noch keine
Aussage.«

»Haben wir eigentlich ein Foto von ihm? Ich meine, eines, das nicht die Jungs von Hans-Walter Lonien oder Dr. Krames aufgenommen haben.«

»Ja«, entgegnete Richter. »Haben wir. Hier schau. Es hing an einer Pinnwand in Sundhausens Wohnung.«

Paul Richter zog eine alte, stark verblichene Farbfotografie aus dem Aktendeckel. »Es zeigt ihn allerdings in jüngeren Jahren. Ich würde sagen, er ist auf dem Foto so fünfzig Jahre alt. Was meinst du?«

Wagenbauer schaute sich das Foto genau an. Es zeigte Sundhausen neben einem Geländewagen auf einer weit ausgedehnten weißen Fläche. Nur schemenhaft waren Berge am Horizont zu erkennen. Etwas abseits standen ein weiterer Mann und drei dunkelhäutige Jungen.

»Wo ist das denn aufgenommen?«, wollte sie von ihrem Assistenten wissen, der aber nur mit den Achseln zuckte und wieder genüsslich in den Rest seines Schwenkbratenbrötchens biss.

»Und was steht da auf der Tür des Wagens? Kannst du das erkennen?«

»Mmhhh«, dachte Richter schmatzend nach, »ich würde sagen: Da steht ›NERO‹.«

»Aber mit Punkten zwischen den Buchstaben, oder?«, fragte Wagenbauer, die ihre Augen zur genauen Betrachtung des Fotos zusammen kniff. »Wie bei einer Abkürzung.«

»Und offensichtlich handgeschrieben«, ergänzte Richter noch immer mit vollem Mund, »schau auf die inexakte Strichführung der Buchstabenränder.«

»Nero«, wiederholte Wagenbauer. »Hieß so nicht dieser römische Kaiser, der die Christen verfolgte und Rom angezündet hat?«

»Exakt, Frau Kollegin«, antwortete Richter, der nun zu Ende gegessen hatte. »Wir haben momentan übrigens eine große Ausstellung zu ihm in der Stadt. Nur mit Südamerika hatte der nix zu tun. Vielleicht ein Firmenname? Oder ein Akronym … «

»Oder nur ein Spaß ohne Bedeutung. Vielleicht trugen alle Wagen dort Namen von römischen Kaisern. Wir werden sehen. Nun haben wir erst einmal einen Termin. Kommst du?«

Kurze Zeit später fanden sich Wagenbauer, Richter und weitere Kollegen der Trierer Mordkommission zu einer ersten Besprechung zusammen. Wagenbauer würde die Ermittlungen leiten. Ihr wurden neben Paul Richter noch vier weitere Beamte zugeteilt. Die Sachlage war eindeutig und an der Schuld des verhafteten Südamerikaners schien es keine Zweifel zu geben. Doch auch mit Hilfe einer Dolmetscherin war es den Kollegen, die den Verdächtigen seit heute früh mehrmals vernommen hatten, bislang nicht gelungen, den Täter zu einer Äußerung, geschweige denn zu einer Aussage zu bewegen. Was seine Verbindung zum Opfer und sein Motiv anbelangten, tappten sie nach wie vor vollständig im Dunkeln.

Paul Richter hatte den Namen des Täters durch die verschiedenen polizeilichen Datenbanken laufen lassen, war jedoch bisher zu keinen Erkenntnissen gekommen. Der Reisepass war echt, über Pedro da Silva gab es jedoch keinerlei Eintragungen, keine Vorstrafen, nichts was sie weitergebracht hätte. Richter wartete allerdings noch auf Nachrichten von Interpol und den bolivianischen Behörden, die aufgrund der Zeitverschiebungen noch auf sich warten ließen. Die übrigen Kollegen sollten den Hintergrund des Opfers durchleuchten und versuchen, eine Verbindung zum Täter herzustellen.

Gegen Mittag meldete sich Dr. Elisabeth Krames bei Wagenbauer.

»Die eigentliche Todesursache lässt sich schwer rekonstruieren, wie du dir sicher denken kannst. Es waren vor allem die Tritte auf und gegen den Kopf, die multiplen Frakturen des Schädelbasisknochens, des Jochbeins, des Ober- und Unterkiefers, die zu einem schweren Schädelhirntrauma führten und an dessen Folgen das Opfer vermutlich starb. Daneben hatte Sundhausen noch zahlreiche weitere Frakturen am ganzen Körper, an Rippen, Armen, Hand- und Kniegelenken. Es fiele mir leichter aufzuzählen, was nicht gebrochen war. Es müssen an die hundert bis hundertzwanzig Tritte gewesen sein, die ihn trafen. Welcher dieser Tritte letztendlich tödlich war, lässt sich nicht mehr genau feststellen.«

»Mein Gott«, sagte Wagenbauer kopfschüttelnd. »Warum nur diese Gewalt und dieser offensichtliche Hass?«

»Ich habe so etwas auch noch nie gesehen. Die Tritte sind mit äußerst großer Kraft ausgeführt worden. Das Opfer hatte keine Chance.«

»Ich danke dir für den schnellen Bericht«, entgegnete Wagenbauer mutlos.

»Etwas habe ich dennoch für dich«, sagte Krames und machte eine Pause.

Doch Wagenbauer war heute nicht nach Rätselraten zumute. »Was hast du gefunden, Lizzy? Mach es nicht so spannend.«

»Ist ja schon gut. Also, das Opfer hatte eine Tätowierung auf der Innenseite des linken Oberarms. Man konnte sie kaum noch erkennen. Zum einen aufgrund der Verletzungen, zum anderen weil Sundhausen wohl versucht hatte, sie zu entfernen. Ich habe dir gerade ein Foto davon gemailt.«

Wagenbauer startete das E-Mail-Programm auf ihrem Computer und öffnete gespannt die Datei, die Dr. Krames ihr geschickt hatte.

Auf der Abbildung war der mit Hämatomen übersäte Oberarm des Opfers zu sehen. Ganz schwach war jedoch auch eine Tätowierung zu erkennen, die aus einem Symbol, vier Buchstaben und acht Zahlen zu bestehen schien.

»N – E – den Buchstaben kann ich nicht lesen – und am Ende ein O oder eine Null«, entzifferte Wagenbauer die schemenhaften Reste eines Tattoos. »Die Zahlen kann ich so schnell nicht entziffern.«

»Genau«, bestätigte Krames aus dem Hörer. »Der dritte Buchstabe ist vermutlich ein R oder ein B, also NERO oder NEBO. Das Symbol vor den Buchstaben kann ich auch nicht identifizieren, genauso wenig wie die Zahlen. Da geht es mir wie dir.«

Dann schwieg Krames am Telefon, sodass Wagenbauer schon dachte, die Verbindung sei unterbrochen worden.

»Hallo?«, sagte sie, »Lizzy, bist du noch da?«

»Ich habe«, kam es dann urplötzlich wieder aus der Leitung,

»aber einmal versucht, das, was wir haben, mit der Datenbank des BKA abzugleichen. Zudem habe ich einen Tattoo-Spezialisten aus meinem Bekanntenkreis befragt. Es sieht ganz so aus, als hätte euer Opfer eine nationalsozialistische Vergangenheit oder Verbindungen in diese Kreise. Diese Tätowierung trugen Mitglieder von SS-Sondereinheiten im Zweiten Weltkrieg, wird aber auch heute noch gerne von Neonazis getragen, die damit ihre Sympathien für diese Organisationen ausdrücken möchten.«

»Wow, danke Lizzy. Damit haben wir immerhin schon mal einen Ansatz.«

»Gern geschehen«, entgegnete Dr. Krames und beendete das Gespräch.

*

Veronika Wagenbauer blickte über die Kaimauer des Trierer Hafens auf das Polizeiboot hinunter, das soeben an der Hafenmauer festmachte. Auf dem Heck des Schiffs lag ein blaugrauer Abfallsack. Er hatte die Form eines menschlichen Körpers. Die Wasserschutzpolizei war wachsam gewesen. Zwei Tote innerhalb von nur knapp zwei Tagen. Und das im beschaulichen Trier? Wagenbauer konnte es kaum fassen.

Sie atmete tief durch und schaute auf die Ausläufer des Hunsrücks. Hinter den Hügeln tauchten die ersten Sonnenstrahlen des Tages den Himmel in goldrotes Licht. Die Schönheit des Morgens stand in Widerspruch zu ihrer Situation. Überall flackerte das Blaulicht der Fahrzeuge der Bereitschaftspolizei. Die Kollegen hatten den Bereich des Hafenbeckens zwar weiträumig abgesperrt, dennoch hatten sich hinter der Absperrung bereits einige wenige Schaulustige eingefunden.

Der Anruf mit der Nachricht, dass man eine Leiche in einem Becken des Trierer Hafens gefunden habe, hatte Wagenbauer mitten in der Nacht erreicht, und sie fühlte sich müde und elend. Ein Wachmann eines Sicherheitsdienstes hatte beobachtet, wie der Fahrer eines dunklen Geländewagens einen großen, sackähnlichen

Gegenstand in das Hafenbecken geworfen hatte und sicherheitshalber die Kollegen der Wasserschutzpolizei gerufen, da ihm das Ganze merkwürdig vorgekommen war. Wie sich bei näherer Untersuchung herausstellte, handelte es sich um einen menschlichen Körper.

Die Kollegen der Wasserschutzpolizei hatten den Leichnam inzwischen geborgen, und Dr. Krames war bereits mit den ersten Untersuchungen beschäftigt. Wagenbauer rief Paul Richter zu sich, der mit der Aufnahme der Aussage des Wachmannes soeben fertig geworden war.

»Und, Paul? Was haben wir bisher?«

Richter las von seinem Notizblock ab: »Der Wachmann, Ludwig Schmitz, 62 Jahre, wohnhaft in Kasel, drehte wie jede Nacht mit seinem Hund seine Runden durchs Industriegebiet. Gegen drei Uhr heute früh hörte er plötzlich ein lautes Klatschen und die Geräusche eines wegfahrenden Autos. Als er um die Ecke da hinten sah«, Richter zeigte auf ein flaches, zwanzig Meter entferntes Bürogebäude, »erkannte er den im Hafenbecken treibenden Plastiksack. Den Wagen sah er gerade noch von hinten. Leider war es zu dunkel. Kennzeichnen und Fabrikat konnte er nicht erkennen.«

»Schade«, sagte Wagenbauer achselzuckend. »Das wäre auch zu schön gewesen.«

»Keine Sorge«, entgegnete Richter lachend, »der Hafen wird videoüberwacht, und ich habe schon die Bänder der Überwachungskameras angefordert.«

»Prima«, Wagenbauer nickte anerkennend. Auf Richter war Verlass. »Hoffentlich kann man etwas erkennen.«

»Du«, sagte Richter und fasste sie an der Schulter. »Dr. Krames verlangt nach dir.«

Wagenbauer blickte sich um und sah die Rechtsmedizinerin winkend neben dem Leichnam stehen.

»Was hast du für mich, Elisabeth?«, fragte sie.

»Wir haben hier eine männliche Leiche, Alter neununddreißig.«

»Woher weißt du das so genau?«, fragte Wagenbauer verdutzt.

»Die Ausweispapiere des Toten steckten in der Brusttasche

seines Hemdes.« Dr. Krames lächelte verschmitzt.

»Na immerhin«, seufzte Wagenbauer. »Und sonst?«

»Den Todeszeitpunkt schätze ich auf etwa Mitternacht, aber genaueres wird die Obduktion ergeben. Allem Anschein nach wurde das Opfer erstochen, wie man unschwer erkennen kann. Aber schau' dir unseren Freund mal genauer an. Fällt dir etwas auf?«, fragte Dr. Krames mit ironischem Unterton und zeigte auf das Gesicht des Opfers.

Veronika riss sich zusammen und bückte sich, damit sie den Leichnam besser sehen konnte. Ihr stockte der Atem.

»Der sieht ja fast aus wie unser Verdächtiger!«, entfuhr es ihr. »Das kann doch kein Zufall sein. Ein Indio in Haft, ein anderer tot im Hafenbecken.« Sie erhob sich kopfschüttelnd und sah Dr. Krames fragend an.

»Nicht nur das. Er heißt da Silva. Euer Tatverdächtiger doch auch, oder?«

»Du meinst, dies hier ist sein Bruder?«

»Könnte doch sein.« Die Rechtsmedizinerin stöhnte leise auf, als sie sich erhob. »Das allerdings herauszufinden, meine Liebe, ist deine Aufgabe. Dieser hier hatte jedenfalls eine sehr bewegte Vergangenheit. Sein Körper ist voller grausamer Entstellungen, Brand- wie Schnittnarben.«

*

Als Wagenbauer eine Stunde später ihr Büro betrat, saß Paul Richter bereits wieder vor seinem Rechner und sah sich die Bänder der Überwachungskameras an.

»Und hast du schon etwas?«

»Ja, schau hier«, sagte Richter und zeigte auf seinen Monitor. »Das Gesicht des Täters ist leider nicht zu erkennen. Er trägt einen Kapuzenpullover.«

Gespannt sah Wagenbauer über Richters Schulter auf den Bildschirm. Er ließ das Band laufen. Deutlich war in dem Video ein großer, schwarzer Geländewagen zu erkennen, der bis vor das

Hafenbecken fuhr. Dann stieg eine vermummte Gestalt aus, öffnete die Heckklappe, hievte einen Sack aus dem Kofferraum, warf ihn über die Schulter und ließ ihn ins Wasser fallen.

»Kannst du das Kennzeichen des Wagens vergrößern?«, fragte Wagenbauer gebannt.

»Ja, einen Moment.« Richter tippte auf seine Tastatur. Nach wenigen Sekunden erschien das Kennzeichnen stark vergrößert auf dem Bildschirm.

»Lass es sofort durch den Computer laufen«, sagte Wagenbauer.

Es dauerte nur wenige Sekunden und sie hatten den Fahrzeughalter ermittelt.

»Albert Römerscheidt«, las Richter vor. »wohnhaft *Am Bildstock*. Das ist auf der Weismark. Er ist achtundsiebzig Jahre alt. Meinst du, dass man in dem Alter noch so fit ist und sich mal eben so die Leiche eines erwachsenen Mannes über die Schulter werfen kann?«

»Das werden wir herausfinden«, sagte Wagenbauer. »Komm, dem Herrn statten wir jetzt mal einen Besuch ab.«

*

Veronika Wagenbauer und Paul Richter stellten ihren Wagen in der Straße *Zum Pfahlweiher* ab und gingen die letzten Meter zu Fuß in die Straße *Am Bildstock*. Das Wetter war für die Jahreszeit ungewöhnlich warm, fast hochsommerlich, und Wagenbauer dachte darüber nach, ob das ganze Gerede vom Klimawandel nicht vielleicht doch wahr wäre.

Albert Römerscheidt bewohnte ein kleines Reihenhaus unweit des Mattheiser Waldes. Die Wohnbebauung stammte aus den späten 1950er und den frühen 1960er Jahren, was sich auch in der Bevölkerungsstruktur widerspiegelte. Die meisten Bewohner waren im fortgeschrittenen Rentenalter.

Das Haus selbst machte einen sehr gepflegten Eindruck. Im

Vorgarten waren verschiedenfarbige Kiesel zu einem Muster ausgelegt, das Wagenbauer an ein Spielbrett erinnerte. Anscheinend war das jetzt modern, dachte sie.

»Wie gehen wir vor?«, fragte Richter und riss Wagenbauer aus ihren Gedanken. Doch er erhielt keine Antwort. Stattdessen wollte Wagenbauer klingeln, sah aber, dass die Haustür einen Spaltbreit geöffnet war. »Ich gehe vorne rein und du von hinten durch den Garten«, sagte sie.

»Alles klar«, antworte ihr Assistent und entfernte sich nach rechts auf einem schmalen Fußweg, der hinter den Reihenhäusern entlang führte.

Wagenbauer trat in einen fensterlosen Flur, von dem rechts eine Tür in eine kleine Küche führte. Auf seiner linken Seite war ein Badezimmer. Am Ende des kurzen Gangs befand sich das Wohnzimmer, aus dem eine Treppe sowohl in den Keller als auch in die obere Etage führte. Mehr Räume hatte die untere Etage anscheinend nicht. Zunächst betrat sie die Küche, deren Größe sie auf höchstens sechs Quadratmeter schätzte. An deren Stirnseite befand sich ein Fenster mit hohem Fensterbrett, vor dem ein kleiner quadratischer Esstisch stand. Zwei einfache Holzstühle mit geflochtener Sitzfläche davor erinnerten an die Einrichtung französischer Bistros. Dazu passten auch die rotweißkarierten Gardinen, die das Fenster säumten. Eine zartrosa Orchidee in einem roten Übertopf sorgte für farblichen Kontrast in der weiß möblierten Küche. Wagenbauer fiel eine Kaffeetasse ins Auge, die auf dem Abtropfgitter neben der Spüle stand. Erst schien es ihr eine einfache Blümchentasse zu sein, doch beim genaueren Hinsehen erkannte sie unter den aufgedruckten Blumenkränzen ein Porträt Adolf Hitlers, einige Glückwünsche in englischer Sprache sowie Hitlers faksimilierte Unterschrift, die sie noch aus dem Geschichtsunterricht kannte. Diese Tasse, so sonderbar sie auch war, schien der einzige Beweis dafür, dass die Küche genutzt wurde. Ansonsten wirkte alles penibel aufgeräumt. Kein Kochgeschirr stand herum, kein Spülmittel, kein Putzlappen. Die rechte Hälfte des Raumes wurde von einem Elektroherd, der Spüle und einem recht großen Kühlschrank eingenommen. Veronika öffnete ihn. Abgesehen von einer angebrochenen Tüte Milch, einem Viererpack Naturjoghurt, einer halbleeren Flasche Mineralwasser und zwei Flaschen Bitburger Pils war er leer. Nur zwei Eier standen noch neben einer aufgeschnittenen, eingetrockneten Zitrone in der Kühlschranktür. Wagenbauer schüttelte den Kopf und fragte sich, was für ein Mensch Albert Römerscheidt sein mochte. Im Widerspruch zu der Leere des Kühlschranks registrierte sie eine größere Zahl Kochbücher auf einem Wandregal über der Tür.

Auf der anderen Seite des Flurs, der Küche gegenüber, führte eine Tür ins kleine Badezimmer. Auch hier machte alles einen aufgeräumten Eindruck. Die Fliesen waren von einem hellblauen Farbton, der in den 1960er Jahren modern gewesen war, und über dem Waschbecken hing ein altmodischer Alibert-Schrank, dekoriert mit einigen Pril-Blumen. Doch eine stattliche Sammlung Seifentiere auf dem Rand der Badewanne und jeder anderen ebenen Fläche gab dem Raum eine persönliche, wenn auch für einen fast achtzigjährigen Rentner recht sonderbare Note. Veronika öffnete eine Tür des Alibert. Neben einigen Flakons billigen Parfüms, diversen Cremedosen aus dem Discounter sowie einem Vorratspack Zahnseide konnte sie nichts Ungewöhnliches entdecken. Sie wollte gerade die andere Tür des Schränkchens öffnen, als Paul Richter in der Tür auftauchte.

»Paul, musst du mich so erschrecken?«

»Tut mir leid«, entgegnete ihr Kollege schuldbewusst. »Ich bin durch die Terrassentür reingekommen. Sie stand ebenfalls offen.«

»Sehr merkwürdig. Römerscheidt scheint ausgeflogen. Aber wieso lässt er alles offen stehen? Es sieht hier ansonsten nicht so aus, als sei er überstürzt geflohen. Alles ist so aufgeräumt.«

»Ich gehe mal nach oben in die Schlafzimmer«, sagte Richter.

»Ist gut, ich schau mir mal das Wohnzimmer und den Keller an.«

Der Wohnraum nahm die Breite des gesamten Hauses ein. Ein großes Panoramafenster sorgte für angenehme Helligkeit. Die Einrichtung war auch hier ganz in Weiß gehalten. Den einzigen farblichen Kontrast bildete eine dunkelbraune Wohnzimmergarnitur, die bereits in die Jahre gekommen war.

Die Treppe zum Keller war ungewöhnlich steil. Unten angekommen hielt Wagenbauer kurz inne. Warum nahm sie jetzt an dieser Stelle des Hauses mit ihrer Nase feine Aromen wahr, die oben völlig fehlten? Sie war irritiert. Aus einem kleinen, nur durch eine einzige Glühbirne beleuchteten Flur führten links und rechts zwei Türen ab. Woher kam dieser Geruch? Wagenbauer meinte, Knoblauch oder Zwiebeln und Ingwer zu riechen, allerdings in Form von Schweiß. Auch Ausdünstungen von Bier meinte sie zu riechen und solche von Schweinefleisch. Aber hier rührte sich nichts, hier war niemand. Dieser Keller wirkte genauso sauber und unbewohnt wie die Wohnung eine Etage höher. Vorsichtig öffnete Wagenbauer die erste Tür links und trat hindurch. Ihre rechte Hand legte sie an den Griff ihrer Waffe, die hinter ihrem Rücken in ihrem Gürtel steckte. Die Tür knarzte leicht beim Öffnen. Der Raum dahinter war dunkel. Vorsichtig suchte Wagenbauer mit ihrer freien Hand die Wand nach dem Lichtschalter ab, bis endlich eine Neonröhre flackernd den Raum in kalte, aseptische Helligkeit tauchte. Auch hier herrschte Ordnung. Metallregale säumten den Raum an allen Seiten. In dem Regal rechts befanden sich säuberlich beschriftete Einmach- und Marmeladengläser. In den anderen Regalen standen ebenfalls Konserven und weitere Lebensmittel, Mehl und Zucker, Dosenwurst und Kekse, aber auch Batterien, Wasserkanister sowie mehrere Verbandskästen. Ob Römerscheidt mit dem Ausbruch eines Krieges oder einer anderen Katastrophe rechnete? In diesem Raum war jedenfalls nichts zu riechen, was ungewöhnlich für einen Vorratskeller gewesen wäre. Also musste der merkwürdige Geruch aus einem der anderen Räume stammen. Oder diente einer der anderen Kellerräume als Waschküche?

Sie löschte das Licht, schloss die Tür und wandte sich den verbliebenen drei Türen zu. Vorsichtig drückte sie die Klinke der nächsten. Hier musste – ihrer Nase zufolge – die Waschküche sein. Sie rechnete innerlich schon mit Bergen ungewaschener Unterhosen, Polyamid-Hemden sowie zu oft getragener, schmutziger

Tennissocken und verzog ihr Gesicht vor Ekel. Doch ehe sie sich versah, wurde die Tür mit einem heftigen Ruck aufgerissen. Wagenbauer stolperte nach vorne und fiel der Länge nach auf den kalten Steinfußboden. Kaum hatte sie die Arme schützend vor ihr Gesicht gehoben, da wurde sie schon an den Schultern gepackt und auf den Rücken geworfen. Schemenhaft erkannte sie im Dunkeln eine hünenhafte Gestalt, die sie mit tiefer Stimme anschrie: »Wer sind Sie? Was machen Sie hier? Warum stören Sie meine Kreise?«

Veronika war zu verwirrt, um zu antworten. Der Fremde schüttelte sie an den Schultern und schlug ihr unsanft in die Seite. Deutlich spürte Wagenbauer den schweren Atem des Mannes vor ihrem Gesicht. Sie konnte den Geruch ungepflegter Zähne wahrnehmen und wusste, dass dieser Mann schon älter war.

»Was willst du hier, Weib?«, kam es eindringlich und voller Hass leise zischend aus dem Mund des Mannes. »Mutig bist du, Verfluchte, dass du dich einen solchen Schritt traust.«

»Lassen Sie mich in Ruhe, ich bin von der Polizei«, versuchte sie, die Situation zu klären.

Aber der Mann fasste sie wie mit einer Schraubzwinge an den Oberarmen.

»Ist mir egal, wer oder was du bist, Weib. Du hast mein Reich betreten. Hier bin ich die Polizei, hier habe ich zu entscheiden. So war es schon immer, und so wird es immer sein. Dieser Keller ist mein Heiligtum. Hier herrsche ich – über Leben und Tod. Und du wirst sehen, was das heißt.«

Der Mann löste seine Hand von Wagenbauers Arm, legte sie um ihren Hals und drückte kräftig zu. Dann wurde er jäh unterbrochen.

»Lassen Sie die Frau los. Sofort!« Erleichtert hörte Wagenbauer Richters Stimme.

Hell erstrahlte plötzlich die Neonröhre an der Decke. Sofort tat der Angesprochene wie befohlen, und Wagenbauer versuchte, sich auf dem kalten Fußboden aufzurichten. Mühsam rappelte sie sich röchelnd auf. Richter stand mit seiner Dienstwaffe im Anschlag in der Tür und zielte auf die Brust des älteren, großen, kräftigen Mannes.

»Wer sind Sie?«, fragte der Mann, diesmal in einem veränderten Tonfall, als ob er aus einem Traum erwachte.

»Mein Name ist Veronika Wagenbauer. Ich bin Hauptkommissarin bei der Trierer Mordkommission, und das ist Paul Richter, mein Kollege. Und wer sind Sie?«

»Ich bin Albert Römerscheidt. Dies ist mein Haus. Was haben Sie hier zu suchen? Sie haben hier nichts verloren. Schon gar nicht, ohne dass ich Sie eingelassen hätte.«

»Herr Römerscheidt, wir müssen Sie bitten, uns auf das Präsidium zu begleiten«, sagte Wagenbauer, die sich inzwischen wieder gefangen hatte, aber immer noch ihren Hals massierte. »Kommen Sie, bitte.«

»Das soll jetzt wohl ein Witz sein. Ich? Warum sollte ich Sie begleiten? Was habe ich denn getan? Im Keller gesessen? Ts, das reicht wohl nicht. Ich werde mich bei Ihren Vorgesetzten beschweren.«

»Das steht Ihnen natürlich frei«, entgegnete Wagenbauer, die ihre Sicherheit allmählich wieder fand. »Sie stehen unter dringendem Verdacht, den bolivianischen Staatsbürger Javier da Silva erstochen und seine Leiche im Trierer Hafen entsorgt zu haben.«

»Das ist ja lächerlich«, entgegnete Römerscheidt verächtlich und schüttelte seinen Kopf.

»Wo ist denn eigentlich ihr Auto?«, fragte Richter wie beiläufig. Das aggressive Auftreten Römerscheidts schien ihn nicht zu beeindrucken. »Vor der Tür steht es nicht, und in ihrer Garage auch nicht.«

»Ich wüsste zwar nicht, was Sie das angeht«, erwiderte Römerscheidt überheblich, seine muskulösen Arme vor der breiten Brust verschränkt, »aber mein Auto ist seit gestern Mittag zum Reifenwechsel in der Werkstatt. Soll ich Ihnen die Adresse geben?«

Wagenbauer nickte Richter zu und gab ihm ein Zeichen, Römerscheidt nach oben zu führen.

*

»Gibt es schon Neuigkeiten von der Spurensicherung?«, fragte Wagenbauer Richter, nachdem sie in ihr gemeinsames Büro zurückkehrt waren.

»Wir haben Römerscheidts Wagen sichergestellt. Er stand tatsächlich bei der Werkstatt auf dem Hof. Doch deren Tor wird nachts nie geschlossen, sodass er sich seinen Wagen noch einmal ausgeliehen haben könnte. Die Schlösser waren alle intakt, also kein Einbruch. Allerdings haben die Kollegen bisher im Wagen noch nichts finden können. Keine Blutspuren, keine Textilfasern, nichts. Auch in seinem Haus wurde nichts gefunden, was auf einen Kampf zwischen ihm und dem Opfer schließen ließe«, antwortete Richter und zuckte ratlos mit den Schultern.

»Und die Tatwaffe?«

»Die Kollegen haben einige Messer, die als Tatwaffe in Frage kämen, bei Römerscheidt aus Küche und Keller mitgenommen. Aber auch hier wurden keinerlei Blutspuren gefunden.«

Wagenbauer fand, dass ihr Kollege müde und abgespannt wirkte, ganz anders als sonst. Die jugendliche Unbeschwertheit, die ihn auszeichnete, war verflogen. Aber es war auch nicht verwunderlich. Zwei bestialische Morde innerhalb zweier Tage, mit zwei Mordverdächtigen, von denen der eine beharrlich schwieg und der andere offensichtlich log. Auch wenn sie ihm dies bisher noch nicht eindeutig nachweisen konnten. Und zwei Morden wie Spiegelbilder: Zum einen, ein junger und südamerikanischer Mörder, zum anderen ein junges, südamerikanisches Opfer, auf der anderen Seite ein älterer Deutscher als mutmaßlicher Mörder, und ein junger Südamerikaner als Opfer. Zudem der gemeinsame Nachname von einem Täter und einem Opfer.

»Wenn wir nichts finden, müssen wir Römerscheidt wieder laufen lassen«, stellte Wagenbauer frustriert fest. »Wir haben keinen Beweis dafür, dass er es war, der letzte Nacht die Leiche ins Hafenbecken geworfen hat.«

»Sag ich doch«, antwortete Richter sichtlich erstaunt darüber, dass seine Kollegin ihm offensichtlich nicht zugehört hatte.

In diesem Moment läutete sein Telefon. Er nahm das Gespräch entgegen und lauschte seinem Gesprächspartner aufmerksam. Wagenbauer beobachtete ihn. Sie war gespannt, um wen es sich handeln mochte. Kurz darauf beendete Richter das Gespräch.

»Das war das BKA«, sagte Richter. »Die Identität des Toten wurde gerade bestätigt. Die Ausweispapiere, die er mitgeführt hatte, waren echt. Bei dem Toten handelt es sich tatsächlich um Javier da Silva.«

»Das kann doch kein Zufall sein«, fiel ihm Wagenbauer fast ins Wort.

»Das ist es auch nicht«, entgegnete Richter und sah sie vielsagend an. »Javier da Silva war der jüngere Bruder von Pedro da Silva. Die Rechtsmedizin wird noch einen DNA-Abgleich durchführen, damit wir ganz sicher sind. Es wird eine Weile dauern, bis die Ergebnisse vorliegen. Dennoch scheint es an seiner Identität keine Zweifel zu geben.«

»Was geht hier nur vor?«, fragte Wagenbauer.

»Wie mir der Kollege gerade sagte, ist Javier da Silva zwei Tage vor seinem Bruder in Deutschland eingereist. Er ist von La Paz über Madrid nach Düsseldorf geflogen.«

Wagenbauer trat ans Fenster ihres Büros und dachte nach. Nach einer Weile drehte sie sich abrupt um. Richter, der damit beschäftigt war, weitere Informationen über Albert Römerscheidt und Gustav-Adolf Sundhausen in unterschiedlichen Datenbanken zu sammeln, schaute sie erschrocken an.

»Es muss eine Verbindung zwischen Sundhausen, Römerscheidt und Bolivien geben«, sagte Wagenbauer und ging zu der Tafel mit Fotos der Opfer und der Tatorte. »Sonst macht doch alles keinen Sinn.« Dann zeigte sie auf das Foto von Gustav-Adolf Sundhausen und fuhr fort: »Pedro da Silva tötet Sundhausen, der zu alt und zu schwach war, um sich gegen ihn zu wehren. Javier da Silva wollte Albert Römerscheidt töten. Doch wie wir wissen, ist dieser für sein Alter erstaunlich durchtrainiert und sehr kräftig. Javier hat sich wohl verschätzt. Römerscheidt setzte sich zur Wehr und tötete ihn.

Anschließend versuchte er, die Leiche im Hafen zu entsorgen, was jedoch misslang.«

»Ich stimme dir zu«, sagte Richter und nickte mit dem Kopf. »Was uns nun noch fehlt, ist das Motiv der da Silvas. Solange Pedro nicht spricht, kommen wir einfach nicht weiter.«

»Was wissen wir über Sundhausen?«, fragte Wagenbauer, ohne auf Richters Frage einzugehen.

Richter nahm eine rote Aktenmappe von einem Stapel auf seinem Schreibtisch.

»Gustav-Adolf Sundhausen lebte seit den frühen 1980er Jahren in Trier. Er wurde 1927 auch hier geboren. Seine Spur verliert sich während des Zweiten Weltkriegs, fest steht nur, dass er zwischenzeitlich in Südamerika gelebt hat.«

»Auch in Südamerika, so, so ...«

*

Albert Römerscheidt saß in demselben Verhörraum, in dem zwei Tage zuvor Pedro da Silva schweigend gesessen hatte. Dieser war, nachdem er dem Haftrichter vorgeführt worden war, in die Justizvollzugsanstalt in der Gottbillstraße verlegt worden. Da Silva schwieg zwar noch immer zu den Tatvorwürfen, doch die Spurenlage hatte den Richter keinen Moment daran zweifeln lassen, dass er Sundhausen ermordet hatte.

Wagenbauer nahm gegenüber Römerscheidt Platz.

»Kannten Sie Gustav-Adolf Sundhausen?«

»Nein, diesen Namen habe ich noch nie gehört. Wer soll das sein?« Römerscheidt saß ruhig auf seinem Stuhl und schüttelte nur leicht den Kopf. »Aber ich habe auch seit Jahren schon keine Kontakte mehr. Ich lebe hier ganz für mich allein.«

Er schenkte sich ein Glas Mineralwasser ein und trank einen Schluck.

»Gustav-Adolf Sundhausen war fast zehn Jahre älter als Sie, achtundachtzig Jahre. Er lebte im Schammatdorf. Er wurde gestern ermordet und zwar von einem Mann mit demselben Namen, wie der, den Sie gestern Nacht tot in den Trierer Hafen geworfen haben.«

»Ich? Was soll ich getan haben? Dass ich nicht lache. Ich bin ein unbescholtener Bürger. Ich habe mich immer für meine Stadt und meine Nachbarschaft engagiert. Warum unterstellen Sie mir solch ungeheuren Dinge? Wer hat Sie dazu veranlasst?«

Wagenbauer ging gar nicht auf ihr Gegenüber ein.

»Wir haben bei der kriminaltechnischen Untersuchung auf der Innenseite Ihres linken Oberarms eine Narbe gefunden, wie sie beim Entfernen einer Tätowierung entsteht. Können Sie mir dazu eine Auskunft geben?«

Römerscheidt rieb sich ein Ohr. Wagenbauer hatte das Gefühl, dass der so kontrollierte, alte Mann nervös wurde.

»Das war ein Unfall«, sagte er dann nach einigen Sekunden. »Es war kein Tattoo, ich hatte mich verbrannt. Eine schlichte Brandnarbe.«

Wer es glaubt, wird selig, dachte Wagenbauer.

»Seit wann leben Sie eigentlich hier in Trier, Herr Römerscheidt?«, fragte Wagenbauer unbeeindruckt weiter.

»Ich?«, nun gab der Alte sich irritiert. »Eigentlich schon immer. Erst in Eitelsbach, dann in Kürenz und nun hier.«

»Also sind Sie nicht erst 1983 nach Trier gekommen?«

Wagenbauer war gespannt auf die Antwort des Alten.

»Äh«, wieder trank Römerscheidt einen großen Schluck. Ein Schwall Wasser lief ihm dabei über das Kinn und tropfte auf sein beigefarbenes Sakko. »Geboren bin ich nicht hier an der Mosel, wenn Sie das meinen, Frau Kommissarin. Die ersten Jahre meines Lebens habe ich nicht hier verbracht, auch wenn meine Eltern von der Mosel stammen, aus Enkirch.«

»Wo wurden Sie geboren?« Veronika war dabei, ihre Liste abzuarbeiten.

»Geboren wurde ich 1936 in Bolivien. Mein Vater war dort Attaché an der deutschen Botschaft.«

»Sie sind dann in Südamerika geblieben?«

»Nein, meine Familie ging dann 1939, kurz vor Ausbruch des

Zweiten Weltkrieges nach Deutschland zurück, wo mein Vater ein Amt im Sicherheitsapparat des Reichs übernehmen sollte. Und meine Mutter lebte mit uns Kindern in Berlin.«

»Sie hatten also noch Geschwister?« Nun wurde Wagenbauer neugierig.

»Zwei Schwestern und einen Bruder. Ich war der Jüngste.«

»Leben Ihre Geschwister noch?«

»Nein, Emma und Elvira sind 1945 beim Kampf um Berlin ums Leben gekommen. Helmut und mich konnte mein Vater im April 1945 aus der brennenden Stadt retten. Meine Mutter war bereits 1944 bei einem Angriff der Briten getötet worden.«

»Das tut mir leid.« Wagenbauer wusste nicht, warum sie das sagte. »Wohin ist Ihr Vater dann mit Ihnen gegangen?«

»Erst sind wir zurück an die Mosel, nach Trier, dann einige Wochen später über Rom nach Südamerika. Es war eine strapaziöse Fahrt. Aber wir wurden gut aufgenommen. Mein Vater hatte ja noch beste Kontakte aus der Vorkriegszeit.«

Wagenbauer machte sich Notizen und fragte dann: »Und warum sind Sie dann 1983 wieder zurückgekommen?«

»Was Sie so fragen. Die Zeiten hatten sich eben geändert. Plötzlich waren wir nicht mehr erwünscht da drüben und mussten gehen. Und unsere Wahl fiel schon früh auf Trier, das wir ja gut kannten.«

»Wer ist denn ›wir‹?«, hakte Wagenbauer nach.

»Na, mein Bruder und ich. Wir waren doch damals unzertrennlich.«

»Und wo ist Ihr Bruder heute, Herr Römerscheidt?«

»Das weiß ich nicht, Frau Kommissarin.« Der Alte schien tatsächlich traurig zu sein. »Ich kann es Ihnen nicht sagen. Sobald wir hier ankamen, trennten sich unsere Wege. Ich habe danach nie mehr etwas von ihm gehört oder gesehen. Vielleicht ist er sogar schon tot.«

Wagenbauer wollte das Gehörte nicht glauben. Zuerst waren sie unzertrennlich und dann, direkt nach der Ankunft hier, sahen sie sich nie wieder? Sie fragte nochmal: »Und warum haben sich

Ihre Wege so schnell getrennt? Gab es Streit?«

»Nein«, antwortete Römerscheidt, »Streit gab es keinen. Worüber hätten wir uns denn auch streiten sollen? Aber Helmut hatte andere Dinge vor als ich. Ich wollte gerne Gärtner werden, einen eigenen kleinen Betrieb gründen und mich den ganzen Tag mit Pflanzen beschäftigen. Helmut wollte ein aktiveres Leben. Er dachte, seine Kontakte weiter zu nutzen und sich im Handel mit Südamerika zu engagieren. Ob er es dann tatsächlich gemacht hat, weiß ich nicht.«

»Wo lebten Sie denn genau in Bolivien?«

Römerscheidt antwortete auf diese Frage wie auf alle anderen auch, sachlich und völlig unaufgeregt.

»Meinen Sie vor dem Krieg oder danach?«

»Beides«, entgegnete Wagenbauer.

»Vor dem Krieg lebten wir in La Paz, der Hauptstadt. Ich kann Ihnen was sagen, es war anfangs für alle eine Tortur. Es ist die höchst gelegene Hauptstadt der Welt, müssen Sie wissen. Die Luft ist ziemlich dünn da. Aber mich als Kleinkind hat das damals nicht gestört. Ich merkte das mit der Luft erst nach dem Krieg, als wir wieder zurückkehrten. Dann lebten wir aber nicht in La Paz, sondern in einer kleinen, von Deutschen gegründeten und bewohnten Kolonie im Südosten des Landes, in der Nähe der Grenzen zu Paraguay und Argentinien.«

»Was haben Sie denn dort gemacht, Sie, Ihr Bruder und Ihr Vater?«

»Wir haben die Kolonie geschützt. Wir waren eine Art Polizei dort. Wissen Sie, die bolivianischen Behörden in den Grenzregionen waren damals nicht besonders engagiert. Und da es in der Kolonie eine große Brauerei und einige Textilbetriebe gab, musste es auch Werkschutz geben. Bei all dem Gesocks dort. Den gibt es ja selbst hier in Deutschland bei großen Unternehmen wie ThyssenKrupp oder wie sie auch heute heißen. Ordnung musste sein. Wer sollte sie aufrecht erhalten, wenn nicht wir, die aus erster Hand wussten, wie es ging?« Römerscheidts Augen leuchteten während er sprach.

»Wie hieß die Kolonie?«, wollte Wagenbauer noch wissen. Nach dem »aus erster Hand« wollte sie gar nicht erst fragen.

Schlagartig verhärtete sich Römerscheidts Gesichtsausdruck, und er sah Wagenbauer mit bohrendem Blick in die Augen.

»Ich kann mich an vieles erinnern«, sagte er in verändertem Ton, jedoch immer noch sehr freundlich, »aber Gott sei Dank nicht mehr an alles. Und für Namen hatte ich noch nie ein gutes Gedächtnis. Also seien Sie mir nicht böse, ich habe den Namen nicht mehr präsent. Es ist schon so lange her, und seitdem ist viel passiert.«

Wagenbauer griff in die Tasche ihrer Jacke und zog ein Foto hervor, das sie vor Römerscheidt auf den Tisch legte.

»Auf dem Foto sind unzweifelhaft Sie und Gustav-Adolf Sundhausen zu sehen, der offensichtlich ihr Bruder war. Was sind das für Knaben, die man hier sieht? Und was heißt diese Beschriftung der Tür: N.E.B.O oder N.E.R.O?«

»NEBO«, sagte Römerscheidt lachend, »Sie haben Humor. Es heißt natürlich NERO. Aber bitte fragen Sie mich nicht mehr, was die Abkürzung bedeutete. Ich habe keine Ahnung mehr. Die Zeit ist vorbei. Ich habe damit abgeschlossen. Darf ich jetzt gehen?«

»Sie haben meine Fragen zu den Jungen hier noch nicht beantwortet«, sagte Wagenbauer und zeigte auf die drei Kinder, die auf dem Foto zu sehen waren.

»Was weiß ich denn, nach so langer Zeit. Vermutlich waren das irgendwelche Betteljungen, junges Gesindel, die immer sofort angelaufen kamen, wenn sie Weiße zu sehen bekamen. Aber glauben Sie mir, die haben wir erzogen. Sollten ja Menschen werden.«

Wagenbauer verließ mit einem leise gesprochenen Gruß den Verhörraum und setzte sich im Nachbarraum auf einen Stuhl.

»Lasst ihn gehen, lasst ihn in Gottes Namen gehen «, sagte sie resigniert zu den dort anwesenden Kollegen, die bislang die Vernehmung hinter einer Spiegelscheibe verfolgt hatten. »Wir können ihm leider noch nichts nachweisen. Aber sagt ihm bitte, dass er Trier bis auf Weiteres nicht verlassen darf. Die Beweislage wird sich in den nächsten Tagen durch weitere Recherchen noch ändern, vor allem, wenn Dr. Krames ihre Autopsie abgeschlossen hat.«

Die Kollegen nickten und Wagenbauer verließ todmüde und weitgehend desillusioniert ihre Dienststelle.

*

Am nächsten Morgen war Wagenbauer schon vor sechs Uhr im Präsidium. Sie hatte schlecht geschlafen, und als Richard in aller Frühe von seiner Fahrt zum Großmarkt nach Köln zurückgekehrt war, war sie aufgestanden, hatte mit ihm eine Tasse Kaffee getrunken und sich auf den Weg ins Büro gemacht. Sie war gespannt, ob sich die bolivianischen Behörden zwischenzeitlich gemeldet hatten.

Als sie sich an ihren Schreibtisch setzte, war es draußen noch dunkel. Sie konnte sich nicht erinnern, wann sie das letzte Mal vor ihrem Kollegen bei der Arbeit erschienen war. Denn Richter war im Gegensatz zu ihr Frühaufsteher.

Sie startete sofort ihren Computer, und während sich die Programme allmählich luden, klopfte sie nervös mit einem Kugelschreiber auf ihrer Schreibunterlage herum. Was war das nur für ein Fall. So einen hatte sie noch nie erlebt. Dann, nach einer gefühlten Ewigkeit, öffnete sich endlich ihr E-Mail-Programm. Sie überflog die meisten Nachrichten und scrollte am Bildschirm nach unten. Da war sie, endlich: Eine E-Mail aus Bolivien! Gespannt blickte Wagenbauer auf ihren Bildschirm und las die Nachricht.

In diesem Moment öffnete sich die Tür, und Richter betrat das Büro. »Hallo! Was machst du denn schon hier?«, fragte er überrascht.

Wagenbauer hob den Kopf und sah ihn mit entsetztem Gesichtsausdruck an. Das, was sie gerade gelesen hatte, hatte ihr das Blut in den Adern gefrieren lassen.

»Es sind drei da Silva-Brüder: Pedro, Javier und Manolo. *Tres hermanos* – drei Brüder. Und alle drei lebten seit frühester Kindheit in einer von überwiegend Deutschen bewohnten Kolonie im Süden Boliviens, die von einer Organisation namens NERO betrieben wurde. Ihre Eltern wurden dort als Regimegegner gefangen gehalten. Später wurden die Jungen zu Sklaven gemacht. Ob sie arbeiten mussten oder was auch immer – es gibt dazu keine Angaben. Ihr damaliges Schicksal ist ungewiss. Erst der Sturz des Regimes in den frühen 1980er Jahren führte dazu, dass die Kolonie aufgelöst wurde.«

»Scheiße«, entfuhr es Richter unvermittelt. »Das bedeutet, dass die Brüder wohl ihre ganze Kindheit in dieser Kolonie bei Römerscheidt und Konsorten verbracht haben.«

»Ja, so sieht es wohl aus. Und nun wollten sie offensichtlich Rache an ihren damaligen Peinigern nehmen. Aber warum erst jetzt?«, fragte Wagenbauer.

»Vielleicht hatten sie bislang kein Geld für den Flug. Bolivien ist in weiten Teilen ein bitterarmes Land. Oder es war ihnen aus anderen Gründen nicht möglich. Wer weiß«, sagte Richter schulterzuckend. »Was heißt denn nun dieser Schriftzug, den wir auf dem Foto auf der Autotür gelesen haben: NERO?«

»Es ist ein Akronym und bedeutet – so die Erkenntnis des Verfassungsschutzes – ›Nationalsozialistische Emigrierten Rückkehrer Organisation‹, eben N.E.R.O.«, entgegnete Wagenbauer.

»Viele Nazis sind nach Kriegsende nach Südamerika geflohen«, meinte Richter. »Ich hab darüber eine interessante Doku im Fernsehen gesehen, viele wohl auch mit Hilfe der Kirche über Rom.«

»Tragisch finde ich das«, antwortete Wagenbauer, die wie beiläufig weiter ihre Mails checkte. »Doch da gibt es noch etwas anderes.«

Wagenbauer unterbrach sich kurz und schluckte. »Manolo, der dritte Bruder, gilt in Bolivien offiziell als vermisst. Aber das BKA hat mir gerade via E-Mail mitgeteilt, dass ein Mann dieses Namens gestern Morgen am Flughafen Stuttgart eingereist ist.«

»Aber warum erst jetzt? Es scheint ja so, als ob sie in jedem Fall auf Nummer sicher gehen wollten, die alten Peiniger zu erledigen.«

»Ich weiß es nicht. Wir müssen Römerscheidt so schnell wie

möglich noch einmal dazu befragen. Er ist, wenn alles stimmt, in akuter Gefahr. Ich rufe ihn gleich an und bestelle ihn für heute Morgen ein.«

*

Es war Viertel nach sechs Uhr morgens und draußen war es noch dunkel, als Römerscheidt die Küche seines Haus betrat. Er hatte gut geschlafen und fühlte sich fit und ausgeruht. Nach einer Tasse Kaffee und einem Blick in die lokale Tageszeitung würde er wie jeden Morgen ins Stadtbad fahren und dort fünf Kilometer schwimmen. Erst danach würde er sich ein Frühstück gönnen. Disziplin musste sein, Ausnahmen gab es nicht. Er dachte an die vorletzte Nacht, die er in Polizeigewahrsam verbracht hatte. Es schüttelte ihn bei dem Gedanken daran, eingesperrt zu sein. Die Vorstellung, auf wenigen Quadratmeter dahinvegetieren zu müssen, war für ihn ein Graus.

Die da Silva-Brüder hatten schon früh, noch als Kinder, ihnen Rache geschworen. Er hatte die Drohungen, anders als Gustav-Adolf, nicht ernst genommen. Nun musste er sich eingestehen, dass er den Fehler begangen hatte, nicht schon damals mit den Brüdern kurzen Prozess gemacht zu haben. Zudem war es dumm gewesen, die Leiche dieses Indios im Hafenbecken zu entsorgen. Er wusste selbst nicht, welcher Teufel ihn dabei geritten hatte. Ausgerechnet ihm war dieser Fehler unterlaufen, ihm, der sonst auf alle Situationen bestens vorbereitet war. Nun war Gustav-Adolf tot. Vielleicht hätte er seinen Bruder doch öfter besuchen sollen. Aber in den letzten Jahren hatte er jeden Kontakt vermieden. Die zunehmende Verwahrlosung seines Bruders hatte ihn schockiert. Er konnte noch immer nicht verstehen, wie es soweit mit ihm hatte kommen können. Hatte der Vater sie nicht immer Zucht, Ordnung und Fleiß gelehrt? Wie konnte sich Gustav-Adolf nur so gehen lassen? Wie konnte er die Prinzipien des Vaters und die der gesamten N.E.R.O-Organisation nur so verraten? Für einen Moment wurde Römerscheidt erst wütend, dann wehmütig.

Dann musste er daran denken, wie er die Kommissarin aus der Fassung gebracht hatte. Ein stolzes Schmunzeln trat auf seine Lippen. Das hatte man davon, wenn man Frauen zum Polizeidienst zuließ, wo doch jeder wusste, dass Frauen in die Küche und hinter den Herd gehörten und sie dem Mann in allen Belangen zu dienen hatten. Kein Wunder, dass es mit der arischen Rasse immer mehr bergab ging. Erst in Mitteleuropa, dann in Südafrika und nun selbst in den letzten Enklaven der richtigen, der besseren Welt in Südamerika oder sonst wo. Damals, in seiner Jugend, hatte es das noch nicht gegeben. Aber damals hatte er ja auch selbst noch Hand angelegt und mit eiserner Hand und klarem Blick für Ordnung gesorgt.

Kopfschüttelnd stellte Römerscheidt den Wasserkocher an und trat in den Flur. Dann entriegelte er die Haustür, um die Tageszeitung aus dem Briefkasten zu holen. Forsch trat er auf den Treppenabsatz und genoss in drei tiefen Atemzügen die kühle Luft. Es würde ein schöner Tag werden. Einer, wie er viele in seinem Leben erlebt hatte. Lachen würde er über die Kommissarin und die mehr als komischen und vor allem späten und irgendwie hilflosen Racheabsichten der *Indios*. Während er sinnierte und innerlich triumphierte, begann hinter ihm in der Küche das Telefon zu klingeln. Wer wollte ihn denn da so früh erreichen? Gemächlich drehte er sich um und ging zurück ins Haus. In diesem Moment löste sich aus dem Dunkel des Kellerabgangs, keine drei Meter neben der Haustür, ein Schatten und erreichte die Tür, noch bevor sie ins Schloss gefallen war.

Die Autoren

Stephan Brakensiek und Sabine Schneider
Stephan Brakensiek, geboren 1968 in Dortmund, studierte Kunstgeschichte, Geschichte, Politikwissenschaft und Publizistik an der Ruhr-Universität Bochum. Nach verschiedenen Tätigkeiten im Ruhrgebiet lebt und arbeitet er seit 2004 in Trier.

Sabine Schneider, geboren 1969 in Eltville am Rhein, ist in Göttingen aufgewachsen. Nach dem Studium der Angewandten Geographie/Fremdenverkehrsgeographie an der Universität Trier lebt sie heute in Klausen/Mosel und arbeitet in Trier.
Beide haben seit 2012 bisher gemeinsam zwei Regionalkrimis (»Die schöne Tote im alten Schlachthof«, 2012 und »Im Schatten der Wallfahrt«, 2015) und mehrere Beiträge in Anthologien veröffentlicht.

Carsten Neß, geboren 1964 in Bad Lauterberg im Harz, studierte in Trier Geographie und Geowissenschaften. Heute arbeitet er in Bernkastel-Kues als Landespfleger. Mit seinem Debütroman »Tod im Moseltal« gewann er 2011 den Krimiwettbewerb von Emons-Verlag und Trierischem Volksfreund. In der Reihe um Kommissar Buhle folgten »Kein Tod wie der andere« (2013) und »Hunsrück Blues« (2016).

Moni Reinsch ist 1968 in Trier geboren, wo sie auch ihren Latein- und Geschichtsunterricht durchlitten hat. Sie schreibt gemeinsam mit ihrem Sohn Simon Krimis um das Ermittlerteam von Vanessa Müller-Laskowski, bislang: Tief im Hochwald (Emons-Verlag, 2013), Moselruh (KBV-Verlag, 2015), der dritte Band ist gerade in einem Writers in Residence-Stipendium in Meran, Italien, entstanden. Außerdem hat sie Kurzkrimis in verschiedenen Anthologien veröffentlicht.

Paul Walz ist das Pseudonym, unter dem Maximilian Rosar seine belletristischen Texte veröffentlicht. Der 1964 in Trier geborene und dort auch mit seiner Frau und den beiden Töchtern lebende Autor ist im »normalen" Leben Professor für Betriebswirtschaftslehre an der Hochschule RheinMain. 2012 hat er mit »Lichthaus – kaltgestellt« seinen Debütroman veröffentlicht, dem 2013 »Bauernopfer – Lichthaus' zweiter Fall« und 2014 »Die Teufelsgeigerin« folgten.

Bisher erschienen:

Stephan Brakensiek und Sabine Schneider

Die schöne Tote im alten Schlachthof
Zwei getötete Frauen innerhalb weniger Tage erschüttern das sonst eher beschauliche Trier. Dass beide Morde miteinander in Verbindung stehen, daran hegt Kommissar Ferschweiler keinerlei Zweifel. Die eine Leiche fand man in der Kunstakademie, die zweite war die Frau, die die erste entdeckte. Ein Zufall ist nahezu ausgeschlossen – und doch kommt alles anders, als Ferschweiler ahnen kann ...

Kriminalroman
Emons Verlag, 2012, Broschur, 304 Seiten
ISBN 978-3-95451-544-8

Im Schatten der Wallfahrt
Kurz vor der Trierer Heilig-Rock-Wallfahrt kommt der Baudezernent der Stadt zu Tode, und Kommissar Ferschweiler muss in die kommunalpolitischen Niederungen von Deutschlands ältester Stadt hinabsteigen. Schnell stellt sich heraus, dass sich der Politiker zu Lebzeiten gründlich unbeliebt gemacht hat, und die Verdächtigen geben sich bei Ferschweiler die Klinke in die Hand. Doch der Täter hat noch weitere zerstörerische Pläne ...

Kriminalroman
Emons Verlag, 2015, Broschur, 272 Seiten
ISBN 978-3-89705-990-0

Carsten Neß

Tod im Moseltal

Eine Liebesnacht mit seiner ehemaligen Schulfreundin hatte Thomas Steyn geplant. Die unbekannte Tote, die am nächsten Tag in seinem Gästezimmer liegt, dagegen nicht. Als alle Indizien gegen ihn sprechen und die Medien ihn sensationslüstern demontieren, schließt seine Frau Marie ein Bündnis mit Kommissar Buhle von der Trierer Kriminalpolizei. Doch haben sie eine Chance gegen die Schatten aus der Vergangenheit? Der Schlüssel zum Rätsel findet sich erst im benachbarten Luxemburg.

»Tod im Moseltal« ist der Gewinnertitel des Krimiwettbewerbs, den der Emons Verlag zusammen mit dem Trierischer Volksfreund durchführte.

Kriminalroman
Emons Verlag, 2011, Broschur, 352 Seiten
ISBN 978-3-89705-881-1

Kein Tod wie der andere

Innerhalb weniger Wochen wird eine junge Familie in der Südeifel beinahe vollständig ausgelöscht. Eine Serie unglücklicher Zufälle oder die mörderischen Taten mysteriöser Grenzgänger in der Nachbarschaft zu Luxemburg? Zusammen mit der Psychologin Marie Steyn taucht der Trierer Kommissar Buhle in länderübergreifender Zusammenarbeit in ein Geflecht aus Virusforschung, Geldwäsche, Lokalpolitik und Geltungssucht ein und muss am Ende erkennen, dass nichts ist, wie es scheint.

Eifel Krimi
Emons Verlag, 2013, Broschur, 400 Seiten
ISBN 978-3-95451-093-1

Hunsrück Blues

Vor vielen Jahren floh Musiker Chris Mayer in die Einsamkeit einer alten Hunsrücker Mühle – jetzt scheint er das Opfer eines Gewaltverbrechens geworden zu sein, aber seine Leiche findet man nicht. Die Kommissare Buhle und Reuter müssen tief in die Vergangenheit eintauchen, um das Rätsel zu lösen. Doch selbst dann noch bleibt eine Frage unbeantwortet: Wer ist Opfer ... und wer Täter?

Kriminalroman
Emons Verlag, 2016, Broschur, 320 Seiten
ISBN 978-3-95451-799-2

Moni Reinsch

Tief im Hochwald

Tief im Hochwald gibt es nicht nur den malerischen Ruwer-Hochwald-Radweg und den abwechslungsreichen Saar-Hunsrück-Steig, sondern auch einen gerissenen Serienmörder, dessen Taten das verschlafene Dorf Hellersberg erschüttern. Zwischen den Verbrechen scheint es nur eine Verbindung zu geben: Alle Morde hängen mit der Trendsportart Geocaching zusammen. Die ermittelnde Trierer Kommissarin Vanessa Müller-Laskowski stößt auf der Suche nach dem Motiv auf solch hartnäckiges Schweigen der Dorfbewohner, dass in ihr ein schrecklicher Verdacht zu keimen beginnt ...

Kriminalroman
Emons Verlag, 2013, Broschur, 352 Seiten
ISBN 978-3-95451-101-3
auch als E-Book: ASIN B00BSCD6OG

Moselruh

Ein Toter im Demenzaltersheim am Moselufer ist an sich nichts Ungewöhnliches. Da es sich aber um den jungen Altenpfleger Daniel handelt, muss das Ermittlerteam rund um die Trierer Hauptkommissarin Vanessa Müller-Laskowski tätig werden. Die Polizei steht vor einem Problem: Alle waren dabei - aber niemand kann sich erinnern.

Erschwerend kommt hinzu, dass einer der Bewohner, Alwis Schlöder, seit dem Todesfall unauffindbar ist. Sein Irrweg hat ihn offenbar ins benachbarte Luxemburg geführt, und er bleibt verschwunden. Verschiedene Spuren führen unter anderem zum Ex-Freund des homosexuellen Verstorbenen und zu einem polnischen Boxer, der immer wieder im Heim gesehen wurde.

Die Zeit drängt, denn der Mord muss schnell aufgeklärt werden, bevor alle Erinnerungen für ewig gelöscht sind.

Kriminalroman
KBV-Verlag, 2015, 298 Seiten
ISBN 978-3-95441-254-9
auch als E-Book: ASIN B011R52UTU

Anthologie-Beiträge in:

Mörderisches Moseltal

KBV-Verlag, 2014
ISBN 978-3-95441-199-3

Tatort Eifel 5

KBV-Verlag, 2015
ISBN 978-3-95441-257-0

Paul Walz

Lichthaus kaltgestellt

Die Studentin Eva Schneider verschwindet im nächtlichen Trier. Kommissar Lichthaus, gerade zurück aus dem Vaterschaftsurlaub, nimmt die Suche nach der Vermissten auf. Schon bald wird ihre grausam zugerichtete Leiche entdeckt. In den heißen Augusttagen verdichten sich die Hinweise auf einen hochgradig psychopathischen Täter.

Ein handgemachter Knopf führt die SoKo in die Mittelalterszene. Der Einsatz auf dem historischen Burgenfest in Manderscheid nimmt einen dramatischen Verlauf, und Lichthaus wird von seinem Chef kaltgestellt. Doch er gibt die Jagd nicht auf und macht sich damit selbst zur Zielscheibe des Mörders.

Trier Krimi
ProlibrisVerlag, 2012, 309 Seiten
ISBN 978-3-93526-394-8

Bauernopfer: Lichthaus' zweiter Fall

Ein bestialischer Mord erschüttert Trier. Ein Biobauer der ersten Stunde wurde in seinem Vorzeigestall grausam umgebracht. Schnell findet Lichthaus einen Verdächtigen im Kreise der Familie. Als jedoch kurz darauf ein stadtbekannter Politiker vor Lichthaus' Augen ermordet wird, stehen er und sein Team wieder am Anfang der Ermittlungen. Müssen sie den Täter doch in der Ökobranche suchen? Will jemand die Biolandwirtschaft in Misskredit bringen? Oder hat sich gar die Mafia in ihr eingenistet? Ein Journalist wittert einen weitreichenden Skandal und muss für seine Recherchen teuer bezahlen. Kann Lichthaus den Wahnsinn stoppen, bevor seine eigene Familie ins Visier gerät?

Trier Krimi
Prolibris Verlag, 2013, 357 Seiten
ISBN: 978-3-95475-072-6

Die Todesgeigerin

Lichthaus' dritter Fall

Was passiert, wenn sich ein Programmierer in eine Musikerin verliebt? Wenn er bereit ist, alles zu tun, um mit ihr zusammenzule-
ben? Wenn das Geld ausgeht und die Geliebte drängt, es denen
abzunehmen, die es in ihren Augen nicht mehr benötigen? Alte
Menschen, die ihrer Einsamkeit in Senioren-Chats entkommen
wollen. Er ist in der Lage, ihren Wohnort aufzuspüren. Und was
geschieht, wenn er dann zu ihnen schleicht, in der Nacht …?

Trier Krimi
Prolibris Verlag, 2014, 331 Seiten
ISBN: 978-3-95475-101-3